著名女作家散文经典

阎纯德——主编

天堂的花朵

韩小蕙 著

北方文艺出版社

图书在版编目（CIP）数据

天堂的花朵 / 韩小蕙著. —— 哈尔滨：北方文艺出版社，2016.7

（著名女作家散文经典 / 阎纯德主编）

ISBN 978-7-5317-3661-5

Ⅰ.①天… Ⅱ.①韩… Ⅲ.①散文集 – 中国 – 当代 Ⅳ.①I267

中国版本图书馆 CIP 数据核字（2016）第 141923 号

天堂的花朵
Tiantang de Huaduo

作　者 / 韩小蕙		主　编 / 阎纯德	
责任编辑 / 王金秋　赵　芳		装帧设计 / 锦色书装	
出版发行 / 北方文艺出版社		网　址 / www.bfwy.com	
邮　编 / 150080		经　销 / 新华书店	
地　址 / 黑龙江现代文化艺术产业园 D 栋 526 室			
印　刷 / 北京诚信伟业印刷有限公司		开　本 / 880×1230　1/32	
字　数 / 265 千		印　张 / 11	
版　次 / 2016 年 7 月第 1 版		印　次 / 2016 年 7 月第 1 次印刷	
书　号 / ISBN 978-7-5317-3661-5		定　价 / 48.50 元	

序

散文·经典·女作家

阎纯德

一

散文的历史源远流长,是中国文学史上连绵起伏的山脉,属于最原始的文学形式之一。诸子散文算是散文成熟的起点,其后无论是唐宋散文、明清小品,还是"五四"散文,都是中国散文天空里灿烂的星座。中国当代文学经历了不平凡的风雨岁月,"文革"反思之后,作家的创作驶上了文学正道,跨越世纪,名家辈出,女作家则成为文学大军驰骋至今的一支劲旅,为中国文学的辉煌崛起贡献了智慧。因此,无论是中国文学的前世还是今生,说文学不可不说女性文学,讲作家不能不讲女作家。

自秋瑾时代,女作家蜂起,她们的创作曾与中华民族的生存同呼吸共命运;她们笔下除了小说、诗歌和戏剧,更有散文参与了中国新文学的奠基与发展。

二

当代散文的发展，自 20 世纪 80 年代走出政治或准政治之门以后，解放之风将散文吹拂得花枝招展，尤其 90 年代出现的那股关注女性经验和生存状态的"身体写作"思潮，更为中国散文历史所难忘。"身体"从隐匿到发现，新的女性意识普遍进入女性创作视野是文学创作的一个进步。那些钟情于"身体写作"的女作家，笔下所呈现的女性意识的觉醒和女性身体经验的书写，意味着对女性独立精神尊重的"时尚"，曾是女性创作风靡一时的潮流。女性"身体写作"是灵肉之写作，以独白或自语，用自己的肉体表达自己的思想，将爱情、婚姻、亲情、友情、温情、柔情、性具象化，但实际上是联系着社会、历史、政治、经济、道德、法律的理性法则，所呈现的是属于女性的生命意义。"身体写作"所涉内容多为"青春的迷茫与痛楚，孕育的艰辛与幸福，死亡的残酷与升华，大胆地抵达了身体的本质，既关照自己，也关照他人"。这个讲述女性身体成长史的时间大约有十几年，与此同时，还有受到非议的所谓"小女人散文"盛行于世。那些书写"日常生活"的"小散文"并非没有意义，她们所写的日常生活和感受属于时代的投影，是那个时代历史的宝贵遗存。

之后，女性散文作者年轻化，开始了女性散文从"女性"到"新生代"和"网络写手"的过程，其作品的人格与精神也在迷茫中发生了一些嬗变。21 世纪以降，在金钱的忽悠下，尽管文学比较疲软，但是作家依然以其忠勇驰骋疆场，那些走过"文革"，咀嚼了较多社会、历史、人生苦味的女作家，这时的创作更臻成熟、老道，更加深入历史和生活的肌理，文风也更为清丽、朴实而厚重。

三

  天地岁月运行至今,仅就所观女性散文而言,不乏大家的经典之作。"大家",当然不是从天而降,既不是别人所封,更不是自封,而是作家自己的创作百炼而成。一般说来,无论是沸腾喧嚣的生活,还是懒散平凡的生活,作家们只要无止境地追问社会、历史和人生,就可从生活、历史中寻找出思想和理想,并让真实、动人、温馨、睿智、冷峻、幽默变成文心,坚守住真善美,守望住文学的经典精神。

  "操千曲而后晓声,观千剑而后识器。"学习很重要。就我所知,大凡有成就的作家都很在意学习、研读古今中外的文学名著。女作家筱敏说:"文学就像一个人在牢房里唱歌,阅读它就像收到一封传说中装在漂流瓶里在大海上漂泊已久的信。写作是单个人的事,阅读也是单个人的事,这是个人内心生活的需要,与外面的热闹无关。"生活、阅读、写作,是作家生命的三部曲,作家只有在生活里沉下心来,作品才会获得文学应得的大气场。

  现在,这些资深女作家,凭借与生俱来的文学天分和捕捉人情世故的文学敏感,加之丰富的生活经历及家国意识、人间情怀,在照亮黑暗世界的理想光芒陪伴下,走向书写命运万千气象及人生有幸与不幸的作品经典。

四

  北方文艺出版社出版的"著名女作家散文经典"书系,是"女人的文学",属于女作家心灵铸就的作品。以小说起家的张抗抗,她的《隐形伴侣》《赤彤丹朱》《情爱画廊》《作女》等长篇小说及其中短篇小说《爱的权利》《夏》《白罂粟》《淡淡的晨雾》和

《北极光》等在当代文学史和读者的阅读视野里是一道美丽幽深的画廊。她除了右手绣出美丽的小说，左手还奉献出精美的散文。她笔下那些充满对于自然、女人、人生、社会思考的散文，以"大气魄"和"大艺术"令读者难以忘怀。这部《有女如云》以"女忆""女行""女书""女声""女友""女思"的精心结构，展现了她对女性命运的极大关注。真挚与自然，记忆与叹息，"高山仰止，流水知音"成为她这部优美散文的特点。她这部散文的开篇《故乡在远方》只有1670字，但每个字都能捉住我的心。"我总觉得自己是一个流浪者。几十年来，我漂泊无定，浪迹天涯……我从哪里来？哪儿是我的故园、我的家乡？我不知道。"她的老家在广东新会，但老家对于她，"已无故乡的感觉"。"我和我早年离家的父亲，犹如被放逐的弃儿，在陌生的乡音里，茫然寻找辨别着这块土地残留给自己的根性。"后来他们扎根杭州，但在那里他们只是"一个过客"。外婆过世时"就带走了故乡"。她19岁离开出生地杭州，走向北大荒。"那时我曾日夜思念我的西湖，我的故乡在温暖的南方……但现在我知道，我已没有了故乡。我们总是在走，一边走一边播撒着全世界都能生长的种子。我们随遇而安，落地生根，四海为家。我们像一群新时代的游牧民族，一群永无归宿的浪漫移民。也许我走过了太多的地方，我已有了太多的第二故乡。"而在城市闷热窒息的夏日，她又时时想念曾融进她青春血汗的北方的原野。"那时的空气透明，风也透明。那里的一切粗犷而质朴。""以后的日子，我也许还会继续流浪，在这极大又极小的世界上，寻觅着、创造着自己精神的家园。"这样的散文，令人动心动情。这就是张抗抗散文的精神力量。

赵玫亦是著名的多产作家。她的长篇小说《我们家族的女人》《朗园》《武则天》《高阳公主》《上官婉儿》等及《太阳峡谷》

《岁月如歌》《我的灵魂不起舞》《寻找伊索尔德》等中短篇小说集,带我们漫游历史,在她的众多人物画廊里穿越和认识历史、社会、人生和人性。她是一位勤奋的作家,《一本打开的书》《从这里到永恒》《欲望旅程》《左岸左岸》《戴着镣铐的舞蹈》等二十来部散文随笔,为我们画出了一道"女人""知识""欲望"的美丽风景。

"美丽的女人及其美丽的精神生活"大约就是赵玫的自况。1986年的海边,她最早阅读伍尔芙,那是她不能忘怀的阅读。"从海边回来便开始思念伍尔芙",于是伍尔芙成了她的理想,开始"在伍尔芙的引导下寻找文学中的那个我自己",在近乎灰色的写作中,感受到思维的欢乐。在她的散文中,我们能感受到弗吉尼亚·伍尔芙、玛格丽特·杜拉斯等女性作家跃动的灵魂及普鲁斯特、乔伊斯和福克纳、劳伦斯等意识流大师沉思的音容。她深受她们和他们的影响。

赵玫一再申明自己是"女性作家","女性"是她散文的"根"。她的散文以女性的立场及私人化的独语方式"观察社会现实、观察文化精神、观察人性灵魂",以诗性探索生活、社会和人生,诗情动人,理性睿智,情调平和而温馨,构成她鲜明的艺术风格。

这部集子的首篇《因为他,生活中才有了另一个可以扮演的角色》写女人与男人,如深沉的诗,梦幻般的意象美丽、动人,结尾说:"总记得那束散乱的花。是因为那句子造成的意象让人感动。就这样,它们,那些花,就冷冷地,散乱在那里。一枝一枝地,慢慢枯萎。后来,那花束成了某种意象,便有了另一种味道。从此它们不再枯萎。完成了这个从美丽到美丽的过程,就像凤凰涅槃,成为某种永恒……那便是女人想要扮演的角色——她们自己。"此中的思想和意蕴,令人想象无穷。

张晓风创作上是个多面手,小说、戏剧都有成就;但自20世纪

80年代中叶起,她给华人世界烹制了脍炙人口的散文大餐。她的《地毯的那一端》《愁乡石》《你还没有爱过》《初雪》《白手帕》《红手帕》《春之怀古》等篇什,其精妙、柔情和厚重曾赢得文坛许多名家的赞美。大作家管管说:"她的作品是中国的,怀乡的,不忘情于古典而纵身现代的,她又是极人道的。"大诗人余光中在为她的散文集《你还没有爱过》所写的序言里,称她的散文有"亦秀亦豪""腕挟风雷"的"淋漓健笔"。有人又说她的散文"笔如太阳之热,霜雪之贞,篇篇有寒梅之香,字字若璎珞敲冰"。

张晓风曾说:"我的身体在台湾长大,可是我的心好像跟历史的中国衔接,不管是到南京或者是西安,我觉得都是我心灵的一个故乡。"在她的散文里,乡愁有时像春风,有时也似冷雨,流浪漂泊的命运,成为她以生命的诗性阐释生活与人生的基础,从描写生活琐事,到抒写社会世态和家国情怀,都是她作品的内容。

韩小蕙作为知名散文家和文学批评家,著有《自嘲》《有话对你说》《悠悠心会》《体验自卑》《女人不会哭》《韩小蕙散文》《欢喜佛境界》《千克男女》《解读与被解读》等散文作品二三十部。

她是大记者,在她的眼睛里、感觉中和心坎上,所有所有的美,都在自己经过的路上,更在自己经历的人身上。在名家、大师面前,她以一棵小草的姿态,用崇拜或钦敬的眼光看着他们;对于百姓,她把自己当作一片温暖的阳光,"以善意,以明朗,以助力,以合作的心态待人以厚";对于女性中的杰出人物,她倾心喝彩,打心底里热情赞美她们的天分、才华、成就、品质乃至美貌。她因为看清了世界与自己,厘清了与他人之间的绳墨,而"进入物我交感,物我合一,物我两忘,物我皆如行云流水的境界";她以向日葵的品格,永远向着文学的太阳。她是个疾恶如仇的作家,又是个大爱无疆的作家,她整个的人生姿态,就是她的散文的姿态。从她的作品里,可以倾听到丰富的社会旋律和时代精神,以及对善的颂扬、对恶的鞭笞,社会、民族、国家、历史、文化、女人、道德,都是她笔下寻常的散文话题。

卢岚在中山大学毕业后以笔名芦苇发表小说,开始了她的文学人生。著有散文集《乡眺》《凡尔赛的喷泉》《山盟水约》《巴黎读书记》《塞纳书窗》《文街墨巷》《笔走皇林村》《与书偕隐》及小说集《古堡迷幻夜》《把水留给我》等。

爱读书的卢岚在巴黎长居40余年,涉猎了东西方许多古今作家,使她在精神和文学修养上得到熏陶,生发旺盛的写作欲望和创作动力。"我写过,我释然,写作成为释放情绪的方法,写作成为引渡自己的一根篙。"这根"篙",使她从此岸到彼岸,在书海、人海完满最好的人生。

卢岚的成就和影响在散文。而她的散文最令读者叹为观止的是被她称为包括文化随笔、书评、读书杂记的"书话"。她说这些写作是"在别人的成果上做文章,通过复述、感受、分析,从个人角度出发,带着个人色彩,来扮演作者、读者之间的中间人,完成一种情感、见地、审美的传递"。在她的字里行间,人们可以发现历史的智慧和文化的芬芳,"书情,世情,风情;文心,人心,慧心",中外文坛的前世今生、往事近事,透过她的散文,都会引出一道道甘泉。

走在法兰西的文街墨巷,就像翻检自己书房里的藏书,心知眼见,每一页展现的都是这片天空下亲切的风景、风物与人物。"用美丽的文体描写美丽的对象",是卢岚最惬意的人生;"把瑰丽灿烂的、气派宏大的风景浓缩在咫尺之间,让读者了解人间美丽的历史,欣赏她永恒的魅力",这,就是卢岚文学世界的宿命。

2016年3月8日于病中

目 录

第一辑 故乡·生活

003 绝　唱
029 哦，我的北京大前门
036 什刹海滋味
050 在北京的心尖儿上
055 包包里的人生
059 美的固执
062 我家有个小弟弟
070 把我的幸福告诉你

第二辑　人物·读书

077　我给季羡林先生当编辑

093　言者谆谆

108　"死是另一种生的起源"

115　吴建民：一个外交家的神话

134　艺术赤子吴冠中

148　推动两岸文学交流的第一人

157　一身正气一支笔

161　南丁的启示

165　在文学的门里和门外

169　徐风起宜兴

172　感觉之在

第三辑　山水·人家

179　你不可以不知道洞头

183　把汉源带回家

187　回到童年，观鸟去！

192　平顺山深有人家

198　穆棱与我，谁更幸福？

204　在冼星海故乡迎接春天

218　泰然长绿

223　面对庐山

232　两极的云冈

242　翰林引
247　中华五店市
256　呼伦贝尔的皮肤
262　岳荜享堂、三碗清水及其他

第四辑　他乡·我心

273　理念是天堂的花朵
291　巴斯温泉与济南名泉
296　当代英国人最喜欢的作家居然是……
300　德国的人
310　澳门的心
320　蒲甘的落日
331　在缅甸吃中国菜

第一辑　故乡·生活

　　北海不是海，景山不是山，然而因了皇家的强霸，它们便都呼作海唤作山了。并且，一直延续到今天。

　　可是你呢，什刹海？

　　你分明是我们北京老百姓的一方平民水域，为什么也称作"海"呢？

绝　唱

不知是世风不古,还是世风太古,中国人现在兴起了种菜的热潮。有中国媒体还大张旗鼓地宣传说:都种到美国的耶鲁、哈佛等著名校园里去啦,从未见过如此"东洋景"的老美一时尚未反应过来,还点头支持哪。同时,这股风也刮到了欧洲、澳洲、非洲、拉美。英国的House民居都是有前后花园的,过去只住过玫瑰、蔷薇、百合、薰衣草什么的花卉家族,现在改成茄子、韭菜、香菜、辣椒、黄瓜、西红柿、老倭瓜等全蔬菜科住户,惹得白肤、棕肤、黑肤等各色英国人民脑洞大开,连呼"稀奇"!

这股"破草立菜"的罡风,也刮到了我们大院。望着它们一派绿叶蓬勃的景象,我不禁想起当年"破旧立新"的"席卷"。

一

我们大院是北京30个著名景点之一,"你若不知道这30个景点,就不能算北京人",这是有人在微信上说的。20世纪80年代我初学写作时,就曾在散文《我的大院我昔日的梦》中,这样描述过我们大院:

稍微熟悉北京地理环境的人都知道，东单距天安门仅一箭之遥，过去有牌楼一座，是进入皇城的标志，因此得名东单牌楼。解放前，东单牌楼一带居住的多为有钱、有身份的人，房舍地貌因而得以俨然些。若从高空俯瞰下望，紫禁城那一大片黄瓦红墙的宫殿外围，便是横平竖直街道上的四合院群落。这些四合院，一般都是硬山式建筑，青砖灰瓦，大屋顶的房檐下盘着一座爬满青青叶的葡萄架。高级一点儿的，还有一扇红漆绿楣的大木门。门里是迎面一座石影壁，门外蹲着两只把门的小石狮。这小石狮子似狮而又非狮，头部、四腿、爪子、尾巴全部嵌进石中，造型之洗练，令人想起远古的墓刻。

然而我住的那座院子，却是一个迥然的例外。

这是一座深宅大院，深到占据了两条胡同之中的全部空间，大到差不多有天安门广场那般大。院内没有大雄宝殿一类的大屋顶庙宇，也没有飞梁画栋的中国式楼阁亭台，更看不见假山、影壁、小桥流水的东方风光，而是一个典型的欧洲小世界——绿草如茵，中间高耸着巨型花坛。树影婆娑之间，是一条翠柏簇拥着的石板路，通往若隐若现的一座座二三层小楼。小楼全部为哥特式建筑，平台尖顶，米黄色大落地门窗，楼内诸陈设如壁炉、吊灯、百叶窗等全部来自欧美，墙外爬满茂盛的爬墙虎……

2003年我初次踏访美国。一日，到达最北方城市波士顿，刚下汽车一抬头，不由得一阵恍惚，以为我到家了呢！一切怎么都这么熟悉啊？一栋栋别墅式小楼绵延开去，赭红色的墙砖，复杂多变的斜坡大屋顶，小巧的白木条花块玻璃窗，积木兵似的高矮错落的烟囵,开放式的大阳台,细碎灰白点的花岗石台阶……波士顿的这些楼房,跟我们大院里的16栋小洋楼长得一模一样,就像是从我们大院搬来的——哦不,当然是我们院的小洋楼从这里搬去的哈。我一下子就知道了这些房子的大体年代,它们肯定是诞生在人类生活的19世纪末到20世纪初的几十年间。

当时,经过第一次世界大战,美利坚的羽翼已经丰满,正阔步走向世界老大的宝座,所以此一时期所有的美式建筑,都留下了信心满满的印迹。我们大院的这批小洋楼,后来被建筑学家们定名为"美国乡间别墅",属早期北美别墅模式,其建筑理念依据欧洲古代、中世纪、文艺复兴和工业革命四个时期1000多年形成的建筑风格,混搭出以"立体式+伊丽莎白式"为主的造型,又称美国新英格兰地区"殖民地复兴式建筑"的缩小和简化版,在20世纪初期颇为流行。我的感觉,它们虽然脱胎于英国古老的民居,但又比那些已经屹立了几百年的House有了革新,变得更加现代、更加讲究、更加使人享受了一些。内部格局没有大的突破,基本上依然是一层有客厅、书房,外加厨房、小储物间和卫生间;二层三间卧室加一个卫生间,再加一间瓷砖地、不带暖气的花房;三层是阁楼,有两间斜坡顶的房间,过去是给仆人值班时候用的;还有地下室,是给厨师及仆人居住的。美国人主要是增加了铺着瓷砖、带顶和不带顶的开放式大阳台,可以惬意地把感官享受直接联动到绿树、香花、阳光、雨露和动物。另外就是把各个房间的面积都扩大了一些,用料也讲究了不少,比如一寸多宽的细格地板是上等菲律宾木的,打上蜡,再用蘸着煤油的拖布反复擦拭,就会像上等老黄玉一样油光润亮,闪出贵族范儿的厚重幽光;墙砖是泰国大米灌浆的,据说结实得赛过城墙,完全可以抗得住九级地震;内墙壁上涂的是蜂蜜一样细腻的清漆,显现出一派柔和、温暖甚至体贴的气息……所有这些，充分表达出新暴发户美国佬的财大气粗，还有他们把昔日"日不落帝国"甩在后面的"老子今天比你阔了"的扬扬自得的心理。

当然，这种叫咱们中国人看着是带着霸气的"宽敞"，也不都是出自政治原因和人种原因，客观地说，还跟美国的自然环境以及人口密度有关。在美国的时候，你看着一马平川的肥田沃土，不可能不想到中国西北部的冰山、寸草不生的沙漠和只能长茇茇草的茫茫戈壁；你眼瞅着像大山小山一样压过来的密西西比等四条大河、苏必利尔等五大湖区，以及到处都见到的大河小河，水流是那么宽，那么厚，汹汹汩汩，滚滚滔滔，似乎永远永远也流不竭，永远永远都用不完，此时你不可能不想到中国西海固地区滴水贵如油，甚至贵如生命的惨烈！美国是952万平方公里优质水土养活3亿人，中国是960万平方公里面积（2/3贫瘠山地＋1/3良田）养活13亿人，所以美国人和中国人对于人类的居住概念是截然不同的……

跟上海和天津不同，北京没有列强的租界，到底显示出它作为昔日的"帝都"，顽强维持着面子和尊严。而能在这森严的防护网中杀出一条血路，在市中心最热闹的地区建起这么一座西洋风的大院，要托福于协和医学院的建立。马路对面，仅一街之隔，强大的洛克菲勒家族"盘"下了更宽阔、更金贵的一大块风水宝地——豫王府，建起了绿琉璃瓦大屋顶、汉白玉雕栏玉砌的一大片中西合璧建筑群，即名满中外的北平协和医学院。古老顽固而又尝试着突破樊篱的北京，曾有多少精彩故事跟这家美国人硬搛进来的现代医学院有关，比如著名革命党人梁启超，就是在协和医学院做的切肾手术，负责主刀的刘瑞恒医生错把他健康的右肾当作病灶切了下去，致使梁公病情加重，三年后驾鹤西去。而梁启超为了力挺西医，宁愿玉碎也不追究，甚至还写文章为协和洗刷，真乃可歌可泣的中华志士也！

话说北平协和医学院虽然是一员勇毅冲锋到中华帝国内部的骁将,但它想在这块土地上安营扎寨,长久地生存下来,还不得不在它全盘西式的医院上,加盖了绿琉璃瓦的中式大屋顶;而我们大院作为它给自己聘用的美国医生提供的宿舍,则就没有了这种顾虑,所以整座院落完全是一片西方乐土,就像把欧洲的某个公园搬到了北平。16栋尖顶哥特小洋楼,一派幸福地卧在葳蕤绿树的浓荫里,树种多而繁茂:高大蔽日的有杨树、椿树、桑树、泡桐,美丽婀娜的有塔松、红枫、丁香、合欢,尽显贵族范儿的有银杏和翠柏,飘香三里地的有洋槐和国槐,闹喳喳果实缀满枝头的有苹果、山楂、柿子、黑枣、桃、李、杏、梨、枣……同时还有花,每年三月末从迎春花踏响冲锋的枪声开始,热火朝天的花事接力赛就一轮接一轮地展开了:白玉兰——紫玉兰——粉色偏白的山桃——白色点粉的杏花——霜雪的梨花——大花球榆叶梅——幽幽吐馨的丁香——粉染白雪的海棠——富贵的月季——雍容的芍药——华丽的牡丹——节节高的一串红——满墙满地满天的蔷薇——傲世独立的红掌——神仙似的仙客来——杨丽萍式的造型兰花……

然而,最显欧洲范儿而又最摄人心魄的,还属绿草地。你走到欧洲,到处都会看到羊绒毯一样绵软的绿草地,起起伏伏,起承转合,铺到了天之涯海之角;你走进我们大院,也会看到这赏心悦目的景象:甬道旁,大树下,花丛边,脚起脚落之间,全铺着修剪得整整齐齐的绿草。它们最初来自欧洲,已没有了铁蹄的霸气,百年来一直静静地伸展着,不喧哗,不张扬,不高调,不炫耀,不争得头破血流,不打个你死我活,不贪权不贪利,不占虚名荣誉功勋,不惮权贵豪门,不惧人生压力,只是内心纯正地做好自己……

乖谬,我就有了一个乖谬的发现:爱花与爱草,分属于形而下与形而上两个境界,并且有相当程度是由人的经济状况和文化层级所决定的。爱花者，只要不是疯子、神经病和政治狂人，凡属正常人类皆爱之；爱草者，则更小众地属于经济相对富裕、文化相对高雅的圈子。很遗憾，我小时候就只喜欢花，一点也不喜欢草，觉得它们太过平凡，普通得像满地到处乱跑的孩子，却完全没有看到普通里面深藏着的神圣。及至年纪渐长，阅人渐多，慢慢地对绿草越来越珍爱起来了，无论是双目还是灵魂都已觉得离不开。私心分析何以故，"细草摇头忽报侬，披襟拦得一西风"，大概是绿草与自己的脾气、个性、认知、价值观乃至心灵追求，有很多的相同之处吧。

著名作家徐刚先生曾说过，一朵小花也是有生命的，一片绿叶也是有生命的。当年我读到此时一下子被定住，一颗心被拴在上面，下不来了。从此我再也没有掐断或伤害过一片绿叶一枚小草，我怕折断了它们的血管，怕害死了它们的性命！但罪孽的是，我们大院的花草遭受过三次灭顶之灾，第一次即20世纪60年代到70年代的"十年浩劫"，一阵飞沙走石过后，花花草草就都变成了十恶不赦的资产阶级，被剪、折、拔、刨、挖、砍、剁、泼脏水、火烧等等，腾出来的地方竖起了领袖像、语录牌。后来终于"文化大革命"结束，"野火烧不尽，春风吹又生"，我们大院又恢复了花团锦簇、绿草连天的景象，幸矣哉！

（第二次浩劫是唐山大地震波及北京，大院草地上建满贫民窟一样的地震棚，因为是自然力不可违，不提。）

当时，本以为"文革"毁损已至最深的谷底，可谁知，底线之下无底线，第三次浩劫竟然又来了！而且出其不意，行拂乱其所为，破坏性却是更致命的——上回是剪、折、拔、刨、挖、砍、剁、泼脏水、火烧，虽然手段个个残虐，但尚属打断了骨头连着筋，剃掉了青丝还有根，所谓"留得青山在，不怕没柴烧"，所谓"根还在，心不死"，所谓"树欲静而风不止"，所谓"他日我若为青帝，报与桃花一处开"，但这回可彻底完了，强悍的韭菜、辣椒、茄子、黄瓜、西红柿、豆角、老倭瓜……彻底切断了羸弱的果岭草、黑麦草等欧洲引进草的命脉，使它们一万年也别想再复辟了——你道圆明园是怎么变成今天这副瘦骨嶙峋空架子的？主要的罪恶之手当然是英法帝国主义联军的烧杀抢掠，今天我们怎么清算这些罪行都不为过；但还有一个无可回避的事实是，那些蓝眼珠、大鼻子的魔鬼刚刚撤离、尚未走远之际，就有无数黑头发、黄皮肤的中国人蜂拥而至，忙不迭地"捡漏儿"，没完没了地往自己家里搬！于是没过多久，偌大一座"万园之园"就被拆得只剩下了这一小块骨头架子，如果不是后来有关方面的干预和保护，就连这副残存的骨头架子也早被拆光了……

二

这场"破草立菜"的鸠占鹊巢，令我想起了16座小洋楼的几次易"主"。

前面说过，当初洛克菲勒财团建起这座西方欧式大花园，是为协和医学院的美国洋医生们安家乐业，1949年以前，基本住的都是金发碧眼，按照等级，分别居住在独栋或联排的洋楼中。那时院子里的规矩大了，不准骑着自行车满院子乱窜，不准大声喧哗，不准摘花折草等是最基本的；此外还有不许用人随意在大院甬道上大摇大摆，洋楼后面有专门让他们行走的通道等等。解放后，这些规矩作为帝国主义压迫中国劳动人民的罪行，在历次政治运动中被一而再、再而三地声讨之批判之……

新中国成立以后，美国人撤走了，小洋楼第一次换了新主人，都是协和医院的著名专家、教授。由于很大比例都是吃过洋面包的"海归",所以有些"残渣余孽"的规矩还是被延续下来了,直到"文革"前还在执行着。比如下面五条:

一、为了午睡时安静,小孩子下午1—3点钟不许在院子里玩耍。

二、各楼的前院不许晾晒衣物(这规矩一看就是从欧洲带过来的,英国到现在也不能在室外晾晒衣物)。

三、院内不许骑自行车,门口有一个"禁止骑车"的牌子。

四、给各家送煤的车必须走两边过道,去各家后门。

五、不可以踩草地。

彼时的大院里,全国乃至世界知名的大医生多多矣!比如住41号楼的黄家驷教授,是著名的胸外科专家,新中国成立之前就在上海建立了中国最早的胸外科病房,41岁当选为中华外科学会会长,是英国皇家医学会唯一的中国会员,是美国胸外科专家委员会的创始委员之一,是由周恩来总理调任的中国医学科学院第一任院长,并且是任期最长的院长,共在位26年。这么大的官儿,这么逼人的范儿,可老头和蔼可亲,整天笑眯眯的,看到院子里的各色人等都点点头,有时还童心大发,兴致勃勃地和孩子们玩上一会儿……大院里还有另一位大腕,甚至比黄家驷院长还显赫,因为年年国庆盛典他都是登上天安门城楼的贵宾,这就是住在36号楼的张均教授。这老爷子是解剖学家,身材瘦长,不苟言笑,不怎么出现在大院里,出现了也不与别人搭腔,兀自走他自己的路。我孩提时代不明白他的地位为什么那么高,及至成人以后才了解到,20世纪40年代,他曾以中国人脑沟回模式的科学事实，回击了污蔑中国人种"低劣"的谬论。新中国成立以后，他出任全国人大常委会委员，官至中国医学科学院副院长。

除了这两位超一流"大神"，住在33号楼的王世真院士和他的母亲也是引人注目的"人物"。王院士中等个儿，白白净净，戴一副细丝眼镜，文文弱弱，却是著名生命科学专家、中国核医学事业的创始人和掌舵人。他的两位本家兄弟也都不是凡人，说起来如雷贯耳，一位是著名文物专家、文物鉴赏家、收藏家、学者王世襄先生，文化圈内没有不知道、不敬仰的；一位是公路工程专家王世锐先生，曾主持参加中国及境外多条公路和一些永久式桥梁的测设施工，并开辟了中国对外公路工程承包事业。说起哥仨的出身，太"吓人"了：王家是福州近代非常显赫的大家族，王老夫人林剑言老人是林则徐的曾孙女，书法、诗词、酒量俱佳，说话直率爽利，有"女侠"剑气；老夫人还好客，她的一大堆朋友说出来也吓人，比如梅兰芳大师、齐白石老人、何香凝、廖梦醒等等，他们以前曾多次到33号楼造访，令我们大院蓬荜生辉……

此外，我们大院里的重量级"国手"还有住在42号楼的胡正祥大夫，他是中国第一代著名病理学家、大牌医学教授，对黑热病和病毒性乙型肝炎的病理形态有独到研究，当年孙中山肝癌的病理切片就是他做的。"文革"中他被当作"反动学术权威"遭批斗迫害，因为他研究细菌和疾病，竟有人无中生有地污蔑说美国在朝鲜使用的细菌武器是他制造的！1966年酷夏的一天，在遭受"造反派"登门抄家并毒打后，胡大夫用刀片割开腹股沟动脉自杀身亡。他的夫人胡伯母是美国出生的华侨，仁爱慈祥，善待他人，"文革"前经常打开家门，让大院的孩子们到家里看电视，那时电视是极金贵之物，即使在我们这么高级的大院里也只有一两台。孩子们一坐就是一屋子，叽叽喳喳，直到把电视机里的节目全看没影儿了，才恋恋不舍地各自回家。胡大夫和胡伯母不嫌烦，有时还和他们一起看，并给他们讲解。后来，胡伯母伤心欲绝，也很快患上恶疾，追寻夫君而去，唉唉，惨哪！

住在32号楼的吴蔚然大夫和住在43号楼的吴德成大夫必须一起说。吴蔚然大夫相貌堂堂，永远的君子风度，早年他住在我们大院时，我还是十几岁的小姑娘，他那时大概是四五十岁，正是干事业的最好年华。给我印象最深的就是他的修养清雅高洁，跟人说话时，无论面对的人地位高低，哪怕是孩子，他也温柔和气，细致耐心。据说吴大夫一辈子诚以待人，善以待人，对年轻医生从来都以"某某大夫"相称，对患者和颜悦色，后来他成为中南海的医疗组长，我能想象他在周恩来总理身边工作时是怎样的一幅场景。吴德成大夫也是协和名医，泌尿外科专家，他不怎么在大院里出现，他家的三个女儿个个貌美如花，也不怎么在大院里玩。他留给我们大院最传为美谈的一件事，是他在生命的最后几年里享受到的"夕阳恋"——其实也算不上"夕阳恋"，而本来就是他的初恋：当年这位女子与他痴恋，但不知是遭到家庭的反对还是战乱阻隔，反正是好事没成，致使这一对情男痴女劳燕分飞；后来又被海峡无情分隔，天各一方，各自成家后在各自的人生轨道上惯性滑行。孰料老天爷并没有瞎眼，到了晚年，吴德成大夫去台湾讲学，痴女见到媒体报道，毅然前去叙旧，两人此时皆已单身，旧情轰然复炽，有情人终于走到了一起！这一牵手就再也不愿放开，痴女跟着情郎来到北京，住进我们大院43号楼。两人如胶似漆，连看电视的时候都手牵着手，时不时会心一笑。痴女有点外国血统，头发金红色，眼珠柠檬黄，皮肤象牙白，虽年纪一把了仍风韵典丽，真有点像从浓郁的俄罗斯油画中走下来的人物。几年后，吴德成大夫"走"了，她伤心欲绝，又返回台湾自己家中，但每年还都会回到43号楼来看看亡夫的家，唉，也算是一支优美的安魂曲了……回头还说吴德成大夫的家世。他与吴蔚然大夫从年龄上说相差不多，但从辈分上来说却是叔侄关系，他是吴家大哥吴瑞萍的公子。天津吴家不得了，掌门人吴敬仪老先生为实业家，曾说过"不为良相，便为良医"，遂令四个儿子都学了医。而吴门四子也都分外争气，虽生活在富豪的家境中，却懂得发奋苦读，结果个个学有所成，个个成为在中国医学史上留下美名的大医学家：老大吴瑞萍是著名儿科传染病学专家，长期从事百日咳、白喉、猩红热、细菌性痢疾、结核、流行性乙型脑炎等小儿传染病的临床和实验研究工作，1938年在国际上首先提出了百日咳疫苗加强剂的作用，受到国际医学界的重视；最为著名的是老二，被协和人赞为"国之大医"的吴阶平大夫，他是著名的医学科学家、医学教育家、泌尿外科专家和社会活动家，九三学社的杰出领导人，对的，就是后来担任全国人大常委会副委员长的那位眼睛格外明亮，言谈举止渗透极高修养的老人；老三即吴蔚然大夫，著名外科专家，对老年人的外科手术尤为擅长，全国劳模，中共中央委员；老四吴安然从事病毒学研究，是知名的免疫学家。连吴家的两个女婿陈舜名、蔡如升也都是著名医生，以至于当时有人评论道：若吴家开一家医院，都不用到外面请医生！说到这里，笔者实在忍不住要赘述一句：今日之有钱人家，多产出纨绔或庸碌子弟，为什么？首先在于其家风甚差，有钱而无文化、无眼界、无胸襟、无识见、无素质，故无天下，他们真应该学学王门、吴门等传统大家族的薪火相传之道！

　　住在35号楼的何观清大夫和司徒美媛女士是我们大院最为亮丽的风景，为协和大院留下了永远的传奇：何观清教授高大英朗，玉树临风，用今天的一个网络词来形容绝对贴切，即典型的"高富帅"。何况人家出身美国著名的约翰·霍普金斯大学，是流行病学和公共卫生学专家，被尊为中国流行病学先驱和奠基人之一，为中国确立"流行病学"这一现代概念做出了重要贡献。在抗美援朝战争中，他曾两次奔赴朝鲜战场，为粉碎敌人的细菌战立下了功劳。他的夫人司徒美媛女士出身名门，乃北平燕京大学校花、女子排球队队长，说一口流利英语，气质高雅，其"姊妹弟兄皆列土"，多为美、蒋高层人士。当年这一对"高富帅"与"白富美"结为伉俪时，你道证婚人是谁？司徒雷登！对，就是毛泽东著文《别了，司徒雷登》的那位美国大使。新中国成立时，夫妻二人对腐败的国民党政权深恶痛绝，认为只有共产党能够领导中国，毅然决然与赴美、赴台的亲友们告别，留在协和医院为新中国服务。孰料风云突变，何观清教授因为对苏联专家的错误医学观点提出异议，被打成"右派"，从此一切全走了形：其大儿子以优异成绩考上某名牌大学，因政审不通过而被拨到了北京师范学院，毕业后即分配到北京郊区偏远农村教书，后来在当地娶了一位农家姑娘成了家；其二儿子被送往农村插队，丧失受教育机会，回城后成为一名靠出卖力气吃饭的送奶工。好在何观清教授本人未被发配边疆劳改，而是留在协和医院"监督改造"。"文革"中，他又被老账新翻，揪到医科院"黑帮队"中劳改，我父亲系何观清伯伯队友之一，与他一起被剃了阴阳头，一起被拉上台批斗，一起被"造反派"呼来喝去，受尽羞辱。何观清伯伯是一位特别淡泊人间冷暖且心胸极为开阔的厉害角色，白天接受批判和劳改，晚上回到家该做什么做什么，不卑不亢，不喜不悲。到了周日，常见他骑着他家那辆大马力的摩托车，"呼呼呼"地驶出大院门，风驰电掣就不见了，夏天往往是去游泳，还高台跳水；冬天去滑冰，像年轻人那样迎风速滑，充满了生命的激情和活力。老人家那副宠辱不惊的淡然、坦然、漠然、傲然，真让儿时的我高山仰止,蒙蒙昧昧地感受到了什么才是真正的人生!不仅我,也不仅我们大院的人,凡我们这一带体育场馆、学校、机关、商店乃至胡同里的居民都认识何大夫,又凡心术纯正和比较纯正的人,都带着倾慕和有点自惭形秽的眼神,瞧着"协和大院何大夫"梳着整齐的背头,穿着西式背带裤和质量上乘的西式衬衫,戴着绅士的金丝眼镜,骑着摩托车绝尘而去,没人在乎他是什么"黑××分子",倒觉得他像从神话里下凡的二郎神⋯⋯

大院各界对人品评价极好的,是住在32号楼的吴征鉴院士。他是生物医学专家,毕生致力于人体寄生虫病的防治研究,确定了中华白蛉是我国黑热病的主要传播媒介,为我国基本消灭黑热病做出了重大贡献;又证明了中华按蚊和微小按蚊分别是我国南京地区和广大南方地区疟疾的主要传播媒介,为该地区防疟工作打下了基础。担任中国医学科学院副院长以后,他放下自己的科研,潜心从事医学科研组织管理和人才培养。他最大的特点是心里有别人,懂得尊重人,严于律己,宽以待人,能团结各种性格的人一起工作,凡是与他接触过的人都愿意与他交往,这要是用今天的网络语言来说,就是"男神"。

哎呀,我们大院的"人物"太多了,碰面即名医,往来无白丁,简直说也说不完!单是中国医学事业某些学科的"开拓者"和"奠基人",我们大院就特别荣耀地占有多位:住在28号楼的梁植权院士是中国生物化学与分子生物学学科的奠基人,为中国的基础医学教育和科研事业做出了突出贡献。住在31号楼的张乃峥大夫被称为"中国风湿病之父",是中国风湿病学的奠基人。住在34号楼的张安教授是血液内科专家,中国血液病学的开拓者之一。住在38号楼的李铭新教授是实验生物学家、生理学家及肿瘤病因学家,中国实验肿瘤学奠基人之一。住在39号楼的池之盛教授是内分泌专家,中国糖尿病学界泰斗。住在40号楼的杨简院士是病理学家，中国实验肿瘤学主要创始人之一，曾建立了中国第一株转移性瘤株和第一个瘤株实验室。住在7号楼的薛社普院士今年已届98岁高龄，是著名的细胞生物学家、实验胚胎学家和生殖生物学家，中国细胞分化调控研究的开拓者之一。住在43号楼的宋儒耀教授是中国整形外科医院第一任院长，他出身贫寒，聪敏好学，怀有济世之心，得到富家小姐、他的夫人王巧璋女士的终身佐助，终于成为新中国第一位整形与颌面外科教授，并成为中国整形外科的主要创始人；王巧璋教授本人也是协和名医，曾任协和医院口腔科主任，毕生致力于龋齿的预防与病因研究工作，因其卓越贡献而被国际牙医学院授予"院士"称号。

还有一位大腕中的大腕、泰斗中的泰斗级"大人物"不能不说，尽管他早就被迫搬离了我们大院，这就是原先住在41号楼的李宗恩院长。李宗恩（1894—1962），江苏武进人，热带病学医学家、医学教育家，毕生从事医学教育和科研工作，在黑热病流行病学研究中尤有建树，获选为第一届中央研究院院士。1946年受命恢复协和医院，1947年起担任北平协和医学院院长，新中国成立后留任原职。1957年被打成"右派"，罪名是"一贯不服从党的领导，向党争三权，即人事调动权、财务支配权和行政管理权"。后被下放到昆明医学院，于1962年病逝，享年68岁，真是可惜啊！

好了，刚才说的全是男性，下面要说说我们大院中的杰出女性了。她们庶几是全中国最高端的知识女性，应算是中国女性中最光芒四射的"女神"。

林巧稚大夫在中国几乎无人不知，她是中国妇产科学的主要开拓者之一，是北京协和医院第一位中国籍妇产科主任，是首届中国科学院唯一女院士。在胎儿宫内呼吸、女性盆腔疾病、妇科肿瘤、新生儿溶血症等疾病的研究上做出了杰出贡献。一生中共接生了五万多个婴儿。她居住的28号楼在大院门口东侧,从细碎灰白点的花岗石台阶到小楼周边,春夏秋三时鲜花不断,最美丽的是伸出一尺多长白色花颈的玉簪花,那白瓷似的大花纤尘不染,似乎就是为衬托林大夫的冰清玉洁而绽放的。我小时候的印象中,身材娇小、细瘦婀娜的林大夫,绾着发髻,着一身合体的锦缎旗袍,领口处别一枚碎钻镶嵌的精致领花,站在花丛边上看花,无宋庆龄的丰腴却有着和她一样的高雅韵致。林大夫是与她的侄女一家住在一起,侄女婿周华康大夫也是协和名医,是中国现代儿科学的先驱和开拓者之一,20世纪50年代就领导研究婴儿腹泻的水和电解质平衡紊乱问题,在国内外享有很高的声誉。他担任协和儿科主任的30多年中,付出了常人难以想象的艰辛,使几度被关闭的儿科恢复重建,为协和医院儿科事业的发展奠定了基础。28号楼是大院里16座美式小洋楼中少有的独家居住的一整座楼,"文革"爆起之时,红卫兵冲进小楼,欲揪斗林大夫,查抄私产,是周恩来总理及时派人前来保护了林大夫。但她家一层的大客厅还是被"造反派"占领了,他们把那里作为活动据点,夜以继日地在里边折腾,写大字报啊,跳"忠字舞"啊,研究"阶级斗争新动向"啊,发布各种革命指令啊……整日整夜地开着大灯,人来人往,杂音鼎沸,不知林大夫及周华康大夫一家是怎样熬过那些可怕的日日夜夜的?现在回想起来,亦不知咱们中国当时的八亿人民是怎么熬过那个疯狂年代的日日夜夜的——真是一场史无前例的民族大浩劫和中华文化的大灾难啊!

与林家小楼毗邻而立的29号楼,是劳远琇大夫和她的老妈妈以及一双儿女的家。这位说话一向和蔼可亲的劳阿姨,是新中国成立后协和眼科的第一位全职医师,于1954年创建了协和眼科神经视野学专业组,经过几十年努力,在视交叉疾患发生视野缺损机理、激素分泌性垂体瘤等的研究上，获得多项国家级和省部级成果奖，为中国神经视野学的开创和发展做出了卓越贡献。她曾挽救了千千万万患者，帮他们保住了无比珍贵的眼睛，从这个意义上说，劳大夫"善有善报"，晚年过得平静安好，最后94岁高龄驾鹤时也没受什么罪，是为"有福之人"。之所以称呼她为"劳阿姨"，是因为我与她女儿佳燕为小学、中学的同班同学。记得小时候"过队日"，经常是在她家开放式走廊下面的细碎灰白点花岗石台阶上"过"的，那时教授们的薪金比一般民众的收入高得多，连开放式大阳台的花瓷砖地上也是讲究打蜡的，所以不准我们这帮孩子上去踩。劳阿姨独自一人赡养母亲，抚养儿子和女儿，还给他们小提琴、钢琴等贵族式教育。可惜后来"文革"的狂风暴雨把我和佳燕等70届初中生（当时北京还没有恢复高中）都刮进了工厂，我在北京电子管厂做了八年工，佳燕在北京第一机床厂干了更长的时间。不过到了我们女儿这一代，终于赶上了好日子，两个女孩都是"学霸"，现在都已有了自己的事业和生活。劳阿姨一直住在29号楼，一直对大院里所有的旧人、新人都和蔼可亲，一直到90岁还参与协和眼科的医疗和教学活动。她晚年还有一大乐事，就是照看院子里的一大群流浪猫，每天定时喂食，表扬和数落它们的种种表现，猫咪们也耐心听着教导，其乐陶陶也。

我们大院除了16座美式小洋楼之外，还有一座风格迥然不同的英式灰楼，大院的第三位女精英胡懋华大夫，生前就一直居住在该楼的4号楼内，基本没被打扰，也算是她修来的福分。这座灰楼也是斜坡尖顶，也有玩具兵似的烟囱，但整个建筑外形更似英国的某些乡村教堂，呈长方形箱体式，从空中看宛若一只神话传说中的"百宝箱"。我一直没查到有关它的历史资料，不知它与其他16座美式小楼是怎样的一种渊源关系。倒是有一种瘆人的说法，说是抗战期间,日本鬼子曾把这座楼作为秘密特务机关,关押和拷打过抗日志士。全国解放后,这座三层的灰楼被分成从前门进入的4号楼和从后门进入的5号楼两个门牌号,形成外形为一而内部一分为二的两个世界,我猜是为了照顾首长吧,因为共和国的第一任卫生部长钱信忠在5号楼的一层居住过几年。比起美式小洋楼,英式灰楼内的地板、门窗等相对简单和粗犷些,但比起北京四合院的平房,其舒适度还是高级的,有暖气,有设施齐全的厨房、卫生间、餐厅、储藏室等,房间高大,冬暖夏凉,当时对楼房的维护也还是小心翼翼的,总之那时给我的感觉是四季如春。"文革"初起,钱信忠很快就搬走了,不久"造反派"来占领大院,5号楼就迅速搬进了几户工人家庭。给我印象特深的是有一家养了一只大黄鸡,名曰"九斤黄",体大剽悍,能长到九斤那么重,其性格又傲慢又暴戾,敢追着人咬,简直要翻天了。胡懋华大夫是中国第一代著名放射学专家,中国临床放射学奠基人之一,1953年起即任协和医院放射科主任。我听到过关于她的一则"神话":某次会诊,一屋子协和名医,只有她一位女大夫。所有人一一发言,皆认为那是一例恶性肿瘤。最后胡大夫慢悠悠表态,却语出惊人,否定恶性判断,事后证明只有她的判断是正确的。从我孩提时代开始,到后来我长成青年、中年的几十年间,胡大夫给我的印象一直是六个字:朴实,低调,安详。除非参加重大外事活动,她的衣饰从不华丽,日常穿着就像一位中学老师,整洁端庄大方就好了;她的语速一贯徐缓,声音不高,像茉莉花一样暗自吐香,从不出风头和喧哗炫耀;她待人平易和气,从不摆名教授和主任架子,对我们这些小小晚辈也专注和善,认真倾听。她的家风是如此之好,连她的儿子和女儿也都和她一样朴实无华,从不在大院里喧哗、折腾和拔尖,却有教养,懂礼貌,功课也很棒,都是胡大夫教育得好。

唉，说到这里，我又得感慨了：中国女性的生存环境有多么艰辛，不用说也都在华夏的天空和大地上写着呢，在此我节约笔墨；我想表达的是，我们大院的这三位女中知识精英，一位是从未结婚，另两位是离异，独自将一双儿女培养成人，同时还取得了这么辉煌的成就！无论是在社会环境上、文化传统上还是社会舆论上，她们都处于很劣势的地位，因而，必须要比男性付出更多更多的聪明才智，更多更多的筚路蓝缕，更多更多的呕心沥血，更多更多的坚忍不拔！她们在我眼中，永远是中国女性最高大上的楷模！

三

我记得特别清楚，"文革"刨花拔草之时，因为腾出的大片空地太多了，不可能都竖起领袖像和语录牌，因此，就栽种了几株"象征革命精神"的半人高的小塔松苗。

岁月怎会如此匆匆？屈指一算，震惊——明年就是它们的50岁生日了。经历过半个世纪的风风雨雨，它们也算是老树了，不经意间已经长到大水缸粗，并耸然高过小洋楼，一只只臂膀也越来越长，甚至都伸到旁边那株大银杏树的怀里了。

那株大银杏树是一株古树，早在我们协和大院建院时就栽种了，庶几可称百岁老寿星。关于银杏树有许多美丽的传说，其中之一即千年永恒的爱情主题，说凡已结果的银杏树必然成双，夫妻树常年厮守，不离不弃。这忠贞不渝的故事在我们大院这里又一次得到验证：这株大银杏是伟丈夫，它美丽的妻子在十米开外的大院门口处，一人环抱不过来的大粗树干在离地面一米处分开两枝，激情地伸向苍穹，就像两只凤凰在空中对舞；树冠宽阔得像南方大榕树的"一树成林"，下面能荫蔽好几百人；年年可结硕果好几百斤，那鹅黄色的小圆果就像密集的葡萄粒一样层层叠叠,能把粗壮的大树枝压到你眼前,惹得门房啊、保姆啊、外来户啊,天天拿着棍子朝它抽抽打打,而它身上分明挂着"古树11010100915"的牌子!我注意到,它这数字的前六位与我身份证的前六位是一样的,可见它是与北京人的身份同等、同享的。唉,它不结果就好了,不就招不来这鞭刑之祸?有时我看他们下手太狠,生怕它被打坏,就出来制止一下,可这能有多大作用,我又不能整日整夜守在那里,民不畏耻,奈何以耻制之?我只能暗自祈祷,愿它双凤展翅一样绝美的造型,能千秋万代保存下去——某一年著名学者叶廷芳先生来到我们大院,一进院门就看到了它,呆立半晌,赞道:"这棵大银杏就是一首诗啊!"

世事难料,诡异得让你难以置信:有一年的有一天,我下班回到家,无比震惊地看到,那位"伟丈夫"的一侧身躯竟不见了,所有的臂膀全被齐着树身锯掉!原因竟然是要给旁边那伸到怀中的塔松让出生存空间——呜呼,愚蠢的人们哪,竟然没文化到这种地步,到底是谁该礼让谁呀?!

依正常人的观点,当然是古树要先得到保护了,可是没文化的人干出没文化的蠢事,还不准有文化的人置喙——如同小洋楼们第二次"易主"一样。在1966年那些让人心惊胆战的日子里,携着"造反有理"的罡风,教授们不由分说就被勒令腾出一间间屋子,紧接着就在瑟瑟不安中,等来了一批清洁工、洗衣工、厨工、木匠、泥瓦匠、门房、采买、后勤等等"造反派"拉家带口入住。除了多子多女的大家庭,他们还带来了鸡、鸭、鹅、鸽、兔……可想而知,原来油亮温润的打蜡地板、几十年保留下来的窗户卷帘、精致典雅的百叶窗、维多利亚风格的花枝大吊灯、盛放红酒和高脚玻璃杯的储存柜……能被住成什么模样?没过几天,有几座小洋楼的敞开式大阳台,就被红砖头和沙子、水泥"专政"了,与胡同里那些四合院变成大杂院的历史进程同步，一间又一间小房盖了起来，一座欧式风格的花园大院，开始快速地向着大杂院的方向，挺进！挺进！

往事可堪回首？当文明撞上了野蛮，必然是疯狂战胜理智，邪恶压倒美善，古今中外的历史上，一出出超越人们想象力的大悲剧，曾不断极端地上演——秦始皇坑杀了460多名儒生，秦将白起坑杀了40万赵军，楚霸王项羽坑杀了20万秦军，曹操坑杀了10万黄巾军；日本鬼子屠杀了30万南京民众；纳粹希特勒屠杀了超过600万犹太平民和1100万斯拉夫、吉卜赛和塞尔维亚平民；苏联的"卡廷惨案"也杀死了2万多波兰精英，等等，等等，历史不由分说地疯狂过！

往事不堪回首，重要的是要让历史告诉未来。然而可叹的是，历史连今天都告诉不了——文化不对等的情况下，怎么对话？怎么告诉？

还好，政府及有关部门做了不少努力，企图保留住我们大院这位见证历史的"老人"（民间有传说，新中国成立以后，我们大院的维修费用仍然由美国洛克菲勒基金会提供，但我无从考证）。十年浩劫结束后，百废俱兴，中国医学科学院派人为大院重新植上了月季、玫瑰、玉兰等花木，种上了高羊茅、早熟禾等改良草（可惜千盼万盼，原先我最喜欢的黄刺玫大灌木丛和粉色大花球榆叶梅没有补种）；为小洋楼换上了波浪形的大块预制板屋顶（虽然远远比不上当年的鱼鳞片小块石板顶，但也算勉为其难了）；为箱体灰楼重新维修、粉刷，一时间那闪光发亮的绛红色油漆使"百宝箱"的立柱、窗棂变得神采奕奕（可惜很快就被一住户装上了两块白色窗框，就像两块难看的补丁）；十分惊险的是，还为我们大院挂上了"北京市文物保护单位"的牌子。之所以说"惊险"，是因为当时医科院要建一个图书馆，苦于没有经费，便决定以四亿元人民币的价格将我们大院出卖给某家日商，据说5000万元定金都拿到手了，后因我们大院地处北京市整体文物保护区域内，不准盖高楼，日商觉得不划算遂放弃买进，使我们大院逃过了一劫。然而，"无可奈何花落去"，当时中国已进入全面经济发展型社会，商业大潮滚滚滔滔，锋芒所向几乎无可阻挡。不知道都是从哪儿伸来的黑手白手，八竿子打不着的觊觎者，都贪婪地想吞下我们大院——在这种危机四伏的情形下，北京市政府下出"文物保护"这一招高棋，真是千秋功德的大智慧之举，点一百个"赞"！

不过有关部门也犯了一个分外愚蠢的大错：在某年全市性的粉刷一新运动中，将我们大院临街的38号、39号、40号三座洋楼的外墙，不由分说地刷上了一层粉红的颜色，说得难听点儿，就像是强迫性地给百岁老娘涂上了光鲜亮丽的桃花胭脂，你能想象那招来的两个字评价是什么吗？对了，"东施"！然而，要害还不在这儿，严重的恶果是此举破坏了历史文物，更是粗鄙化的低层文化对高端人类文明的愚蠢戕害！

似乎就是从那时候开始，我们大院加速进入了无底线的下坠，下坠……

94岁的劳远琇教授走了之后，98岁的薛社普院士常年居住海南去了，至此，我们大院的老一辈教授全部离开了历史舞台。大院的光芒从此暗淡了，"医二代"整体呈现下滑趋势，只出了一位杰出人物，即吴征鉴教授的二公子吴立文大夫，现在已是协和医院著名神经内科、临床神经病学、脑电图学及临床癫痫病学专家。有一年单位里一位同事战战兢兢来问我："听说吴立文大夫住在你们大院？我家亲戚的一个片子，只有他看了才能一锤定音！"吴立文大夫还坚守在32号楼的旧室居住，全面继承了其父的优秀品德，文质彬彬，低调内敛，献身医学，埋头苦干；但让我敬佩的是，每天那么忙碌的情况下，晚上他还坚持陪太太散步，夫妻俩之间似乎有着说不完的话，成为我们大院硕果仅存的一道教授风景。

那么，小洋楼内，如今的住户都是谁了呢？

改革开放30多年，贫穷的中国已跃升为世界第二大经济体，遥看国中，城乡到处高楼林立，过去像土拨鼠一样困顿的中国人，得以膨胀式地改变了住房条件。北京居民也是，我们大院的很多人也是，都在外面分配到或购买了住房，过上了更舒适可心的日子。在这个强盛的大背景之下，协和大院的小洋楼就日益显出了它们的落魄相：100多年前的上水管、下水道，都显得铁丝似的纤细了，越来越跟不上膨胀的人口；没有天然气管道，做饭得仰仗一罐一罐地往楼上搬液化气罐；过去是一家住一座楼，现在恨不得有一个房间就住一家人；厨房、卫生间就严重狭小了，以至于二层三层的住户只能在楼道里做饭；面积一狭窄，人一多，干净整洁就必然要走向反面，矛盾也必然会增多……于是，居住在其中就早已不再是舒适而是憋屈，不再是高级而是等而下之，不再是小洋楼的感觉而是大杂院的待遇，不再是"高富帅"而是城市贫民！并且，世事的运行规律就是如此，一旦进入了下滑的通道，强大的惯性破坏力挡都挡不住。无奈之下，老住户们只好选择逃离，然后把腾出的屋子出租，只有真正贫穷的"无产阶级"还在那里"坚守"。租房子的基本上是"北漂"一族，他们是到北京赚钱的而非享乐的，所以他们比小洋楼的老住户更能吃苦耐劳，如此，小洋楼内也就住进了越来越多的人丁……

我们大院原来还有三排平房，以前是中国人民解放军接管协和医学院时，分配给自己的干部们住的，当时这支军队纪律严明，不管军阶多高的大官，也一律不许进驻教授们的小洋楼。后来为了接送急诊医生的方便,这三排平房被腾出来让给司机们住。再后来经过岁月的变迁,这些平房中的绝大部分,也被以低廉的价格租给了来北京讨生活的打工者,于是,卖煎饼红薯的、卖蔬菜水果的、修理皮鞋拉锁的外地小商贩,也纷纷住进了我们协和大院。有一天,城管来清理胡同口乱摆摊的摊贩,一位壮汉拉着他装满苹果、梨、香蕉、柿子、哈密瓜、西红柿、茄子、黄瓜的板车,掉头就轻车熟路地拐进我们大院。我问他:"你怎么往我们大院里跑啊?"他凶巴巴地横道:"我就是这院的住户!"还有一天我赶早班飞机去机场,预订了一辆出租车,那师傅上一眼、下一眼浑身把我打量了一个遍,然后终于忍不住问道:"我看你们这院子挺高级的,怎么刚才还有一个煎饼车从这儿推出去啦?"

"沉舟侧畔千帆过,病树前头万木春",这不是中西文化、雅俗文化、精英文化与平民文化、精致文化与粗鄙文化、北京文化与外来文化、城市文化与乡村文化……最生动的对接吗?一半是海水,一半是火焰,火焰之下是泥沙,从此,我们大院就开始"和平演变",慢慢进入了"破草立菜"的新纪元。

说来惭愧,虽然青少年时代同样失学,去接受工农兵的再教育,但我进了工厂,缺乏到广阔天地里滚一身泥巴的历练。所以我虽不至于四体不勤,但确实有点五谷不分,直到近两三年,才从大院欣欣向荣的菜地里,领略到豆秧、瓜秧们的刁蛮与厉害!

老倭瓜的秧蔓最强势,是"蔬菜十字军"中的先锋大将,简直比横行霸道的螃蟹们更张牙舞爪,也更肆无忌惮。凡它们所到之处,"咣叽咣叽"不多时,就能把一池子的玫瑰花覆盖得严严实实,连香味也透不出来了;"咣叽咣叽"不多时,又爬到塔松和大银杏树上面去了,一条一条地漫卷,漫卷,不几天就编织成一张席梦思般的大网,把大树们缠得"嘎巴嘎巴"地呻吟,把小树强势压死;对付草坪，它们更是所向披靡，尽管文弱的欧洲果岭草已经改良为坚硬的中国东北高羊茅，但瓜秧们鞭子似的茎条和盾牌一般的阔叶，简直就是一辆辆高马力的推土机，把法国兵一样毫无抵抗能力的绿草地遮蔽得连光都打不进去。

看它们那劲头，简直是要把我们全大院都变成它们的王朝。然后，再乘胜向着东单公园、中山公园、北海公园、天坛公园、颐和园……进军！进军！之后，还要去攻占上海、杭州、苏州、扬州、福州、广州和港、澳、台。最后占领全世界——此言不虚呀，这不，连欧洲、澳洲、拉美，不都已被它们拿下了？

欧买嘎（OMG），大地。天空。海洋。

欧买嘎（OMG），太阳。月亮。星斗。

欧买嘎（OMG），北京。中国。世界。

欧买嘎（OMG）！！！

…………

至此，故事还没有完：就在"蔬菜十字军"一往无前地节节推进之际，它们的一些主人同时又在开辟第二战场——他们竟然当上了二房东，把租来的平房和地下室塞进了尽可能多的上下铺，然后雇人到马路对面的协和医院去招揽病人和家属来入住。于是，我们著名的协和大院，有着100多年西洋文化传统的大院，又莫名其妙地迎来了第五代住户——只是，他们已完全不知道这个大院的辉煌历史了，也就完全不在乎它所具有的文化底蕴和文明传承了，"著名"只是成为二房东们提高租金的堂皇理由……

哦，我看到，我的大院疲惫极了，瞪着无神的散乱的双眸，空空洞洞地蜷缩在那里，却道天凉好个秋！

四

建筑是凝固的音乐，是感人的诗歌，是丰富的戏剧。

经典的建筑是歌德的《浮士德》，是莎士比亚的《哈姆雷特》，是贝多芬的《英雄》交响曲，是凡·高的《向日葵》，是贝聿铭的卢浮宫金字塔……

它们是大自然的赐福，是天庭的礼物，更是人类自身的文明传承，是一代又一代的先民先祖，用心血、用生命、用最顶尖的聪明才智筑成的。这也就是说，它们之所以能够在莽莽苍苍的大地上屹立百年千年，是因其浸透了人的灵性——灵感——灵慧——灵妙——灵秀——灵透，依靠了人文精神的绵绵不绝的浇灌。

这么多年来，关于我们大院的建筑设计布局，专业人士之间也有着不同的看法和说法。一位建筑设计院的专家认同"基督教文化渗透说"，即他也认为协和大院的整体设计布局，是以一个巨大的"十字架"为中心展开的，从31号楼到38号楼的联排别墅为十字架的一"横"，从南大门到北后门的中轴线甬道为十字架的一"竖"，而南大门的三个拱洞装饰则代表了"圣父、圣子、圣灵的三位一体"，他的理论依据是，欧美古典拜占庭式建筑特别喜欢将建筑设计、修建成平躺的十字形。而另一位资深建筑大师则对此说不以为然，他认为协和大院精巧的对称式布局，显然是受到讲究"对称与平衡"的中国建筑美学影响，所以不应认为协和大院是完全的西式建筑，至少它应该算是中西合璧。我还惊讶地听人介绍说，梁思成先生的著作中有谈到我们大院的设计布局，他的评价不怎么高，可惜我未找到这些宝贵的文字。

这是我第一次听到对我们大院建筑设计的不认同。以往，全部是赞美和钦慕，特别是过去中国人普遍居住在小平房的时段里。即使是在当下的时点,能在北京市中心找到这样一座由平民老百姓居住的典雅大院绿色大院,大概也只能说是上帝的福祉了!

所以可否这样说:协和大院,算是一个时代的象征了。

今天,"文物保护"的意识从未有过地在中华大地上推广普及,这给我们大院砌成了一道从未有过的、强大的保护背景墙,但这还是排除不了有识之士的担心:一切向钱看的全民性疯狂洪水,已构成了从未有过的强大破坏力和吞噬一切的危险,就像躲在天庭闸门之后的千钧雷霆万吨闪电,时时刻刻,瞄准着它们看中的一切可以弄到钱的目标。

正如一位前央视著名主持人所说:"这是最好的时代,也是最坏的时代。"

好与坏,是相对的,依人的不同、价值观的不同、利益的不同、立场的不同而呈现出不同的色彩,甚至截然不同的景象,正如鲁迅先生所说,焦大不会爱上林妹妹的。我觉得鲁迅先生真是深刻极了,你看,他当年似乎就已经预感到了——批判黄家驷院长和批斗何观清教授的那些"造反派"们,至今唱的仍然是颂歌;而我这当年的"黑五类"子女,嗓子是哑的……

2015 年 9 月 21 日于北京协和大院葳蕤斋

哦，我的北京大前门

若前门大街上有一妙龄女子，头上戴的是古代金珠银丝的凤冠，上身穿着20世纪50年代的蓝卡其布列宁装，下身套21世纪闪闪发光的短裙，脚上又蹬着一双新疆内蒙古西藏青海少数民族的皮靴，你想象会怎么样？

别以为我是在编故事——北京前门西大街，"伊"曾经就在马路边上站着。"伊"的高度着实不矮，总有十五六层，当时看着它施工好多年，后来总算扯下了红盖头。天可怜见，竟然是一个找不着北的四不像：顶上是古典式的小亭子，既不汉朝也不唐代，高高在上的本来就不稳，却还弄了两个叠层。上身是现代风格的白砖墙，嵌以长方形的玻璃窗，虽有点过时倒也还算规矩不扎眼，不料两侧却突然以后现代的玻璃钢幕墙包抄过来，就像把"大跃进"民歌和前卫诗歌对了接。下身又镶嵌着少数民族风格的半圆形拱门和窗棂，看上去又像到了清真寺。更绝的还在背后，安装了一个火箭筒似的巨型圆柱体，旁边配了一条类似于60年代简易楼的外接楼梯，弯弯曲曲，轧饸饹似的轧出一根窄长条……哎呀呀，"伊"竟然是一个大杂烩，建筑师把古今中外的各种建筑元素一拼凑，就算设计出了它。

可是这位有点"二"的建筑师犯了大忌，他也没想想这是在哪儿——离正阳门城楼仅仅一箭之隔，老北京的心脏大前门地区，能让这么一个不三不四的家伙大刺刺地站在这儿？北京大前门地区，金玉之地，祥瑞之域，雍容华贵，国色天香，从元代、明代、清代到民国，直至新中国华丽的64年历史，迄今已有将近600岁高寿，早就演变成为中华民族的国家象征、文化象征和精神象征了。因此，凡在这里落地开花的物事，都必须是能代表首都北京乃至国家的上品。建筑作为"凝固的音乐""大地的艺术"，更必须一流。所以，在社会各方有识之士的反对、呼吁、奔走、博弈之中，最后"伊"终于被废黜了，整个大楼重新设计重新施工。一年后，"伊"变脸变身而出落为一座配得上前门地区的端正建筑。

不惜前期的巨额投入打了水漂，把不伦不类的建筑彻底废掉了，这在新北京的建筑史上还真是少见。吾曾私忖：这必是借助了大前门的神力，否则是不可想象的。

大前门的不怒自威，它的巨大的影响力，可见有多么大！

作为一个土生土长的北京人，我对前门的称呼，喜欢随着大部分北京老百姓的叫法，不称"前门"，也不称"正阳门"，而称之为"大前门"。仔细回头寻去，我对大前门的爱戴，一直在内心里给它留着一个无可替代的位置并把它当作自己生活中的一部分，好像已经找不到明确的滥觞了——也许，在于儿时吃到了从它那里买来的几颗糖炒栗子？也许，在于旧时印在记忆中的那一张张浅灰色调、素雅端庄的大前门烟盒？也许，在于那是去往大栅栏的必经之路？也许，在于它是老北京的象征，到处都能看到它巍峨的图片？

1982年大学毕业后，我进光明日报社工作，从此和大前门的关系一下子密切了起来。那时报社还在旧址前门外虎坊桥，我家住东单，于是正阳门就成为我上班路上的一大里程碑。我特别喜欢前门大街上的气氛，那是老北京人都感到亲切的一条著名商业大街，非常平民化，热闹，悠闲，貌似平淡而又充满生活情趣。常常，我会飞身越过月盛斋酱肉铺、华孚钟表店、庆颐堂药店、一条龙羊肉馆、盛锡福帽店、公兴文化用品店、祥聚公饽饽铺，轻盈地把自行车停在中国书店门口，进去买上一本书，然后，再绕到大街后面的廊房几条里，去食品店、杂货店里逛逛，买上一两个小物件。

最让我忘不了的是，有一天黄昏时分，我下班回家，沿前门大街从南向北骑行。经过了前门五金店、亿兆百货商店、普兰德洗染店、老正兴饭庄、便宜坊烤鸭店、天成斋饽饽铺、通三益果品海味店……慢慢地，正阳门远远地出现在视野里面了。正是初夏傍晚，天空十分晴朗，太阳还没有完全隐身地平线，余晖的金光宛如千万个油画家一起作画，正把浓墨重彩涂抹在渐渐暗下去的大片大片云朵上面，染得它们彤红瓦蓝珠紫靛青，千般热烈万端壮美，就像电影幕布上的经典画面。一大群一大群的雨燕，也许有几百只、上千只，组成了一支支合唱大军，高声鸣唱着，拍打着翅膀，围绕在正阳门城楼周围，环飞绕翔，载歌载舞，撒着欢地追逐嬉闹……看着它们自由欢悦的小儿般的疯样儿，人的嘴角上不由得漾起长长的微笑。

突然，我的心像被谁点醒了似的——我蓦地感受到了正阳门城楼的东方古典建筑美！

你看，它灰色的城墙是多么的朴素而又多么刚正、庄严。你看，它三重屋檐的线条是多么简洁而又多么华美、高贵。你看，它的大屋顶是多么不事张扬，简直与遍及神州的大大小小宫殿、庙宇、楼台亭阁没什么区别；但它的国字号气度在、精气神在，显示出高者苍天的大气象，巍然尊然，境界非凡，犹如东方醒狮昂首啸天……

都传说北京天坛高九丈九尺九寸，因为是拜祭天地祖宗之庙，天为大，所以最高；正阳门高九丈九尺，比天坛低了九寸却又比故宫勤政殿高了九尺，因为它是国门，天底下为尊的就是国家；而勤政殿虽是皇上办公的地方，比起天宇、祖先和国家，君为轻，所以最矮，是为九丈。我查过资料，这传说其实属百姓心愿、文人杜撰，但我还是特别愿意附会。我的体悟是：中国古建筑经过历朝历代的发展和传承，到了元明清，不仅美学运用已经炉火纯青，尽呈一派庄严、雄伟、美观、大气，而且内蕴丰厚，博大精深，概藏政治、经济、文化、哲学、宗教、天文、地理、社会架构、人际关系的各种元素，真是一辈子、几辈子也学不完！而我以前，大概是年轻时深受外国文艺的影响，或者是身在福中，满眼皆中国风而不知其宝贵，所以一向偏爱西洋宫殿式建筑而不太喜欢中国的楼台亭阁，包括园林、水榭、装饰等等。比起西洋由石头、铸铁、玻璃钢等元素所堆砌出来的热烈，我老觉得中国的草木建筑显得单薄，也过于淡然。

可是，我的顿悟被大前门点醒了。因为就在那天，我突然发现，晚霞中的正阳门是那么厚实、壮美，它的古朴造型，它的大屋顶、平檐角、矩形城墙，比起周围的任何现代建筑，甚或放眼望去，包括一环、二环、三环、四五六环之内的所有钢筋水泥大厦、所有玻璃钢后现代大楼，都显得庄严肃穆，宁静致远，自有一种无可比拟的高贵内质。我被震撼了：以前，自己怎么就没有发现这种中国美呢？

回到家，我赶快翻资料，读到如下介绍：

> 北京前门为正阳门城楼与箭楼的统称，是在元朝丽正门的位置上建起来的，系北京城中轴线天安门南端的重要建筑之一。正阳门箭楼始建于明正统四年（1439年），建筑形式为砖砌堡垒式，城台高12米，门洞为五伏五券拱券式，开在城台正中，是内城九门中唯一箭楼开门洞的城门，专走龙车凤辇。箭楼为重檐歇山顶、灰筒瓦绿琉璃剪

边。上下共四层，东、南、西三面开箭窗94个，供对外射箭用。箭楼四阔七间，宽62米，北出抱厦五间，宽42米，楼高24米，门两重，前为吊落式闸门（即千斤闸），后为对开铁叶大门。

清乾隆四十五年（1780年），道光二十九年（1849年），箭楼两度失火被毁。清光绪二十六年（1900年），八国联军攻入北京，箭楼被焚毁。1901年开始修缮箭楼，1906年竣工。1915年为改善内、外城交通，政府委托德国人罗思凯格尔改建正阳门箭楼，添建水泥平座护栏和箭窗的弧形遮檐，月墙断面增添西洋图案花饰，1916年竣工。改建后，正阳门瓮城月墙及东西闸门被拆除。

我还看到了新中国发行的第一套人民币伍佰圆钞图片，其正面中央，端正印的就是旧时的正阳门城楼图案，能被选为第一套人民币图案，说明了大前门的重要性。还有更辉煌的一页，1949年2月3日，中国人民解放军曾在此举行了盛大的入城式。而在此前的中国现代发展史上，它也曾经展示过自己的雄姿：1928年，一批爱国人士为了抵制洋货，发展中国的实业，曾在前门箭楼上建立起国货陈列所，展示祖国的传统工艺品和手工业品，包括丝绸、棉布、工艺品、陶瓷、食品等，百姓闻讯，纷纷前往参观助阵，每天参观者络绎不绝，轰动了全城……

原来，自己从小就熟悉得像祖父似的大前门，自己天天从此经过的大前门，还有着这么波澜壮阔的历史？自己真是只知其表，不知其里，枉称"大前门"的北京人了！

从此，便自觉地多了一些对大前门以及周边区域的观察、了解和思考。

说来，过去北京有"贵东城，富西城，穷崇文，贱宣武"之说。我个人认为，如果说天安门、故宫、景山、地安门、东单西单等周边一片是正统中国雅文化代表区域的话，那么前门外一代就是市井文化的天下。"市井"，《现代汉语词典》释为"街市，市场"，本属中性词，然因有好事者在其后缀上了"小人""之徒"等字样，则顿时就被装有了轻蔑之意，久而久之，约定俗成，"市井"也就变成了印象中的贬义词。其实，原来的老东城区内，也存有不少市井之地，比如老东安市场，我小时候最爱的就是那里。在整个商场的穹隆式天顶之下，一个一个歇山顶式的小棚子间，即是一家挨一家的小店铺。每家都悬着一顶瓦亮瓦亮的大灯。从大人的齐腿根儿处斜着堆上去，就是装满了各种糖果、点心、小吃，还有各式各样好玩意儿的柜台。售货员就站在或坐在一旁，有顾客的时候就做买卖，没顾客时便抄起个大鸡毛掸子在人们的头顶上比比画画，神气得像乾隆皇爷。那时的东安市场可真是名副其实的"街市，市场"，从早到晚人流不断，热闹非凡，人声鼎沸，光看着就能咂摸到无限的甜香味儿，真是具有无边无际的吸引力——可惜如今，那些亲民的商铺、和善的售货员，早就被豪奢耀眼的后现代派大玻璃柜台冷漠地驱逐了，那深入心田的甜香味儿，也早已风流云散了！

前门外也不仅仅是市井文化的天下，全北京城最浓墨重彩、最有书香墨香的去处，谁能否认是原宣武区的琉璃厂？同样因为热爱，我当年最经典的上班路线即崇文门—大前门琉璃厂—虎坊桥。只要时间允许，我就会绕进琉璃厂的小胡同里盘桓一番，哪怕什么都不买，光念念"荣宝斋""汲古阁""海王邨"那些大匾，就养眼养了心，像刚充满了电的手机，精神满满地上班去了。古人云"近朱者赤，近墨者黑"，外国谚语"上珠宝铺不如进书店"，百姓俗话"跟着戏班耍猴，跟着先生吟诗"，说的都是这回事。因此儿（er

重音），我有时候就会突然发起奇想、遐想、臆想、瞎想，不知道在"市井"后面，能不能改缀"墨香"二字，那么前门外的市井文化，也就能增加上浓厚的书卷气内涵了，是吧？

况且，我供职的单位光明日报社，也为提升前门地区的文化含金量和文化声誉，做出了全国人民甚至全世界不少人民都知道的卓越贡献。我们是中国知识界、文化界大报，我们的学术专刊和文化副刊是全国最高的媒体学术殿堂，自创刊肇始就以传播最新文化和科技知识为己任，数十年来哺育的读者不知千千万万，为国家的文化积累不知做出多少贡献，是真为大文化者。现在虽然搬离了虎坊桥，可还在距离前门的一箭之地，还在中轴线的区域之内，还在继续演奏着大前门的辉煌乐曲！

当然，无可回避的是，前门地区也有糟粕，市井文化也有相当下三烂的内容，而且古今都不少。过去多的是提笼架鸟、游手好闲的八旗纨绔子弟，今天还有不少光着脊梁、随口国骂的膀儿爷式人物；过去多的是八大胡同的老鸨、妓女、嫖客，今天这股沉渣又泛滥起来；过去多的是麻衣神相、坑蒙拐骗的地痞流氓，今天仍有血口喷人、撒泼耍横儿的泼皮无赖；过去多的是气人有笑人无、欺软怕硬的虎妞式悍妇，今天仍有不讲道德、占人便宜、爱生事伤人的"地了排子"（di 入声，le 轻声，排 pai 去声，zi 轻声）和胡同串子……江山易改，本性难移，一个民族几千年积累下来的群体劣根性已筑成了深入到骨髓的文化糟粕，改造起来也难，非是一代几代之工可以完成啊！

尽管如此，我还是衷心热爱着大前门，就像爱我的优点和缺点都非常明显的老人与兄弟姐妹——这是血浓于水的亲情！

2013 年 7 月 30 日完稿于北京马连道莳萋山房

什刹海滋味

北海不是海,景山不是山,然而因了皇家的强霸,它们便都呼作海唤作山了。并且,一直延续到今天。

可是你呢,什刹海?

你分明是我们北京老百姓的一方平民水域,为什么也称作"海"呢?

一

坐在什刹海西岸的濡热里,我眺望着一池碧水,内心里在反复揣想。

时间是在一天当中最热的下午,临水而坐,也丝毫不能阻止热浪的侵越。天空灰蒙蒙的,没有明丽的骄阳,也没有一丝风。周遭世界,大景小物,一切皆被腻在湿漉漉的桑拿蒸汽里,使人像被塞进了热罐头盒里,摆脱不掉发酵的感觉;又像被夹在里巷中的困兽,虽犹想争斗,却找不到正面的对手,敌人藏起来了。

酒吧小姐不停地在眼前晃来晃去,目光炯炯,不放过任何一个机会。这么热得要晕倒的天儿,她们竟莫名其妙地穿着高及膝盖的长筒靴,扮酷。不用说,这是狠心老板揽客的噱头,却道是画虎不成反类犬,遭到客人们的普遍白眼,先输了一招。

可是没办法,我只能在这里坐着——这一片临"海"的水面,一甩脖儿,全都开辟成酒吧了。并且,这是经过"政府工程"的统一打造,将沿岸原来灰色的小平房,一水儿换成了雕梁画栋的二层乃至三层的楼阁。由于寸土寸金,楼阁紧连着楼阁,酒吧挨傍着酒吧,其密不透风,就是一只壁虎也休想爬过去。如今的人啊,论起赚钱来可真是劲头十万万足,又敢想敢干敢昧良心,一小瓶250毫升的矿泉水,你道是卖多少钱一瓶?

"45元。"

老板说出来的时候斩钉截铁,不但一点儿也不脸红,还特有将军气度。他们倒真是有魄力,还富有想象力和创造力,全世界各国,在这个地球上,还有比这更贵的水?说来,咱们中国人的生活水平,可真是太高了!

不过幸亏,眼前这片什刹海的水,还高悬着平民水域的招牌,多看几眼,也不收费。一池浓浓的水波,也还是绿绿的湿湿静水,脉脉含情。北岸顶头,尚留下了一小片荷花塘,正是粉色花枝戴满头的胜景,配以款款绿叶和精灵般明明灭灭的露珠,聊以装点着老什刹海的韵味。可惜的是,这些风姿绰约的荷花仙子们,亦被商人套牢了,成为身后那高档饭庄的盆景。那浮辞艳彩的饭庄,只用一根小指头粗的细绳,就规定了荷仙们不可逾越的疆界,长不过二十米,宽不过十米,不准越雷池一步。于是呢,她们被砍头斫臂,老百姓们只能远远地看着,顶多像贾宝玉一样,兀自伤悼上一回!

唉,她们是没赶上好时候,她们爷爷的爷爷那个年代,"什刹海周围约三里许,荷花极盛。南岸树阴夹峙,第宅相望,多临街为楼,或为水榭,绿窗映之。西岸稍荒寂,唯故协揆文瑞第最华整,朱楼重栏,极似江南,高柳带拂,尤为佳胜。"(《桃花圣解庵日记》)据说那时,学子文人最爱到此,可以"伴着阵阵荷香读书"。

二

吾生也晚,当然也没赶上荷花爷爷的爷爷那个时代,不过二三十年前,我就是这碧波之中的一个快乐仙子。

那时,这里还是一个天然游泳场,如今被酒吧们踏平的小平房,就是存换衣服、冲洗淋浴的故居。游泳场也是由政府开办的,一切管理有度,秩序井然,湖面上还有救生小船和水手。京城各个阶层的老百姓,无论是正在被批斗的"黑帮""走资派",还是被抄家、扫地出门的"地富反坏右",只要花五分钱买上一张门票,得,您就尽着兴致游吧,您就是"山高皇帝远"的个人世界的主宰了,愿意游多远就游多远,愿意游蛙泳、蝶泳、仰泳、自由泳,都随便,都不会有人在您耳边喊"专政!""打倒!"之类——而这,在那"油炸""炮轰""拉下马"的红色专政时代,是多么重要的精神抚慰呀,疗救过多少绝望的心灵?

我之钟情于这天然游泳场,乃是因为这里不限时间,愿意游到什么时候就游到什么时候,无须像在室内游泳池,老得提防着墙上那只板着脸的挂钟。这里是在大自然的怀抱里,时间和大自然一向是好朋友。

我记忆里最清晰的一页,是在1969年的7月上旬。因为要纪念"七一六"毛泽东畅游长江××周年,我所在的中学将派选手参加市里的水上环游纪念活动。行进路线是这样的:从今天荷花市场的大门处入水,向东岸进发,绕行湖心岛之后,经北岸游回,全程大约是600米。学校号召踊跃报名。那时,我也就刚学会游泳不久,能游个二十来米,但我心里痒痒的,跃跃欲游。几个有能力的小伙伴也直劲儿地撺掇我："没事儿，一撑就撑下来了。"于是当天下午，我就直奔什刹海游泳场，一猛子扎进它的怀抱，在碧波里奋臂斩浪，累了就念"下定决心，不怕牺牲，排除万难，去争取胜利！"果然就撑下来 600 米。

兴冲冲回到家，母亲照例是"别去了"；父亲只问了一句："600 米游完，你还能游吗？"我说能，老爸就鼓励我去报了名。

直到今天，我还能清清楚楚地看见：1969 年 7 月 16 日上午 10 点，随着一声号令，什刹海的千顷碧波上出现了一支壮观的游泳大军。方队的最前面，是由身穿蓝色工作服的工人阶级打头，二十个棒小伙子一字排开，推着一块巨幅毛泽东像木牌；后面跟着白毛巾扎头的贫下中农队伍；再后面是威武之师。我们这些穿着花枝招展游泳衣的中小学生，游在解放军方阵后面，我拼命地划着水，镇定地调整着节奏，向着胜利的终点前进，前进……

啊，我那难忘的少年时光啊，虽然我也是沦为贱民的"走资派"子女，事事处处都低人一头；虽然社会是普遍枯燥、普遍贫穷、普遍紧张，既没有今天的游戏机、网络、卡拉 OK、MP3，更没有想都想不到的花园、洋房、汽车、名牌、山珍海味……可是我们有什刹海的拥抱、安抚、教导和锻炼，得大自然之精华，心中有上善之水可依，背后有仁者之山可靠。在未被铜臭浸淫的大自然的臂弯里，心灵高远旷达，仿佛直达白云之间；胸中装有五湖四海，任激情自由飞驰，将精神的和灵魂的双翼寄寓在蓝天之上，一任自己飞升，飞升，飞升。也许，这跟时代无关，少年的梦都是金色的吧？

歌德说过："我们的生活就像旅行，精神是导游者，没有导游者，一切都会停止，目标会丧失，力量也会化为乌有。"

今天的我还老是在想：虽说是物质决定精神，经济基础决定上层建筑，但是物质与精神之间，一定有着一块极其广渺的空间，或者说是松紧带的弹拉轨迹几乎可以大到无垠。不然的话，今天的我们，物质是高度地上扬复上扬，化妆名品，燕窝鱼翅，桑拿按摩，金粉银饰，还有什么奢侈消费没被人想到？还有什么好吃、好喝、好玩、好乐没被人创造出来？可是精神呢？为什么就像被酒吧一条街赶走的游泳场，谁也不能提起，谁提起就会被人讥为落伍、笑为白痴？

然而我坚信，尽管精神永远不能赚到大钱，但若嫌弃了精神的高贵而放逐自己，只做一只疯狂的陀螺，整天被金钱所鞭策，那么早晚有一天，你肯定也会被高贵所放逐。

就像这被关闭了的什刹海游泳场，谁能保证，它就永远地被酒吧一条街压在身下？君不见，北海公园内的肯德基，不就在广大市民的压力之下，被"请"出去了吗？

历史啊，循环往复，以至无穷！

三

暮色正一点一点地走过来，像贪婪而狡猾的狐狸，蹑手蹑脚却又坚定不移地向着它的目标。之所以这样感觉，是因为虽然天光还大亮着，湖水还闪耀着绿色的波光，薄白得月亮一样的夕阳也从灰云中钻出脑袋，忧郁地望着凡间；但是，身边的吧客越来越多了，声音杂沓，几乎把水畔的桌子都坐满了。

今天是星期三，并非周末，也不是节假日，还来了这么多人，可想而知，这里的生意是多么火爆！据说，连过去夜夜"爆棚"的三里屯酒吧街，如今也已被什刹海取代了，那里的老板急得直想跳楼。急也没用，三里屯不就离使馆区近点儿吗，又没有这片京城里最大的水域，别忘了，人类是逐水而居的动物。

我也是第一次迈进这酒吧的,坦白说,还是为"深入生活"而来,不然,这地方吸引不了我,其情趣、品味、品位、吧客……都不同声亦不同气,不相守望,所以真的觉不出有什么意思。

唯一还释然的,就是这一片熟稔的、老朋友的碧波了。

"您再加点什么?"酒吧小姐又晃了过来,语气说是询问,不如说是命令,"我们自制的酸梅汤,挺值的,才48元一扎。"

"好吧,那就来一扎。"

我在心里笑了:挺值的,说得多好听!谁不知道,超市里有的是卖酸梅粉的,几元钱一大袋,一小勺就能兑出一大扎,其暴利有多么惊人!是啊,这条流金淌银的酒吧街,能为多少人、为多少部门、为多少利益均沾者,贡献多少金钱啊!

这岂是一个群众游泳场所能望其项背的?

据刚从北戴河回来的朋友讲,如今那里的农家院落,再也看不到过去那绿肥红瘦的田园风光了。家家院院都显得局促狭窄,只要有一寸宽的地方,就都被塞盖上一间小房,办农家旅店,赚钱。

钱啊钱。神州无处不飞花。砌下落梅如雪乱。

可是钱啊钱,你能买到畅快的空气吗?能买到阳光雨露吗?能买到没有钱、钱、钱那种压力的心灵自由吗?

是的,钱啊钱,自从你来了,自从发现有许多东西可以变兑成钱,这世界就变得不宁静了。什刹海也变得不宁静了。

四

在金代以前,什刹海本是古高粱河道上的一片天然湖泊。金代统治者占据燕京之后,便在这里大兴土木,修建了一座规模宏丽的离宫,命名为太宁宫。

到了元代，这里成为大都城的统治中心，北海和中海被圈进皇城，没有老百姓的份儿了；什刹海则成为重要的漕运码头，时称"海子"的积水潭，便是南北大运河的终点。繁盛之时，这片水面上"千帆云集，舳舻蔽水"，沿岸也就渐渐变为商业中心，钟鼓楼一带，米市、面市、绸缎市、珠宝市、鹅鸭市、果子市……相继成形。一时间，银锭桥畔，南北大贾充斥于酒榭歌台；烟袋斜街上，西域阔商进出于茶肆间阆，连马可·波罗也曾留下了足迹……

明代以后，大运河终点东移，什刹海地区的经济意义逐渐让位于文化意义。许多将相高官竞相在湖畔修建亭园别墅，著名的有大将徐达的府邸太师圃，以及漫园、镜园、湜园、方园、杨园、王园、英国公园等等。无处不在的宗教势力也伸展进来，佛教、道教、伊斯兰教、基督教、天主教等多种教派，陆续修建了火神庙、护国寺、广化寺、净业寺、关岳庙等数十处寺庙宫观。如今"什刹海"的名称，就是由湖边的一座著名寺庙——"什刹海寺"演变而来的。

到了清代，满族实行家族统治，历史便大大地后退了一步。什刹海一带几乎全部成了皇亲国戚的私人领地，恭亲王府、醇亲王府、庆亲王府、阿拉善王府、涛贝勒府、棍贝子府、德贝子府以及纳兰性德的渌水亭、恭亲王的鉴园等，把北京城里这片唯一的开阔水域风景区，统统占为己有了。

新中国成立之时，由于连年战乱，王府衰败，什刹海地区已是一片荒芜。人民政府组织数万民众开展了疏浚整修工程，将塌陷的堤岸修补一新，将淤塞的脏乱水道还原为千顷碧波。更在今日之西岸处，打水泥，树护网，开辟了万民同乐的群众天然游泳场。平民化的荷花市场也愈见红火起来了，从天气初热的时节起，多种民间的小商品、小玩意儿、杂耍曲艺，加上大众小吃，就都迫不及待地聚集到这里来叫卖表演，"长夏夕阳，火伞初敛，柳荫水曲，团扇风前,几席纵横,茶瓜狼藉。玻璃十顷,卷卷溶溶。菡萏一枝,飘香冉冉",汇成一曲梦一样温馨的夏日交响乐。最让孩子们回味一生不忘的是那些小吃,豌豆黄、芸豆卷、艾窝窝、驴打滚儿、蜜麻花、焦圈、卤煮,还有菱角、白藕、莲子、鸡头米、冰激凌、雪花酪、酸梅汤、杏仁豆腐……直吃到从落日熔金到月明星稀,这一方"富有人民性的市井宝地",算是彻底回到了人民的手中,更兼心中。

转瞬间,又是斗转星移。半个世纪的风云几多变幻,"大跃进"、人民公社、"四清""文革"、拨乱反正、改革开放、全民奔小康……风风雨雨,什刹海全看见了,也都跟着经历过来了。随着波涛的起伏动荡,它有时热闹,有时寂寞,有时被丢弃一边没人顾上管,有时政治清明了就得以修葺上一回,总的说来,还基本保持了"西湖春,秦淮夏,洞庭秋"的风姿美景。

可是孰料想,在今天这"钱、钱、钱"不断升温的社会氛围里,一切的一切人,一切人的一切,谁都再也不能稳坐不挣钱的钓鱼台了。非但不能不挣钱,还得挣得多,多多挣,挣到无限。于是,平民公园什刹海竟幻化成了一条酒吧街。它还高举起了"游王府,访古刹,逛胡同,泛轻舟,泡酒吧"的商业大纛旗,挖空心思,殚精竭虑,把祖宗留下的所有资源都发掘、整合成了卖点,怎一个"商"字了得!

历史啊,果然是风一程,雨一程,艳阳高照又一程,凌厉风霜再一程,绵绵无穷。

五

天终于黑下来了,湖面上也终于吹来了一丝丝凉爽的风。

楼台亭阁的霓虹灯明明晃晃，似乎带着响声，热闹喧天。湖心岛和水面上的彩灯则闪闪烁烁，像是时尚女郎佩戴的项链，一串一串在黑漆漆的水面上发着幽光；又像是夜的眼，把所有的语言、结构、情节和细节，都看在眼里，记在心上……

我惆怅地站起身，踱出了酒吧，沿北岸逶迤而去。

起初，我还记着数，想数数这些酒吧大体有多少家。但很快就放弃了，因为发现这是徒劳的，连七拐八弯的小小胡同里，也挤出一个又一个小小门脸，并且还在像母鸡生蛋一样，不停地繁衍着。

我简直是惊奇了，自己不像是走在什刹海，而是来到了联合国。日本料理、韩国烧烤、星巴克咖啡，还有英、法、意、德、俄……各国的饭店、酒吧间、咖啡厅，都来这里凑全了。有的还在中国式的楼台亭阁之上，又施以西洋式的改造，加上了罗马神柱、雅典娜女神、丘比特小爱神，还有洛可可式的窗棂和雕饰，傲然俯视着眼前的这片中国"海"。这些老板，我猜绝大多数还是中国人，他们可真会做生意，一个比一个有经营头脑——你厅里有大陆歌手在唱流行歌曲，我这吧里就请来专业演员唱洋歌；你玩招揽外国人的招数，我就对"月光族"和"卡通族"下手；你一盘蘑菇汤敢"黑"50元，我一瓶伏特加就敢"宰"400块……所谓魔高一尺，道高一丈；股肱砥砺，共存共荣；和谐竞争，相依发展；铁定目标，多多赚钱！

那么，昔日那些在湖畔的依依垂柳下，摇着蒲扇摆古的老大爷哪儿去了呢？那围着大人捉迷藏的小顽童哪儿去了呢？那些兴高采烈跳大秧歌的阿姨大妈们哪儿去了呢？

倒是还在——

且请看荷花市场门楼下，紧邻着马路，还剩下一块五六十平方米的地方，洋灰地面，平整整的，昔日是毛主席像前的一小片空场，今天刚好可以用来当舞池。有三四台录音机放到最大音量，各自扯开嗓门拼命呐喊着,有数十人或多达上百人在里面挤着、舞着、碰撞着,简直就像威尼斯的狂欢节,又像噼噼啪啪的烟花一起炸开,还像暴风雨前忙忙乱乱搬家的群蚁。四周围,还有更多的数不清的人在干瞪眼瞧着,等待着,找寻自己上场的机会。这些穿着普通,操着地道北京儿话音,熟悉面孔、熟悉身材的平头百姓们,正是什刹海一带的老街坊、老居民……

六

这使我想起了过去编发过的一篇文章,是著名作家刘心武先生写的,题目是《什刹海的情调空间不能失去》,发表在2003年9月3日《光明日报》"文荟"副刊头条。其文先知先觉,空谷清风,从学术到社会、从历史到现实,有识有见地阐述和分析了什刹海对京城的文化意义和美学意义,闪烁着一位忧国忧民且胸怀古今的知识分子,为振兴国家、为传承文化、为保护环境、为普通老百姓争取权利的独到的思想光芒。

心武先生指出:在北京城建都之始,"规划里很显然是要在这片居于城市中轴线西北侧,紧邻极为重要的标志性建筑钟楼与鼓楼的水域,保留并刻意加重处理为一处富于野趣的情调空间",并且数百年来,历经元、明、清、民国、中华人民共和国,直到十来年前,对这规划一直实施得很认真,由此形成了两个最大的特点,一是营造出了"银锭观山"等"都市中之野景"的意趣,二是不让商业气氛来浸染这处水域。

"可是,现在面对着有人把'桨声灯影里的秦淮河'改换成'桨声灯影里的什刹海',以为是道出了或预告出了什刹海的'繁华艳丽'。这让我很着急,我要跟这些如果不是故意误导就是实在糊涂的人士说不。"心武先生指出，秦淮河本是青楼聚集之地，今天的南京市已经去除了它色情消费的糟粕，将其修建为一处展示南京特色餐饮、风味小吃精华的口福空间，"而我们的什刹海怎么还能去跟秦淮河比浓妆艳抹呢，更绝对不能在什刹海周围去形成什么酒吧一条街！"

心武先生发出这疾声呼吁之际，正是什刹海酒吧一条街开始计划、营造之时。当时，还有众多有识之士也强烈反对，一时社会舆论大哗，争论激烈。从彼时一直到现在，仗义执言的政协委员们几次提出议案，呼请政府有关部门出面，对什刹海地区的"精神文化传统"以及"情调空间"加以保护。

可是，面对着一小瓶矿泉水都能卖到45元的超现实主义暴利，酒吧一条街越发加快了施工的速度：挖地基！树木桩！架房梁！抹泥灰！安玻璃！装修……星夜兼程，同时，修路！筑码头！造游船！招商！办营业执照！进货！培训店员……争分夺秒！转眼之间，开门营业了，生米做成了熟饭。熟饭又立即变成金饭，谁还肯再放弃流金滚银的地盘，不为保住他们滚滚而来的财富背水一战呢！

在人类绵延繁衍的发展进程中，"金"是个极其特殊的物质，它使弟兄反目，使家庭分裂，使朋友成仇，使战争爆发，使贪欲和邪恶在人心底里疯狂生长。面对着丧失了良知而又强大无比的金钱，刘心武等知识分子的声音，是多么的"书生气十足"，又是多么的苍白无力啊！在金钱已经生长进骨髓里的时期，想以"文化"抵抗住动地震天的"消费主义""欲望商机""资本利润""享乐人生""金钱至上"等的汹汹风暴，不啻捧出自己一颗红心的丹柯，更像那日日推动巨石的西西弗斯！

"当金钱说话时，真理都缄默了。"早有一位智者看明白了这一点。

七

刚才在酒吧间时,我和身边的一位吧客攀谈起来。他,40岁多点,大学毕业后到京城工作,已经有二十年光景,庶几可称为"北京人"了。难得的是,当年他也曾在什刹海天然游泳场游过泳,而且上瘾,隔三岔五地来。

"哎哟,下班以后来游个两千米,然后心满意足地回家,觉得当个北京人,真棒!"他跟我说起当年畅游的感受,幸福得眯起了眼睛,脸上荡漾出微醺的笑容。

我就问他:"那你觉得是过去的游泳场好呢,还是今天这酒吧一条街好?"

"这是鱼和熊掌嘛……"他嘀咕着,思索了好一会儿,才抬起头来,毅然决然地看着我,直率地说,"现在这样子也不错。坐在湖边,享受美食,偶尔充一回大款,挨一回宰,也还承受得起。"

我再问:"那你想没想过,要是什刹海的文化精神断代了,该怎么样呢?"

他挑起眉毛望着我,定定地看了半天。最后,大概判断出我的问话里并没有权威的重量,只不过是一个书生的呓语,才反问道:"您是位文人吧?"

我说:"是的,就是那'百无一用是书生'的书生。"

我说:"我不是复古派,也不反对跟着社会的前进而前进。我不喜欢的是整个儿社会都金钱化,把什么都兑换成钱,不能变成钱的就抛弃一边。"

我说:"我们是文化古国,人民是有教化的人民,民族历来有重视文化的传统。可是你看看,现在对文化……"

"哦,哦。"他敷衍着打断了我的话头,"现在,我们都懒得说这种不着调的话啦。"

……………

不知道他能代表多少百分比的新北京市民?

也不知道现在的社会风气为什么变成了这样?人们似乎只对股票、名牌、汽车、房子、健身、减肥、美容、靓女酷男、吃喝玩乐有兴趣,津津乐道;而在他们生活的词典中,已经永远地删掉了精神、心灵、文化、修养、品位、情调这些高贵的词。

怎么好呢?我盯着灯红酒绿的酒吧一条街,想啊想。

八

已经10点钟了。夜神的驾车早已从崦嵫山发轫,踏踏驶来,巡察人间的欢乐与悲苦,建设与破坏,前进与倒退……

我慢慢踱到树影婆娑的东岸,想再从正面看看金碧辉煌的酒吧一条街。

此时此刻,黑夜的魔力,又把什刹海变成了一个宁静的大码头,墨色的湖面轻轻摇曳,灯火通明的酒吧一条街,成为泊在上面的一艘大商船,每个窗口都向外喷射着纵情的欲火、一掷千金的癫狂,还有一醉方休的万丈豪情。恍惚之间,我又觉得它很像一只充满生机的大蜂巢,群蜂们被不知是什么缘由的激情鼓舞着,激动着,跌宕着,抛售着,嗡嗡嘤嘤,上飞下舞,乱蜂渐欲迷人眼……

记得几年前的一个研讨会上,我曾听到北京的一位作家叹息过:"北京城啊,缺乏一条大河……"他诠释说,世界上的大城市几乎都是逐水而建的,巴黎有塞纳河,波恩有莱茵河,伦敦有泰晤士河,莫斯科有莫斯科河和大运河,纽约是美国最大的海港,香港濒临南海又有香江,上海也是长江入海口,黄浦江的涛声日日夜夜在外滩吟唱。就这样在一条条大河边，孕育出了人类的文明——农业文明、工业文明、科技文明、城市文明……

其实他说得不对，我们北京，早年曾经是有大河的。后来，因为只是向它索取，过度地开发和航运，不注意疏浚和保护，致使"海子"湮塞，大运河被迫改道，"海"变成了潭，变成了湖。有的水域还消失了，比如因老舍先生而名声大噪的太平湖。

今天，我们已经号称是"具有现代意识"的文明人了，能让这悲剧再度重演吗？

我们能让什刹海和积水潭，再往下变成小河沟，乃至渐渐干涸，永久地消失？

这，难道是"不着调"？

九

"一片芳心千万绪，人间没个安排处。"

"问君能有几多愁，恰似一江春水向东流。"

"剪不断，理还乱，是离愁，别是一番滋味在心头。"

"流水落花春去也，天上人间。"

"自是人生长恨水长东……"

2005年春于北京

在北京的心尖儿上

青少年时期,我曾在北京酒仙桥的一家工厂做过八年工,因此我是正正经经的产业工人出身,对工厂充满了感情。"工厂"这个词在我的字典里,永远是温暖的、馨香的,表达着旭日喷薄的那种壮丽景象与情绪。

2015年"五一"劳动节前两日,正是牡丹动京城、绿柳拂依依的时节。薄日轻云的一大早,坐在北京东城区"七七文创园"小剧场里,有种置身历史后台的异样感。看着眼前宽宽的舞台,头顶上那些支支棱棱的铁架子舞台灯,以及身后一排排可以自由伸缩移动的座椅,心里正愉快地想象着曾在这里上演的台湾情景剧《台北诗人》,突然听到介绍说,这个小剧场是由以前北京胶印厂的印刷车间改建的,不由得吃了一惊。再度把眼光推及整个剧场,来来回回地寻觅,企图找到当年旧工厂的些微痕迹。

但早已恍如隔世!

或曰"时光不再,青春不再,人生不再",眼下这些代表着中国早期工业文明的大批街道工厂,却再也没工夫惆怅,而是毅然决然地与21世纪的、大数据时代的、全新格局与观念的"新常态"牵手,向昨日做了最后的告别。"我挥一挥衣袖,不带走一片云彩……"这是徐志摩的诗句,此情此景,适时地袭上了我的心头。

"美术馆后街77号"，虽然只是个门牌号数，可我觉得它也具有一种诗歌般的神秘味道，用《学与玩》杂志原主编、老东城人马光复先生的话说："太熟悉了，是老北京人谁不知道？"这个小院落可以说是镶嵌在北京的心尖儿上：是在一环以里的寸土"尺"金的地界上；是在绿树掩映的皇城根绿化带上；是在金碧辉煌的紫禁城之畔；是景山公园、北海公园的东邻；是王府井大街的终点；是中国美术馆的后院；是天安门城楼的一块进门影壁……而整条美术馆后街历史悠久，与古老的北京城一样底蕴深厚：元代为安贞门街的一部分，属蓬莱坊，忽必烈曾在此处为道教正一派传人张留孙建崇真万寿宫；明代为安定门大街的一部分，属保大坊；清代册封给了正白旗，雍正年间建诚亲王府，同治年间为荣安固伦公主府，光绪年间改称"大佛寺西大街"。"文革"中一度被红卫兵改称为"首创路"，1973年正式更名为"美术馆后街"，直至如今……

还说美术馆后街77号。新中国建立以后，这个院落逐步推衍变化，后来在某个东风浩荡的日子里，定格为北京胶印厂。在该厂载歌载舞的青春期，风流过、辉煌过，因印制画像和像章被万众瞩目过，过了一段"唯知跃进，唯知雄飞"（李大钊语）的好日子；但现在早已厂老气衰，且噪声严重超标，异味不符合环保要求，像一只气息奄奄的老衰鹰，连如何站起来的想象力也丧失殆尽了……工厂负责人面对着一台台傻大黑粗、再也救不活的旧机器设备，和几十号要生存要吃饭的工人及他们的老人孩子，愁绪啊，恰似一江春水向东流！

春水年年，抽刀断水水更流……

不过，且慢，既然欣逢盛世，就不应当是一点儿希望也没有的死路一条啊。关键，还是要看看怎么抽刀，如何断水。终于，2012年盛夏，抽刀断水的倒是没来，"腾笼换鸟"的来了！

在东城区政府有关政策的推动下，区国有企业——北京东方文化资产经营公司的代表来了，在东城区管委会副主任韩树凡的操作下，与北京胶印厂达成了二十年的战略合作意向。所谓的"腾笼换鸟"，真是一个要多形象有多形象的比喻——由政府注资入股，把破旧的、没有发展前途的老旧街道工厂旧址，改造成符合今天社会发展形态的文化创意园，从而让更有生命力的鸟儿，从这里一飞冲天！

仅仅两年多时间，经过专业的北京东方道朴文化资产运营管理公司实施的全面改造，昔日灰头土脸的"村妞"北京胶印厂，变身为今天这位具有国际"洋范儿"的"大都市女郎"了：楼内、楼外、楼顶，摆放着各种材质、各种风格的大型雕塑；沙龙空间和创作者俱乐部的墙壁上，挂着色彩浓郁、形态夸张的先锋派画作；大型电子工作平台、多种国际风的小型办公室内，文化氛围浓厚，人影幢幢；展览厅的展品是某民间人士收藏的各种篮筐，有些曾做过影视剧的道具；空中阳台变幻着各种造型的灯光，还植有绿地和小水塘；最招摇的，是那根旧工业化时期的大烟囱，原来的傻大黑粗形象已被改画成黄、蓝、红三种颜色的图案，"翻身农奴把歌唱"，变成"七七文创园"的大 logo 了。

在这么好的黄金地段，具有这么洋气的工作环境，那不宾客盈门打破头，难道还能有别的局面？但"七七文创园"可不是什么项目都接的，皇帝的女儿不愁嫁，"文创园"只是打造电影电视主题行业，目前已入驻了多家知名影视公司，包括德国 PIXOMONDO 图文制作北京公司（2012年奥斯卡最佳特效奖得主）、盛大动漫公司、有妖气动漫公司、都市实践、果麦文化传媒、虎嗅网、百道践行文创公司等等，连东方道朴管理公司的办公室都被"占领"了……

真是愧做了东城人，不看不知道，一看吓一跳！莫道一天天斜阳匆匆转瞬去,却原来身边早已风云际会,绿了芭蕉,红了樱桃。类似"七七"这样的文化创意园,东城区已经在交道口、北新桥、雍和宫、方家胡同等地区做成了19个园区。除了京城里最常见的喜鹊、灰山雀和麻雀,还有啄木鸟、布谷鸟、绿头鸭、天鹅、苍鹰、丹顶鹤等等也试探着入驻进来。甚至"有凤来仪",连孔雀也飞来了,引得欧美一些国家的媒体都前来采访报道了。

一泓春愁水,已汇成一条高歌猛进的大江!

在故垒西边,人民美术印刷厂厂长、党委书记肖福全的脸上,连皱纹都笑开了花。他的厂子位于北新桥板桥南巷,面积、体积跟北京胶印厂差不多大小,也是有楼有院子,家底儿不错。可惜也是设备老旧,工人年龄偏大,观念偏旧,加上连年开工不足,挣不来钱,熬得肖厂长那一头黑发都花白了……韩树凡主任又带来了东城区政府的"胡同创意工厂游"项目,经过一番文化打造,在旧厂址上建成了"人民美术文化园"。现在,该园除拥有一座人民美术文化博物馆外,还引进了北京金刚游软件公司、北京早晨全家福摄影会馆和宝贝优国际儿童摄影连锁机构、己未空间高端会所、在村上糯酒馆等大小商户入驻。除了笑眯眯坐地吃租金之外,厂子的一些老职工还被安置在园区内就了业。因此,我看到不仅肖厂长在笑,似乎每个人都笑意盈盈的……

我也笑了,从心里往外高兴。

我虽然既非笼,亦非鸟,但我这个老东城人,经历过槐香一胡同、绿树绕红墙的北京时光;也眼见得外地小商贩大军风起云涌,麇集京城的景象,并目瞪口呆于这种景象越演越烈,每天都在不断深重化;我更痛心一条条胡同被拆,被毁灭性租住,被饭馆化商业化,被空气污染垃圾遍地,被变成日益喧嚣的农贸市场,被退回到农业文明时代……而胡同内几无完整的四合院,越加拥挤不堪脏乱差环境的叠加效应,更使得北京居民们加速"胜利大逃亡",随之北京的胡同文化也在不停地流失……虽然北京市政府、东城区政府一直在想方设法治理,但治理似乎永远赶不上粗鄙化的下滑速度——当然,这也是横亘在所有世界性大都市面前的一道共同的难题,无论是巴黎、伦敦、纽约,还是罗马、苏黎世、德黑兰,国际化大都市的"中心区域贫困化问题",至少到目前,均无解。

但愿我们东城区的"文化创意园"项目,能为此提供出卓有成效的经验;期冀古老的北京作为一只吉祥的金凤凰,能早日完成它的涅槃新生,或可成为全世界的领头鸟。古往今来,白云悠悠,世事多难,人生艰辛,天下从没有一条太平路。我们只能披坚执锐,筚路蓝缕,永不放弃,奋勇前行,去争取全体老百姓的幸福生活指数上涨,上涨,上涨。

哦,请把你的右手抚在胸膛上,可以感觉到心脏在有力地跳动。北京是中国的心脏,东城区在北京的心尖儿上,眼见着一天天高楼大厦春笋般生长,眼看着一日日科技创新成果繁花般盛开,旭日东升,钟鼓和鸣,红霞满天,百鸟翔飞,在红墙绿树下奔忙的东城人,加油!

2015年5月于北京协和大院葳蕤斋

包包里的人生

人生匆匆忙忙,世界气象万千。大风呼啸,云起云飞,对于一个中国女记者(兼女作家)来说,理想的光芒很辉煌,面对的现实很无情,比如一个信手拈来的例子:一天采访太忙了,完事赶回家已是天幕黑沉的九十点。男记者到家是大功臣,呵呵,妻儿老小,嘘寒问暖,热饭热茶伺候,洗澡水也早已备好;女记者却有不少人变身为"罪臣",一进家门就赶紧喊里喀嚓卸下电脑、手机、文件材料等一大堆行头儿,一个猛子扎进厨房、卫生间,去对付脏碗、脏衣和孩儿的赖闹……

整年享受着这样光荣的待遇,那么,在我们光鲜亮丽的包包里面,都装着些什么呢?

不敢以偏概全,仅以我这个已经干了30多年媒体行业的职业记者、资深编辑、兼职作家为例,作如下剖白:

首先第一重要的,当然是平板电脑和手机。随时随地与大本营保持着须臾不能割断的血脉联系,乃当今每个新闻人的身家性命,所谓"人在新闻在"嘛!

其次,包包里永远带着两支笔,一支钢笔,一支圆珠笔,必须保证分分秒秒都能写。

现在年齿渐长,用了一辈子的身体各个零件,渐渐出现了磨损或损坏的情况。为了对付这些越来越不乖的"老儿童",这方面的"置业"也越来越丰富。比如时时刻刻不能缺位的是两副眼镜,老花镜的作用不用说了,还要随时备着一副质量上好的太阳镜,保护眼睛变得越来越重要啊!

我是属于比较保守的老派"死心眼儿",还习惯带着一只保温杯。它的好处至少有三条:一卫生,二环保,三可以保证暖和自己不愿接受凉水的胃。

近年来即使在夏季里,我也还会随时带一件薄毛衣,以对付随时突然而至的冷风、阴风、贼风、呼啸的风和凶猛的罡风——可不敢轻易感冒了。过去,感冒还是病吗?发烧39.7度还能从北京东郊酒仙桥骑一个小时自行车回城里;现在,知道感冒的厉害了,它能引起支气管炎、中耳炎、心肌炎、肺炎等等好多疾病呢。

至于身份证、记者证、卡片夹(包括银行卡、航空卡、公交卡、购物卡等多种)、名片夹、小便签,还有一些零钱,恐怕是媒体的天下公器,已成为人人的出门必备了。

再下面的,渐渐变得无足轻重,可有可无。但以我的经验我的性格,我觉得还是有的好。比如伞,有雨可挡雨,无雨可遮阳,碰到不愿见的人士,还可以把伞一低明哲保身也。正是:"日转黄麾,风生绛伞,春殿龙颜咫尺。共庆一堂嘉会,万宇同沾春泽。祝眉寿,便从今细数,好春千亿。"(杜东《喜迁莺》)

以上诸种物件基本属于中性范畴,而作为职业女性,即使为工作而冲锋陷阵时再一往无前地展示出"女汉子"的勇毅和果敢,我们每个女记者的包包里,也都会装着如下女生用品:小镜子、小梳子、干湿纸巾、手帕……是的,几十年来我一直保持着使用手帕(我们北京人称"手绢儿")的优秀传统,这"环保利器"真的比纸巾好,柔软,温暖,体贴,像我们小时候拉着妈妈的手。可惜现在已经越来越难觅到它们的身影,或它们已变身为僵硬、冰冷、难缠的化纤家伙,这就没法要了,因为它们已经从亲爱的妈妈变成了整天皱着眉头瞪着你的班主任。

过去,我的包包里还会带着一支口红和唇线笔,但自从听说它俩对身体可能存在着危害后,就坚决地丢弃了,毕竟美丽与健康相比,我愿无条件选择健康至上。

出差的时候,我还喜欢带上一根绳子。住宿条件不太好时,它可以充当晾衣绳,打道回府时还可捆东西,既不占空间又能解燃眉之急,因此恳切推荐大家迅速学习我这超高的对付生活的能力。其实呢,我不敢掠人之美,这一招还是著名女作家、《少年天子》的作者凌力大姐教给我的。她出差习惯带着两件东西,一绳子,二小塑料盆,请想想这对于风里雨里走南闯北的女记者来说,是多么实用!善于学习的我立即就学到了手,并且数十年如一日一直坚持到今天。不过随着中国GDP的不断提高,中国国力的不断强大,中国人均可支配收入的不断升高,我的实体小塑料盆已变身为可折叠的充气式产品,与过去笨拙的"傻大黑粗"已彻底划清了界限。

与此可称为双璧双辉的,是我的包包里还时刻躺着一只环保布袋。我非常宠爱它,因为它放开身量时是一只宽1尺、高1.5尺的大口袋,不用时叠起来,一揉一塞,就能神奇无比地变身为一颗鲜艳的大草莓——我太崇拜它的设计者了,多么具有创新精神的想象力啊,若我们的文学作品能这样"纷吾既有此内美兮,又重之以修能",何愁中国出不来大作品啊!

哈,说来说去,三句话又绕回了本行,这叫什么精神?答曰:标准的职业精神。于工作来说,我们50后这一代女记者女编辑女作家,几乎个个都是兢兢业业、一丝不苟、克勤克俭、工作第一、"以天下为己任"的优秀人物。另外于个人生活来说,一个有魅力的当代知识女性,她包包里的物件,也可以说是一个小小的精神气质展览馆,她的修养、品位、人格、人性、境界、道德以及人生追求,都可在这里一览无余。所以,当《鸭绿江》的美女编辑铁菁妤开创了《包·时光》这个充满奇思妙想而又温馨的栏目,并提出向我约稿后,一向低调、内敛、不愿抛头露面的我,经过慎重考虑,郑重答应她把我的包包"暴露在光天化日之下"。我在从沈阳返回北京的飞机上,心有所感地写下这篇文字,一并呈现给读者。我想说:气质是内在修为和文化修养的结晶,由精神做着强大的支撑,精神来自我们对工作的热爱和对社会的责任感,而所有这一切的源泉,是基于我们对世界和人类的大爱……

说话间,我的包包突然动了一下。接着,它竟然像鲜花一样徐徐绽放开来,香幽幽地长出了一对大翅膀,变身为一只漂亮的花蝴蝶。一阵清风吹来,它扇动翅膀,飞出了机窗——飞向蓝天,飞向宇宙,飞向太空,飞向梦想!

2015 年 7 月 26 日初稿于北京—沈阳万米高空
2015 年 8 月 2 日定稿于北京马连道莳姜云居

美的固执

《手心手背》是我今年新出版的散文集。在26部个人作品集中,我自己最心仪这本书的封面。拿给文人朋友们看,大家亦皆显出喜欢的神色;后来又有美术行家看到,也颔首称好。我这颗外行的心,才算真正自信地飞腾起来了。

原本,它长的不是这般面貌。作为一套10本奉献给初高中学生的散文读本,它的封面设计皆大面积留白,只在右上角处斜着镶嵌了火柴盒大小的缩略图画;书名字"手心手背"用的是黑色,字号两大两小。我固执己见地坚持着把小图放大至整个封面,把书名换成特号隶书体,并着成紫色,同时把书脊也换成这个紫色。于是,它就变成了她,变成了现在这样青春亮丽、充满童心爱心清纯之心的漂亮模样了。

我很兴奋,敝帚自珍——终于按照自己的心愿做了一部书。

说来我是学中文的,只会写字,一笔也不会画。但几十年来,架不住对美术满腔热爱,架不住努力学习,架不住特别爱琢磨各种书籍的封面,架不住老跑美术馆,架不住攒了一大堆画册有空就看,架不住结交了一些画家朋友,且时时从他们身上采点儿仙气,架不住当了30年副刊编辑,也就是说已经在自己的版面上刊发了30年美术作品,架不住这一年多以来,又搞起了《光明文化周末·文荟》的彩色版,使我对色彩有了感觉,甚至还着了迷,每次拼版,都和小编辑们反复试验着图片与文字的位置关系、色觉关系、呼应关系、过渡关系、和谐关系……并不断幸福在这种学习——琢磨——实践的良性循环中……

况且,艺术的本质是美。各种艺术的灵魂是相通的。因而美是相通的。

就拿我们文学副刊来说,如果说名家名作是厚实坚固的地基,那么好标题就是平坦华美的大理石地面。这几十年来文坛出现的几个经典好标题总令我念念不忘,有张洁的长篇小说《无字》,铁凝的中篇小说《永远有多远》,还有鬼子的小说集《被雨淋湿的河》,都是多么有创造力、多么诗意的名字啊,一下子就把读者的双眼烙在文字上了。好标题和好书封面的作用就这么重要,必须在第一瞬间就把读者迷倒,不然现在这么多报刊,有电视、网络、微博、微信……谁还能顾得上看你?

所以这些年来,无论副刊面貌几度旧貌换新颜,无论编辑们几度新人换旧人,我们对好标题格外上心、格外用功、格外使出浑身解数的传统不变。我认为,好标题至少应该具有三个因素:悬念性,曲径通幽,引人入胜;故事性,丰富生动,无限联想;文学美韵,即把文学的美蕴化成音乐的旋律,淙淙流淌直至咆哮奔腾。而经过我多年的揣度,一本好书的封面,也同样不可欠缺了悬念性、故事性和文学美韵这三大因素。特别是给孩子、青少年做的书籍,更要从他们的童心出发,要吸引住他们,拉开他们一味埋头 iPad 的手,转而引导他们把书翻开。

至于从绘画和装帧的技术角度来说,笔墨固然重要,但我觉得图形更重要。以个人品位,我喜欢画面满天满地的这一路,像西方的油画,层层叠叠,一浪高过一浪,最好能像德拉克洛瓦的大油画那样,每一寸、每一分、每一毫都重击着你的心(当然,中国哲学有空灵派,中国艺术有简约派,中国画有淡雅派,对于讲究留白和喜欢素雅的各位,我也万分尊重)。而在我的心目中,色彩更重要。还是个人偏爱,我坚决主张:色彩必须强烈,非同凡响,敢于用流俗所不敢用的颜色(比如曾见李可染先生的某些画作,于青山绿水中突然插入极端的朱红色块,顿觉灿烂耀眼);必须在一大片图书中一下子就抢眼地跳出来,让人一下子就看能到这枝出墙的红杏。也当然,各种色彩还必须和谐,大呼大应,小呼小应,不能虾兵蟹将各自生猛,乱糟糟飞鸟各投林。

还有一件事使我好几年不明白,刚好在这里请教于各路高手:一段时间以来,装帧设计界流行使用小字,不光书籍封面,就连名片也用六号字甚至七号字,直叫人看得一片片月朦胧鸟朦胧。我是真的跟不上这奇怪的时尚:字是让人看的还是故意不让人看见的?如果故意不让人看见为什么还要做呢?或许是我们著书人跟做书人为两股道上跑的车,追求各自不同?不过,各位著书同仁,各位仁爱读者,写出一部书来多么不易,得要多少个花开花落,云起云飞!所以,请原谅我的固执己见——也许我说的都不着调,但也请听听我们这些外行的臆想吧。

2013 年 7 月 16 日于北京协和大院葳蕤斋

我家有个小弟弟

> 我家有个小弟弟
> 聪明又淘气
> 每天爬高又爬低
> 弄得满身满脸都是泥
>
> ——引自儿歌

终于养起了一只小猫,似乎才觉得人生完整了,家像家了。

也许你觉得我这么说是一种矫情,那是你完全不了解我。心灵充满爱同时又倍加珍惜爱的人,很自然会向小动物倾注情感。

一

人们有时对"幸福"的理解是相当具体的。在很久不知幸福为何物之后,养起这只小猫,竟让我体会到一种幸福感——虽然"幸福是什么"这个命题已被人们讨论了成千上万年,至今也还没有探索出个子丑寅卯来。

小猫刚抱来的时候,只有巴掌长,还没有断奶。由于害怕这个陌生环境，一来就藏在沙发底下，"喵呜，喵呜"，奶声奶气地不停地哭闹。

这是一只普通种的猫，底色为白，兼以不规则的黄花。略有一点小奔头，鼻梁挺高，鼻头小巧玲珑。眼睛圆且大，与人对视时睁得更圆更大，里面汪着一泓金黄色的水，就显得更加漂亮。据它原来的主人说，一胎兄弟姐妹五个中，它是眼睛最圆最亮的一只。"巧笑倩兮，美目盼兮"，因此也就格外受到宠爱。

女儿放学后见到它，立即欢呼雀跃地"疯"开了。也许是遗传的原因，我和女儿都格外地喜欢猫啊、狗啊等等带毛的小动物。女儿还不满周岁时，就曾抓住邻家的猫不肯放手，后来她懂事了，多次求我给她养只猫。只是因为听说猫身上有病菌，对小孩子不好，所以就一直没养成。如今女儿长大了，人家又把小猫送上门来，我这才抱着试试看的心理，把猫留下了。

男人回家看到它，脸可就黑了。他从心底里不喜欢小生灵，这也是没有办法的事。不过看到女儿欢喜若狂的，男人到底没下逐客令。

小猫就这么留下来了。

我刚才说到"幸福感"，可能已经引起了你的反感。对不起，这话说得可能有点夸张，但小猫真的带给我极大的愉悦感，请让我毫不隐瞒地告诉你。首先它竟是那么信任我，每次我从外面回来，刚一上楼梯，它就听出是我，在屋子里"喵！喵！"地呼喊起来，喊声是那么急促，那么含情。及至打开房门，它就开始围着我撒欢，故意在我脚面上跳来跳去，或者拿它的尾巴在我腿中间扫来扫去。我走到厨房，它就跟到厨房；我走到卫生间，它也跟到卫生间；我坐下写作，它就趴到我眼前，目不转睛地看着我，简直就像影子一样寸步不离，生怕我再把它独自留在家里。

说到读书写作，这于我自己是一件最愉快的事，于女儿却是一件最无奈的事——我曾问她最不喜欢我什么,她想也不想,一指我的书桌说:"你写稿子。"的确,我写作的时候最不喜欢女儿来打搅我,受了冷落的她竟和小猫成了同盟军。

这个小同盟军完全不管不顾,大摇大摆地跳上桌面,往我的稿子上一趴,然后就瞪圆了眼睛看着我,那意思是说:"你不跟我玩,我就不让你写!"我大声地呵斥它,它纹丝不动,只是更圆地瞪了漂亮的大眼睛看着我,金黄色的眼睛里全是倔强。我只好把它抱到地上,拍拍它的头叫它不要闹。谁知一回身工夫,它就又跳上桌来,依旧趴到我的稿纸上。常常要如是者好几回,它才极不情愿地往后退一步,让开稿纸的大半,却依然要用身子压住一个角卧下,然后又倔强地看我一眼,就心安理得地打起它的猫呼噜。我只好将就了,过会儿趁它不注意,赶快把稿纸拽出来,扩大些地盘。可还不等我写上三两行,它就又发现了,大模大样地立起身,往前凑一步,又压住稿纸的一角卧下,才又安心闭目呼噜。

晚上我读书写作的时候,不论多晚,它也要趴在那儿等着我。有时它困得实在睁不开眼了,也还是不肯回到它的小窝里去,就趴在我的写字台上睡着了。久而久之,我竟也养成了毛病,有时没有小猫守在跟前,心里就不踏实,非要起身去看看它在哪里,在干什么,然后再继续做我的事。

就这样,小猫不仅进入了我的生活,也渐渐进入了我的感情世界。特别是白天,女儿上学去了,小猫忠实地陪伴着我。有一次我下班回来买了不少东西,在楼下喊女儿下来帮我拿。女儿正在玩游戏机,不肯下来,小猫却一下子蹿到我脚边,"喵、喵"地迎接我,金黄色的眼睛里流溢出由衷的兴奋。我心里一阵温情,忍不住对女儿说:

"瞧,小猫都知道下楼去接妈妈,你呢?"

女儿放赖,挑剔我说:"小猫也管你叫妈妈呀?你也是小猫的妈妈呀?"

我说:"就是,小猫就是你的小弟弟。"

女儿大笑起来,起身就去抱小猫叫"弟弟"。

其实女儿更爱小猫,有时小猫犯错误,我要打它时,女儿总是护着不让打。女儿身上向来没有独生子女那种偏狭、嫉妒、拔尖、不容人等坏毛病,对待这位小"弟弟",她更是一副长姊风度。我给小猫喂好吃的,抱着小猫逗它玩,包括晚上睡觉小猫不肯到它的窝里睡,而一定要卧在我的被子上,把它的一双小爪子搭在我的胳膊上等等,女儿都大度地接受乃至欢喜。我曾到女儿的学校了解过,她在班里对同学的态度也是如此。我非常欣赏女儿能有这样忠厚的品格,尽管目前社会上忠厚似乎已经过时,人们拿着鲁迅先生那句话"忠厚是无用的别名"来理直气壮地否定它;更曾有人干干脆脆地对我说:"可别让你女儿太忠厚了,那得吃一辈子亏。"但我想,人类还是应该以忠良为本,不然人人都精得猴儿似的,这社会还不更是打得昏天黑地,那这世界还怎么待呢?

二

由此,我也想到应该给小猫养成一些良好习惯的问题。

猫绝对是有思维能力的,据我观察,其智商程度大约相当于一岁小孩。比如,它会用各种不同的叫声表达它的饿、渴、困等不同要求,会用蹭腿、摇尾巴、逃走等不同动作表达它的各种感情。我的猫还会跳起来开门,这是因为它千百次地看我拧门的动作,晓得了那是开门的机关。最绝的是我的猫心里有一杆不差斤两的秤,能用三种不同的态度对待家里的三个人。比如对我,它就竭尽撒娇、耍赖、放刁之能事，不论我怎么大声地呵斥它，它也"我自岿然不动"。可是要换了男人，只要他一进屋，小猫立刻就蹿到床底下躲起来，吓得一声也不敢吭。对女儿呢，平时它不怎么在乎，若我出差在外时，它却巴儿狗似的跟着她，特别乖巧。真是打着不走，牵着倒退也。

既然小猫这么聪明，那我认为应该教育教育它，使它也有家规家教，养成良好习惯，成为一只有教养的猫——如今这个世界保存下来的优秀传统是日渐稀少了，尤其是中国传统文化中的精华，比如仁义、道德、尊老、爱幼、人人爱我、我爱人人等等，已经气若游丝了。

我少年时也曾养过一只猫，那时正值"文革"浩劫，家里人下放的下放，上干校的上干校，上山下乡的上山下乡，只剩下14岁的我留守。于是我就养了一只小猫跟我做伴，它也是黄白花色，圆眼睛，半长的毛，刚抱来时也是只有巴掌大。我和那只小猫处得挺好，那真是一只优秀的猫，非常懂规矩。那时父亲也被"揪出"好几年，每月只发15元生活费，家里生活很是艰难，所以每天给小猫的饭食，也就是米饭拌点菜汤。小猫从不挑嘴，给什么就稀里呼噜大嚼什么，还长得胖胖墩墩，毛光脸亮。它从不偷吃东西，你就是把鱼和肉随手放在地板上，没告诉它可以吃，它也绝不去偷吃。它处事也很有分寸，从不跳到饭桌、厨台等不允许它去的地方。来了客人也很守规矩，既不"人来疯"，也不躲在床底下死不出来，而是大大方方地走上前，"喵"地问声好。我也从未见过它到处乱磨爪子，把物什抓得稀巴烂。可惜这样出色的一只猫，后来跑到外面迷了路，再也没有回来。

相比之下，现在这只猫可算是"野蛮人"了。"有意栽花花不开"，不论我怎么教化它，它都像坏小子一样冥顽不化。

就说它现在的伙食吧,早就进入"资本主义"的水深火热之中了,天天有鱼,顿顿有肝,直把它吃得脑满肠肥,"将军肚"耷拉着,走起路来一扭一扭的,耍尽大老板的威风。可它竟然还是偷嘴吃,一不留神就跳到厨台上偷肉吃,怎么挨打也不改。它也全不懂规矩,一亢奋起来就疯闹,满屋子满柜子满桌子满床地蹿上蹿下,不是碰倒了花瓶就是摔坏了碗,有一次把我的玉镯打碎成四截,我这边还没回过神来呢,它那边无一丝歉意,又没人似的推倒一只茶杯,气得我和女儿直骂它"闹咪"。更可恨的是它不知哪儿学来的坏习惯,每天一起床,一吃完饭,一玩高兴了,就冲到沙发扶手上去磨爪子,没几天就把我那沙发连套带芯抓成了条条。我赶紧在那里缝上一块厚棉垫,谁知它嫌不舒服,又改换到另一只扶手去磨,真是恨杀人也!

三

我也曾多次自忖:对于这只奸懒馋猾的猫,你为什么还不把它打出去?

不但不打出去,还拿它当宝贝,心甘情愿地伺候。朋友们没有不笑话我的:"你整天说你忙忙忙,累累累,怎么还会有这份精气神儿弄猫?"

对这问题我也说不清楚。从理论上说,我想这也属当代社会病中的一种——你没看见现在社会上好多人,整天吃香的,喝辣的,三层楼房住着,私家轿车开着,比过去吃窝头就咸菜不知登上了几重天;可是过去倒不发牢骚,现在却整天这也不满意,那也不顺心,好像谁都欠他二百吊。据专家说,这叫当代社会焦虑症,是因为适应不了当代社会急剧的节奏,心理重压失衡而引起的。的确,后工业社会的全能电脑就像上帝的魔手，转瞬之间就把人类几千年形成的传统生活方式改变得面目全非，而这之间留下的精神冲突空间，却无人来弥补。人类能否救赎自己？人类怎样救赎自己？这一系列重大的理论问题，根本就不是我辈能够想得清说得清的。

而从情感来说，为什么爱猫的问题就更难描述得清。你能说清楚为什么爱红日白雪蓝天吗？你能说清楚你为什么不爱阴风苦雨凄霜吗？

冰心女士的爱猫早已尽人皆知，季羡林先生、刘心武、张洁等很多很多作家、学者都爱猫，可见宠溺猫并不显得多么可笑，与猫交流感情也并不是一件不适宜的事。当人的精神世界孤寂无助时，一只小猫可以同你一起度过危机。猫绝对可以与你相通，做你的朋友，甚至强过你周围的一些人。的确，这世上有些人还不如猫，起码猫不会陷害你、妒忌你、中伤你、讹诈你，攻其一点，不及其余；猫也不会向你落井下石，往你的伤口上撒盐，置你于死地而后快；猫更不会口蜜腹剑地算计你，明火执仗地抢劫你，背信弃义地出卖你。猫向人献媚讨好往往并非功利目的的考虑，只不过是天性使然。

四

在结束本文的时候，我的心又疼了起来。因为不瞒你说，我家的"小弟弟"已经离开我一个星期了。算起来，也许是我害了它，我从不让它出门，弄得它毫无社会经验，而当它不知深浅地跑到外面世界的时候，立即就被漆黑的夜吞噬了！

女儿大哭，睡梦里还在叫"小弟弟"。每逢吃饭的时候，更是一迭声地问我：

"咪咪跑到外面，有没有人给它饭吃呀？"

"要是没有人给它饭吃,它吃什么呀?"

"它没有东西吃,会不会饿死呀?"

说着说着,女儿的眼里就噙满了泪水。而我也盯着饭菜,想起小猫瞪圆了眼睛,看着我们吃饭的桌子,冲着我"喵喵"地叫,它是在提醒我们不要忘记它也要吃饭呀!这只猫也挺怪诞的,不管是什么菜肴,哪怕是并不爱吃的,也要吃上几口,以示它也是这个家庭中的一员。你们谁听说过猫吃老玉米、白薯、饼干、点心、冬瓜、西红柿、土豆、白菜、莴笋、菜花、豆角?我们家的猫都吃过。

1992年11月30日于北京协和大院

把我的幸福告诉你

今年春节,我过了一个幸福的年初一。

"幸福"是什么?于我人到中年的年龄,于我尝遍人生五味子的经历,是早已过了蹦蹦跳跳的童年梦幻阶段,七彩斑斓的少女憧憬阶段,想尽天下好事的青春激情阶段,也过了亦真亦幻的人生自我安慰、自我拔高阶段,冥思苦想同时又是书斋里面哲学意义上的发问、穷究、探索的阶段。"幸福"对于我,早已不是冬日里镶着金边的晨曦,夏日夜空闪闪烁烁的星斗,天宇中步步祥云的天街,一厢情愿但却永远缥缈虚幻的海上仙山;而是稳固的大地,坚挺的高山,和煦的春风,驯服的江河;是风调雨顺的丰收,国泰民安的祥和,琳琅满目的市场,遍地站立的楼房,绿意盎然的环境;是高堂二老的健康长寿,女儿的学习成绩名列前茅,朋友们的发达、欢笑、温馨、忠诚,我自己的工作步步高。

还有读书。

是的,读一整天书——在暖洋洋的阳光怀抱里,伏在写字台前,一支红蓝铅笔,一杯香浓的咖啡,捧着一本好书,安安静静地、踏踏实实地、心无旁骛地、不受任何干扰地、什么也不操心什么也不着急什么也不想地读上一整天书。

想一想都心动,这是何等的幸福啊!

可惜的是,如今这幸福已经变得很奢侈,很奢侈。

放寒假的第一天,女儿来跟我要书:"妈妈,咱家有世界名著吗?语文老师让我们读世界名著。"

我竟是"腾"地跳起身,带着一种受宠若惊的感觉,拉开书柜门,急急地抽取,转身就给女儿抱来一大摞。抚摸着这一大摞老朋友,我不由得回想起自己的少女时代,那时多有闲暇多有心境多么幸福呀,曾经痴情地、着迷地、自由自在地、一任自己喜好地、放任自己燃烧、痛哭、悲歌、畅笑地读了多少书!

唉!现在这些书上已经落满了灰尘。

也许是现代生活的节奏加快了,也许是电子时代的信息增多了,也许是工作、学习、就业、住房、环保、医疗、治安、孝敬老人、教育子女、亲善友朋、和睦邻里等诸方面的要求越来越高,我们这些职业女性的生存压力,确乎像滚下喜马拉雅山峰的雪球,越滚越大,越来越沉,甚至不堪重负了。我常常意识到自己竟是身兼七职:一、记者;二、编辑;三、作家;四、朋友们的朋友;五、父母的女儿;六、女儿的母亲;七、女儿的家庭教师。我周围的许许多多女友,也都像我一样肩负着三座大山六条江河九万里云天。上班的时候,忙,像上了弦的机器人,马不停蹄,分分秒秒不拾闲;下班回到家,继续忙,依然是一只抽得团团转的陀螺,手、脚、脑并用,先照拂柴米油盐,后对付孩子的功课,同时兼顾缝补浆洗,好不容易等孩子睡着了,赶紧拿出稿子来编,或打开电脑敲上一小会儿,等挨到夜半自己上床时,浑身的骨头早都散了架儿,即使是像模像样地捧起一本书,也还没看上两行,脑子里就弥漫起一片云烟……就这么天天复天天,年年复年年,本来不多的知识积累被迅速掏空,人变得苍白、干瘪、空虚、木讷、丧失目标、忘却激情,像一只风干了的柚子一样没有了任何灵气……

读书,再回到学校里读两年书,管它是读硕士、读博士,还是进修,我一次次找领导要求。可是最终,领导只许诺说:将来送你上党校吧……

那么,自己读! 不上班不采访不编稿子不写文章不思考问题什么也不干地读上一个礼拜! 我痛下决心,我咬牙切齿,我赌咒发誓,我今天期盼明天、明天指望后天、后天安排到下周……可是,当然,这退而求其次地跟自己赌气,或者说是给自己谋一份儿幸福的"壮举",也如同上不成学一样,成了日复一日的奢望。

不光是我,我敢说99.99%的职业女性,都若此。不光是职业女性,我敢说职业男性们也一样——"孙悟空逃不出如来佛的手心"。

这也许是现代人命定要经受的精神深渊? 外面的雷声、电光、云色、霞彩太多太多,大饭店、大商城、娱乐宫、进口大片、CD、VCD……就像旋风般冲杀过来的哥萨克骑兵,不由分说漫天动地滚滚而来;内心里的焦灼、浮躁、寂寞、失落亦太多太多,似乎只有用歌厅、舞场、游戏机、打麻将来填充多余的生命。那一份份古典主义的浪漫情怀呢? 那一曲曲月光下的小夜曲呢? 那一个个高雅温馨的文艺沙龙呢? 那一部部大师们用生命留下的、记录着人类文明脚迹的世界名著呢?

还有人记起吗?

还有人企图找寻回来吗?

这么想问题,也许我已经成为一只过时的古钟了? 不意那天与梁晓声谈天,他竟也告诉我,读书,亦是他时时巴望的一种幸福。他慢条斯理地说:"有时,我真想告诉那些无所事事的朋友们,去享受一下读书的幸福吧。"

就是这一次谈话,使我下了决心:春节,大年初一,什么也不干,读一整天书!

为了实现这份儿决心，年三十晚上，一吃过年夜饭，我就念叨着"做了也就做了，读了也就读了"，把要读的几本书置放在案头，它们有的是久已准备读的，有的是没读完的，有的是粗翻过还想细品的，书名如下：

《外国人的中国观》（［美］亚瑟·亨·史密斯著）

《中国人》（［全译本］林语堂著）

《中国的崛起》（［美］威廉·奥弗霍尔特著）

《二十世纪文史哲名著精义》［上下卷］

《传统智慧再发现》（［上下卷］王树人等著）

《自私的基因》（［美］道金斯著）

《押沙龙！押沙龙！》（［美］福克纳著）

《霍乱时期的爱情》（［哥伦比亚］马尔克斯著）

…………

哎呀呀，糟了，糟了，糟了，仅仅一天时间，这么多神位，怎么拜得完？！

欠账欠得太多了！

一大早，阳光灿烂，流泻如金。人们都还在熟睡。唯有两只红嘴红颈红脚、黑脑门黑眼圈黑尾巴、全身羽毛如同蓝缎子一样漂亮的鸟儿，一跳一跳地在窗外的树枝上鸣叫。莫非它也知道今天过年？我一骨碌爬起身，觉得体轻如燕，神清气爽，赶紧洗漱完毕，旋即端坐在书桌前，翻开了第一本书。

心中的感觉竟有些奇特：不光是享受幸福，还好像进入了一个人生新阶段……

第二辑　人物·读书

在这样一幅"高者出苍天"的大背景之下,张中行先生却永远是一派淡然、雅然、超然的平静。低调是他老人家一辈子的行事原则;老嫌自己"学问不够"是他一辈子的遗憾;"平常心境下的普通人"是他对自己一辈子的定位……

我给季羡林先生当编辑

一

1998年11月11日,我收到季羡林先生的一篇散文新作,还有一封信。文章题为《两行写在泥土地上的字》,是复印件。信是亲笔,全文如下:

小蕙:

　　你好!

　　我现在难得写什么抒情的散文,写了几篇,也被别人抢走。这好像是怠慢了"文荟",实则我一时一刻也没有忘记"文荟",我的《赋得永久的悔》等等拙作都是首先发表在"文荟"上的。

　　现在又写了一篇《两行写在泥土地上的字》,自己还难判断写得是好是坏。现寄上,请法眼加以鉴定。

　　祝

　　撰安!

季羡林
1998.9.26

我兴奋得眼睛直放光,上上下下,捧着信又看了好几遍,心里漾起一股久别重逢般的亲情。季先生的稿子已经一年多没来了,而前不久,他于1997年发在《人民日报》上的散文《清塘荷韵》获得了首届中国新闻副刊奖,由此使我知道,季先生虽然已经到了米寿(88岁)高龄,却还在坚持写。《清》文已由人民教育出版社选入高三文科学生的阅读教材里,我早就找来读过了,写得果然好,是沿着传统散文的路子写的,遣词、造句、炼意,均十分用力,全篇各处都显得非常精致,的确是好文章,也是季羡林散文中的上品。说实在话,我一方面替季先生高兴,同时,心里也有一点儿发酸,暗自思忖:季先生怎么不把此文给我呢?

又一想:晚生小子(女)才吃了几碗干饭,就当上了季先生的编辑,还没问自己做得好不好呢,就老企图让先生把上好的文章全给你,不是做白日梦?由于"文革"失学,我读季羡林散文,已是80年代了,比正常情况下起码晚了20年光景。20年,又一条好汉都顶天立地了,奈何!

当晚11时许,我摒弃一切杂事,端坐在书桌前,展开《两行写在泥土地上的字》,开始细细阅读。为什么拖到现在才读?那是因为阅读季羡林散文,是要静下心来,细细品味的,白天办公室里太嘈杂,晚上家务事太乱电话太干扰,都会影响阅读效果。我读别的好散文,也往往是选在这个万籁俱寂的时间里。

这真是阅读好散文的最佳时光。家家户户都已熄灯,整座楼静谧无声息了。叽叽喳喳的女儿也终于沉入梦乡,不再小鸟似的在身边扑腾来扑腾去。书房里,开一盏台灯,柔和的黄色光晕放射着暖人的光芒,犹如一大朵张开的降落伞,把我和稿子都呵护在里面,很安然,很惬意,很有情调。阳台外面,深宝石蓝色的夜空辽远幽静,远方天边上,有数点灯光闪闪烁烁,像是苍穹里的星星在执守。

真正的星星呢？抬望眼，贼亮的天狼星已偷偷溜到正南，得意扬扬地把一幅神秘的星系运行图挂上天幕，任人遐思冥想，这一切却已被警惕的猎户星座发现，一路狂奔紧紧追过来。草木欲静而顽皮的风不肯止息，一会儿摇摇这根枝杈，一会儿撩撩那个叶片，继而又吹起尖利的呼哨。

白天的嚣躁之气正在渐渐尘落……

《两行写在泥土地上的字》恰是一首小夜曲，与这天籁地华的清凉世界声息相通，随着温馨的音符一段段跳荡出来，我的心里像逐渐涨鼓的风帆，在感情的潮水中疾行。

它写的是新学期开学后的一天清晨，季先生出门，突然——

> 眼睛一亮，蓦地瞥见塘边泥土地上有一行用树枝写成的字：
> 季老好　98级日语
> 回头在临窗玉兰花前的泥土地上也有一行字：
> 来访　98级日语

原来，是98级新生来家探望季先生，又怕打扰了老人，"便想出了这一个惊人的匪夷所思的办法，用树枝把他们的深情写在了泥土地上"，使自谓已经达到"悲欢离合总无情"境界的老先生，"眼泪一下子涌出了眼眶，双双落到了泥土地上"。

接下来是季先生就以往与青年、与读者们的接触交流，所生发的往事回忆与议论。文章不长，仅两千多字，但我读得很慢，喉咙里有什么东西在往上撞着，撞得鼻翼直发酸。新生们的真情打动了季先生，季先生的真情感动了我，真正是"观古今胜语，多非补假，皆由直寻"（钟嵘《诗品序》）啊！

文章读罢，久久凝思，半天我才回过味儿来。我为得到了这么好的一篇文章而欣慰不已。可是，忽然，一个疑问在我心中升起来：新学期是在9月初开学，这是发生在那时的事，怎么刚刚寄到我手里呢？急忙去看文末落款，果然写着"1998.9.25"字样；再去翻检来信，是"1998.9.26"，也就是文章完成后的第二天写的。我怕是邮局的事，看看邮戳，没错，是11月11日才寄的，怪哉！

后来，我被告知，原来《清塘荷韵》写完后，季先生的确是嘱人寄给我，要在《光明日报》"文荟"副刊上发的。但是要季先生稿子的编辑太多了，各报各刊，谁都想得到。有人坐在季府不走，磨来磨去，后谎称借去私人学习，绝不发表，可是一拿到手后马上就抢发了，弄成个既成事实，也就不能"追究"了。不单《清》文，后来还有《虎年抒怀》等文，都是说好寄给我的，然终于都被别人这么拿走了。这回《字》文写好后，季先生说："这回无论如何要给'文荟'了。"并马上写了亲笔信予以"保护"。哦，至此，我才终于明白"我一时一刻也没有忘记'文荟'"的含意了，事实证明，我的失落，并不是没有影儿的自作多情。

季先生，谢谢您！

二

我是1985年才认识季羡林先生的。那一年起，我到《光明日报》"东风"副刊当编辑，从此，开始了文学编辑生涯，也开始与各位著名学者、作家们交往。

有一天，文艺部派我和另外两位同志专程抵北大，去朗润园看望季先生，耄耋高龄的老人，已在那里住了大半辈子。往事可堪回首？

那之前我还从未见过季先生，只知道这个名字代表着中国的东方语言学研究水平。朗润园也是第一次去，一个多么美丽的名字，总使人联想到珠圆玉润的绝美意象。

时正值草木葳蕤之季，来到北大最美丽的居所，有一种游公园的感觉，心里欢快如同来到大自然的怀抱。几幢小楼中间，环抱着一池碧水，中有粉红色的荷花和雪白的睡莲，亭亭玉立，洁净无瑕。池四周是依依杨柳，风起时一齐做舞蹈动作，婀婀娜娜，袅袅婷婷。窗棂下，有一排一人高的常青树，树冠阔达丈余，蓬蓬勃勃，青青郁郁。鹅卵石甬道旁，有修竹像闲云野鹤般挺立着，一副无求品自雅的高僧神态，神闲气定，从容不迫。

少年时，季先生是从山东一贫瘠的农村走出来的，他发奋地用功，以优异成绩考取了北大，同时考取了清华。当时的考题之难，今日听起来，犹觉头皮发麻。比如英文考试，除了一般的作文和语法方面的试题以外，还有一段汉译英，是南唐后主李煜的半首《清平乐》："别来春半，触目愁肠断。砌下落梅如雪乱，拂了一身还满。"这翻译的高难度，简直就不是高中学生们承受得了的，若放到今天，中文系的正教授者，答不出来的也大有人在吧？这还不算，最后又加试英文听写，其难度，全考场也没几个人能听懂。那一年从山东来的考生，只有三人榜上有名，季先生即其中之一。后来为了出国深造，季先生忍痛放弃北大而上了清华，又留学德国，喝了11年洋墨水。40年代学成归国后，经陈寅恪先生介绍推荐，以副教授身份进北大任教，只第十天头上，就被聘为正教授及东方语言系主任。后一直在这"官"位上迎接了解放，度过了50年代、60年代的急迫时光。最高时曾"官"至北大副校长。今以九秩之年，成为北京大学的代表性人物。

我在进门前，曾数次展开想象的翅膀，猜测大名鼎鼎的季羡林先生，仪容将是多么威严，风度该是多么翩翩，简直是云端里面的人物了！全没想到，来为我们开门的，竟就是季先生本人。

也许说他是一位老退休工人更加贴切。高高的个子，清癯，瘦长。银白色的寸头，仁慈的目光，脸上的表情是佛像一般的平静。一袭藏蓝色的中山装，圆口黑布鞋，都已穿得很旧。说话很简洁，没有热切的寒暄，只一句"进来吧"，转身即带路往里走。一切都很平静。

我被他的普通和平易所吸引，原本像卷叶一样的敬畏之心，慢慢伸展开了。

为什么会想到"普通"这个词呢？因为季先生与我想象的"气派堂皇""威风八面""口若悬河""动静皆惊人"等等，实在相去太远。请别忘记那时我刚刚做文学编辑，见人说话还脸红呢，在后来的十多年编辑岁月里，我曾拜访过无数名人，到过许多人的家，有一些已经淡忘了，但今天回忆起季先生的家，犹觉一切历历在目。当时的我的确很惊奇，也很受震撼，不单季先生本人，就是他的家居布置，家具陈设，也与华贵、堂皇这样的辞藻风马牛不相及。除了不算大的书房里那四壁古书显出气派之外，其他的陈设，和我们这些普通知识分子家庭，并没有什么不同。

没有沙发，也没有软椅，季先生让我们就座木方凳，他自己坐在床上，那是一张木板单人床。他的话很少，音量不高，以平等的口气答复我们的问话，所用的词语都很普通，没有废话，脸上始终是那佛像一般的平静。

有一个细节给我留下了终生难忘的印象：在我们进门之前，季先生显然正在伏案工作，几本摊开的书，一摞稿纸，一支老式钢笔，笔帽倒插着。一张硬板凳横在写字台前，显然是老人刚刚坐过的，而本来属于那个位置的藤椅，却被挪在一边，上面有一黄一花两只肥硕的猫咪,勾头搭爪睡得正香。由此可以见出季先生为人的仁慈,他是宁可自己坐冷板凳,也不愿吵醒猫咪的懒觉,对猫尚如此仁爱,那么对人呢,可以想象,更会是怎样的慈悲为怀。

多少年以后,我读到比较文学研究专家乐黛云女士的一篇文章,里面讲到"文革"骤起时,有一天,一群红卫兵小将游斗一大批北大的学术泰斗,只见季羡林先生走在队伍里,脸上还是那一副平静的神色,眼光落到小将们身上时,依然是仁慈的,只是多了一些怜悯,他是在怜悯青年学生们的无知,所以,他并不怪罪他们!

仁慈自有伟大的力量,虽然它通常只以沉默的方式说话,却是无人能匹敌,藏了千军万马在心里。平静也是一种力量,它来源于对世事的洞穿,对自身道德良心的自信,以及对目标的坚定不移。普通中更藏有最强大的力量,日月经天是普通,江河行地是普通,世人遵守的第一准则都必须是"普通"二字,可以说世界的最基本依据就是普通。望着季先生那一副平静、仁慈、普通的样子,我禁不住想,平静是真,仁慈是善,普通是美,集真、善、美于一身,季羡林先生就是这么让人尊敬起来的吧。

告辞的时候,季先生执意把我们送到大门外,在常青树前握别,然后,一直看着我们沿鹅卵石甬道走远,逐渐消失在花木之间……

后来,我又到季先生家去了第二次,那已是80年代末的一天,依然是满园花树的季节。这回是和几位作家朋友同去的,季先生仍是一身蓝布衣裤,清癯的身躯也依然笔直。然而这回先生的面容极为严峻,说话一反常态,口吻急促激昂,直言不讳的话语对着并不熟稔的我们,竟然一点不藏藏掖掖,遮遮掩掩,那种临危不惧、不乱的风姿,充分显示出这位睿智老人一辈子的人生识见、人格高度和胸襟。从那以后,我对季先生又有了一种新的认识:他并不是个只知蜗居书斋里做学问的腐儒,而是秉承着"天下兴亡,匹夫有责"

那一高贵血脉的传统士人。

有风骨者并不一定都是表面上的慷慨激昂之士。

三

进入90年代以后,对于加快前行的中国来说,虽然越加是商品大潮、经济大潮的年代,但文坛和学界也并没有被打入冷宫"深院锁清秋",相反,文化界始终是"弄潮儿向涛头立",一波未平一波又起,很热闹的。

在这些热热闹闹的文化活动中,季羡林先生和其他一些大学者、大作家、大文化名人一样,被当作光环和旗帜,身后永远攘拥着众多追随者。季府的门槛都快被人踢破了,来访的客人一拨儿接一拨儿,以至于老人常常连五分钟的歇息时间都难得。就这样,季先生还不让家人挡驾,就连一个普通学生想来请他签个字、听他说几句话,也不让阻拦。他说:"别让孩子们说,连最慈祥的季爷爷也见不到了。"

这种情况下,我再也没有到府上去打扰季先生,我觉得人应该有感激之心,老人越是替别人着想,我们就越应该为他的身体和工作、写作着想。作为编辑,谁不想得到好稿子,但如果是以损害了季先生的身体而"抢"到的,良心安在?

不过说来,我的运气真是好,季先生认认真真地认可了我,这主要是缘于两封约稿信。

那是1992年"文荟"副刊正式创刊以后,我提议搞了一个题为"永久的悔"无奖征文。我以商量的口气,给季先生写了一封约稿信,问他愿不愿意为我们写上一篇。孰料,信发出去的第五天头上,就收到了先生的回信。记得当时我一看信封厚厚的,还暗自思忖:

可能季先生不想写这文章,就寄来另一篇稿子顶替,不然,哪有这么快的?

待我展开信封一看,差点儿喊出来!还真是先生专门为我们写的,题目是《赋得永久的悔》,全文四千多字,是季先生那一贯的整整齐齐的手迹。我真想不出他是怎么写出来的!刨去一去一来的邮寄时间,顶多就剩下一天了,一天,一位年已耄耋的老人写四千多字,神了!

读罢文章,我全理解了,季先生是触景生情,欲罢不能,一口气写到完的。今天比较起来,如果说《两行写在泥土地上的字》是一首小夜曲,那么《赋得永久的悔》就是一阕交响乐,一会儿是哀伤的慢板,一会儿是大弦小弦齐鸣的交响,主旋律是思念母亲的哀伤,回环往复,层层加深,让我想起"孔雀东南飞,十里一徘徊"的悲凉意境,心里酸酸的,久久缓不过来。

他写的是童年在乡村,家里赤贫,长年吃不上"白的"(指麦子面),母亲终日操劳,有一点好吃的全给了他,自己吃糠咽菜也甘心情愿。后来他六岁离家出外求学,发誓好好挣个前程,迎养母亲,报答养育之恩,谁料学业未成,母亲就去世了,最后连想见一面日里思念、夜里哭想的儿子也没实现。母亲经常说:"早知道送出去回不来,我无论也不会放他走的!"这句话在季先生的心上重压了一辈子,越到老年越感到承受力之重,现在终于总结曰:"世界上无论什么名誉,什么地位,什么幸福,什么尊荣,都比不上待在母亲身边,即使她一个字也不识,即使整天吃'红的'(指红高粱饼子,又苦又涩,季先生当年谈'红'色变)。"

这么一篇催人泪下的文章,真是求之不得,我们赶快以八栏、半个版的最高规格发了。说来读者真是和我们情同手足,心心相印,反馈回来好多信息,纷纷赞扬季文写得好,情文并茂,征文来稿和关注征文的人一下子多了起来,真不知道该怎么感谢才好了。

但怀着深厚感激之心的,似乎更是季先生。由于对这篇直抒胸臆、情意真切的文章非常偏爱,季先生多次同意将它选入各种散文版本里,他自己的一部散文集,还以此篇题目命名,可见心心念念。季先生却绝不说是他自己写得好,总把功劳归在我头上,几次写文章都说是我给他出了一个好题目——给这样一位仁爱的长者当编辑,何其幸运哉!

"永久的悔"征文结束后,"文荟"脱颖而出,也加深了季先生对《光明日报》的感情,他身边的人告诉我,先生每天必读《光明日报》,即使是在患青光眼治疗时,自己无法读,也让家人给念。那几年,季先生一有好文章,必寄给"文荟",我们连续发了《三个小女孩》《我眼中的张中行》《哭冯至先生》《悼许国璋先生》《这个惑你不必解》等,给《光明日报》增色不少。其中《三个小女孩》被《读者》《散文·海外版》《中华文学选刊》等多家报刊转载,影响巨大,季先生又不说是他自己写得好,又把功劳归到我头上。

《我眼中的张中行》一篇,还要单独提出来说说。这一篇也是我给季先生出的题目。当时是中国和平出版社约我编一部《张中行精品欣赏》,要求是"名家评精品"。其中选了张先生写北大红楼的七篇,想过来想过去,只有季先生能够从平起平坐的高度上,写出张文的神韵。可季先生写不写,这回更没把握了。约稿信再度飞往朗润园,还附带有三个"限制",第一限题目,第二限字数,第三限交稿日期。很快,季先生的文章来了,说是"这样'霸道'的约稿信,我从来还没有收到过",顿时把我弄得脸上火辣辣的。

可是季先生笔锋一转,又说道:"小蕙出的题目实获我心,出到我心坎上了。……好久以来我就想写点有关中行先生的文章了。

只是因循未果。小蕙好像未卜先知，下了这一阵及时雨，滋润了我的心，我心花怒放，灵感在我心中躁动。我又焉得不感恩图报，欣然接受呢？"

这篇文章中，季先生把张中行先生称赞为"是高人、逸人、至人、超人。淡泊宁静，不慕荣利，淳朴无华，待人以诚"。其中有一大段断语，是季先生对张先生一辈子文章、学识的高度评价，发表后，竟引来中青年学者、鲁迅研究专家孙郁的电话，他非常钦佩地向我称道季先生的人品。请看季先生的这一段评价：

他的文章是极富有特色的。他行文节奏短促，思想跳跃迅速；气韵生动，天趣盎然；文从字顺，但决不板滞，有时宛如大珠小珠落玉盘，仿佛能听到节奏的声音。中行先生学富五车，腹笥丰盈。他负暄闲坐，冷眼静观大千世界的众生相，谈禅论佛，评儒论道，信手拈来，皆成文章。这个境界对别人来说是颇难达到的。我常常想，在现代作家中，人们读他们的文章，只需读上几段而能认出作者是谁的人，极为稀见。在我眼中，也不过几个人。鲁迅是一个，沈从文是一个，中行先生也是其中之一。

难得一位大学者对另一位大学问家如此欣赏。我们只听古人说道"文人相轻"，又看过了太多的文人互相诋毁乃至"残杀"，很少能看到互相佩服的，更少见如此之高的评价。季羡林先生把张中行先生的高明之处原原本本告诉读者，也把他自己对张先生的钦佩之处老老实实告诉读者，一副甘拜下风的若谷虚怀，于此处，我们便又发现了季先生的一条优点：为人忠厚，品质高洁。后来，有一次我也听到过张中行先生在背后赞扬季先生，为叹曰："人家季先生多有学问呀,季先生可是高明人!"

两颗巨星相遇,能撞出毁灭,也能碰出火花、碰出激情来。

从那以后,季先生对《光明日报》的感情,竟变得难以割舍了,凡是报社请他参加的学术活动,甭管是文化的、教育的、经济的还有其他什么,多忙、多累,他都不推辞,尽量挤出时间来参加,以报知遇之恩——单想想老人已是老树一样的高龄,身体、精力都渐渐供不应求,却还"绝无去八宝山的计划",有一大堆学术研究的、文学创作的、教学科研的工作计划亟待完成,就能知道季先生是怎样在惨痛地牺牲自己,为报社默默奉献。我听说,遇有别人对《光明日报》提出批评,他也每每站在理解报社的立场上,尽量加以维护,他是衷心希望《光明日报》越办越好啊!

我常常想,这是多么君子的一位老学人,对世界永远抱着感恩戴德的心态,一辈子尽量为他人着想和奉献,哪怕十分为难、委屈自己,甚或自己吃大亏,也在所不辞。他心中永远没有求回报的一丝杂念。一旦得人一点好处,哪怕是徒子徒孙辈的小人物,也念念铭记心间,恨不能用如椽巨笔书写在蓝天白云之上,让满天下的人都知晓,真正达到了"提携后进,不遗余力"和"滴水之恩,涌泉相报"的大化境界。这年月,"君子"是对人的一种最高赞扬了,因为君子已经变得十分稀少。

四

前不久,在令人神往的北京大学,我又一次见到了季先生。这回是在浮动着淡淡书香气的怡园内,人民出版社在那里召开《世界文明史》首发出版座谈会,作为这部巨型丛书的学术委员会主任,季先生亲莅会场并发表讲话。

大约有两年不见，老人发生了明显的变化：身体更清癯了，那一袭藏蓝色的中山装，竟形成一种飘飘荡荡的感觉，人似乎瘦得就剩下了骨头。脸色很苍白，上面满是疲惫之色，仿佛力不胜任了似的。脚下也有些蹒跚，一小步一小步，迈得很小心。同来的张中行先生，比季先生还大一岁，步子却比他还硬朗，季先生是太累了吧？我的心有点酸了：唉，到底是年月不饶人，世人不应再叼扰老人了！！！可当季先生站起来讲话时，却换了一个人似的，依然显示出他的强大。虽还是用一贯的平缓口气，用词也还是普普通通，但他一下子就提出了一个重大问题：

我们正在迎接新的世纪，依我看，下个世纪与本世纪不同的，是人类都要具有世界眼光，做一个世界人。我们要问自己：做好这个准备了没有？

我心里一震：不知道别人怎么样，没有，我自己反正是没有，连想都没想到过。季先生的提醒真有如一支醒世剂，他的意思是说，若不能达到做一个世界人，就无以应付即将莅临的21世纪，而要取得这个通行证，作为一个中国人，就不仅需要了解中国文明，还需要了解世界文明，必须加强学习世界文化。哎呀呀，我们整天把"迎接新世纪""回答21世纪的挑战"等等挂在嘴头上，喊得震天响，可是，我们可曾认真严肃地、对历史和对自己都负责任地思考过没有，21世纪的要求到底是什么呢？什么样的文化素质才能取得21世纪人的认证资格呢？

没有，我只听有的媒体宣传过"懂电脑、会外语、有汽车驾驶执照是21世纪人的特征"，但这些，能说就是文化素质了？和"做一个世界人"比比，天还有多高，地还有多阔？

季羡林先生生于1911年，可以说是世纪老人了。别看老人体力弱了，精力衰了，眼神也不济了，但"白玉不雕，美珠不文，质有余也"（刘安《淮南子·说林训》），内质的强大才是真正的有力量，中国古代早有"风骨"说，这恐怕就是风骨吧？

后来，我在《光明日报》的《学者访谈》栏目中，以《要具有世界的眼光——访季羡林》为题，把"做一个世界人"之说，介绍给广大读者，发表后，引起人们对这位老学者的广泛尊敬。

就是在那次怡园座谈会等待开会的前几分钟里，季先生叫人传我到他身边。我问候了他的身体情况，他很平淡地表示了一个"很好"。我想起在1998年写的《虎年抒怀》一文里，季先生"觉得自己还年轻，在北大教授的年龄排名榜上，我离开状元、榜眼，还有一大截。我至多排在十五名以后，而且，我还说过到八宝山去的路上，我决不加塞"。如此说话，先生绝不是惜命和怕死，而是正如前面所说的，他还有许多工作要做。"一直到今天，我每天仍然必须工作七八个小时。碰巧有一天我没有读书或写作，我在夜间往往辗转反侧难以入睡，痛责自己虚度一天。"想到这里，我忽然有所悟：原来，思考如何迎接新世纪的问题，不仅是季先生对天下人的警世通言，更是他对自己的勉励，他还在给自己加压呢！

坐在这样的老人身边，就像被净化了一样，心中很有一种高尚感。因为有一种向着大境界努力攀登的激情，迅疾席卷过来，冲击着久已疲惫的身心，"以人为镜，可以知得失"是也。

作为《光明日报》的副刊编辑，我已经干了十多年，先后编过"中华大地""东风""文荟"三个副刊。今天回想起来，最庆幸的就是能给季羡林先生这样的一大批大学者、大作家当编辑，经常可以"近水楼台"地精读到他们的好文章，听到他们的真知灼见，这无论对我的编辑工作还是我个人的写作，都收益极大。

这真的不是空话。比如这些年来，散文界大力推行革新，已经很少有人固守着传统散文的路子写，以为陈旧，以为没有现代意识，以为没有出路。但是季先生一篇一篇又一篇，每篇都是这路子，竭力做足传统散文的所有优势，把文章写得精彩绝伦，读之陡长精神，让吾辈在深深叹服的同时，也坚定了对传统散文的信心——文章并不是越新越好，而是有功力为好，甭管用旧手法也好，新手段也罢，把文章写好了才是第一。说来这很重要，是直接作用于我的编辑工作的，因为这些年关于散文随笔的"新论"不少，旗帜林立，年年都有所"更新"，其中还包括一些脱胎于西方的新潮理论，确实使人有"乱花渐欲迷人眼"的惶惑。然而季先生给我吃了定心丸，使我敢于坚持一些最朴素、最基本、最"陈旧"的理论。比如他去年还说过：

> 常读到一些散文家的论调，说什么散文的窍诀就在一个"散"字，又有人说随笔的关键就在一个"随"字。我心目中的优秀散文，不是最广义的散文，也不是"再狭窄一点"的散文，而是"更狭窄一点"的那一种。即使在这个更狭窄的范围内，我还有更更狭窄的偏见。我认为，散文的精髓在于"真情"二字。

这对我的审稿标准，无疑有着直接的指导意义。道家有"知其白，守其黑，为天下式"之说，季先生坐在他那间被书拥满的书房里，铺下稿纸，屏心凝神写文章时，他是有着"胸中自有雄兵百万"的自信的，甭管外面世界的风云如何变幻，如何走马灯，如何城头变幻大王旗；也甭管书摊、书店、书城、书人如何热闹非凡，如何喧嚣汹涌，如何旧书新书动地来，都干扰不了他，他知道他的生命轨迹只能是那一条。

现在,这条金子一般的生命轨迹,已经铺到新世纪的门栏下了,让我们衷心为季羡林先生祝福:

"请——继——续——走——好!"

1999年3月于北京西马小区

言者谆谆

——张中行先生驾鹤九年祭

2005年金秋的一个傍晚,我骑着自行车,飞快驶过北京心脏上最经典的公路桥——北海与中南海之间、绿波相连的汉白玉栏杆石拱桥。

正是"落日熔金,暮云合璧"之际。天气真好,宛如英国乔治小王子的微笑,天真无邪,澄澈透明,那时的北京还幸福在天朗气清的童话世界里,人们尚不知"雾霾"为何物,只见高高在上的白塔在晚霞的演绎下,一会儿金光万闪,一会儿紫气东来,一会儿法相庄严,真有如"忽闻海上有仙山"出现的那座仙山。晚风吹着两岸的海水,仿佛相向涌来,金光一片,银光一爿,翡翠一碟,墨玉一顷。这是北京城里最美的地段,每个老北京走过此桥,全都会拨动心弦飞起歌来的……

然而那天我无心赏景,箭一般飞下拱桥,飞过北海南门,飞过国家图书馆大门,飞过中南海北门。急煎煎拐进养蜂夹道,向中国人民解放军305医院冲去。

眼见着,中国人民解放军某部政委田永清将军已在门口处等我。简单寒暄之后,他即带着我向医院住院部走去。是的,田政委带我去看望正在那里住院的张中行先生!

哦，有没有搞错，张先生乃一介布衣平民，怎会住进解放军的医院？说来话长，但也不妨说一说。

文化界尽知，真正当得起"学贯中西"四字的大学者张中行先生，一生中从未与"官"字沾上任何瓜葛，他自己曾笑言："这辈子最让我骄傲的是，连个小组长也没有当过。"早年，他受"余永泽阴影"的抹黑，一直被视为白色（或黑色）落后旧文人，打入另册。数十年刀枪剑戟，运动中沉沉浮浮，最后，我也真不知他老人家是否评上了正高职称。好在他的人品、德品、学品高洁，在他的单位人民教育出版社里受人尊敬，1994年，年已85岁的张中行先生终于以"处级待遇"分到了一套小三居，有了属于他自己的家，结束了在女儿家寄居的生活。

几乎人民教育出版社的历届领导，都把张先生当作"国宝"，即使在运动中使劲儿"修理"过他的人，其实心里也清楚老人家的分量，所以给他安排的一直是最重要的工作——中小学语文课本的最后一道把关。也就是说，他老人家若说这里用"做"而不是"作"，那就板上钉钉地用"做"；他老人家若说那里用"分"而不是"份"，那就板上钉钉地用"分"；他老人家若说这里那里用"；"而非"。"，那就板上钉钉地用"；"。数十年来简直形成了法律一样的权威。而张先生当然完全当起了这"经国之大业"和"不朽之盛事"的重托，从未遭遇过"挑战权威者"的批评，连"质疑"和"商榷"都未发生过。张先生西去后，国内却已发生了数起因教材出现错误，读者状告出版社的事件，我记得最高纪录好像是某中学的一位语文教师，说他的课本里出现了30多处错误，真乃误人子弟呀！

说起张先生的学问，我曾亲眼看见一件奇事：那天在人教社张先生的办公室正与他聊天，忽然布门帘一挑，进来几位外地客。小小心心拿出一个布包，层层叠叠打开，展示出一方黑砚台，满怀期待地看着张先生的脸，求鉴定。但见那砚台比 iPad 6 稍大一点，砚面空空，油光水滑，上面什么字、画、印、刻痕都没有，真可说是了无痕迹，还几乎十成新，就像大街上到处卖的新砚台一个模样。我心里很不以为然，心说这么新的东西还能是古董？还大老远地跑北京来？还求到张中行先生鉴定？然而奇异的一幕发生了，只见张先生接过来，只几瞄，就以他一贯淡朗的声音说："恕我老眼昏花，可能看走眼，这是清代康熙（年间）×府、××坊、×××（制砚名家）做的……"（恕我愚笨，后面的太陌生，没记下来。）真是神了！把一屋子人惊在那里，半天没人敢吭声。

客人走后，我像望着神仙一样，无限崇拜地问："您真是太神了，怎么连哪位砚工做的都能看出来？"张先生云淡风轻地摆摆手："我也就是比你们看得多了一点儿……"

可说的呢，这在张先生来说，只不过是像白菜豆腐一样的平凡事。老人家一辈子苦读，经史子集，是一位名副其实的国学大师；行深佛学，曾助巨赞编过《现代佛学》杂志，那必须深得个中三昧才能胜任；钻研哲学，修读古希腊以及西方现代哲学，研习罗素、培根等大师，达到了很高的哲学段位；还写下几百万字的文学、文化、艺术、宗教、哲学等的著作，其《顺生论》《负暄三话》《流年碎影》等作品在 20 世纪八九十年代的中国引起了巨大反响，一时文化人争读，洛阳纸贵。

1995 年夏天，我曾出题"我眼中的张中行"，请季羡林先生写一写张中行先生，季先生一口答应下来，并说此题目出得他"心花怒放"，因为他早就想写写张中行先生了。在这篇名文中，季先生不吝赞美之词，称张先生"学富五车，腹笥丰盈"，是"高人、逸人、至人、超人"。启功先生也曾称赞张先生："说现象不拘一点，谈学理不妄自尊大。"极为钦敬张先生满肚子的学问。你道季先生和启先生是什么人？二位俱是一辈子起五更睡半夜孜孜苦读，在中国文化大熔炉中百炼成钢的文化大师，他们如此钦佩乃至高度赞扬的人，怎能非是我们这些普通大众高山仰止的学问大家？

在这样一幅"高者出苍天"的大背景之下，张中行先生却永远是一派淡然、雅然、超然的平静。低调是他老人家一辈子的行事原则；老嫌自己"学问不够"是他一辈子的遗憾；"平常心境下的普通人"是他对自己一辈子的定位；"吃得了苦中苦，不做人上人"是他一辈子的为人境界；不装、不躁、不狂、不癫、不喧嚣、不势利，是他一辈子的本相……这些个"一辈子"凝聚在一起，构成了他老人家那留了一辈子寸头、穿了一辈子蓝布衣黑布履的平民形象，也叠幻出了几千年来中国平民阶层知识分子们一张张生动的脸庞。

——不是吗？当62岁的张中行先生被"文革"浊浪冲击，只身被遣送回老家乡下时，这位从来远庖厨的君子，学会了用煤油炉给自己做饭；他居然还自己购得粪筐一个，为生产队拾粪；在此期间，他还写了许多关于农村生活的诗词，不抱怨，不发泄，不叫苦连天，不涕泪涟涟，而是坦然地接受着回到人生原点的劫难，并以自己旷达的态度，回复了命运的大考。

——不是吗？当古稀之年他再度被发配到安徽凤阳的五七干校，每天清晨，他在"老张，起床，烧锅炉了"的催促声中，竭力忍受着浑身的疼痛，挣扎着爬起身（老年人到此年纪都已形成种种老年性疾病，被各种疼痛袭扰，何况是在条件艰苦的农村，整日过着集中营一样难挨的生活），然后，平静地拿起煤铲，走向肉体和精神俱被压抑、摧残的新一天。视读书做学问为命根子的大学者，在那被无尽剥夺着宝贵生命的一天天的苦厄中，他内心的波澜是什么？也许是以身伺虎？或者是凤凰涅槃？

——不是吗？当"文革"结束，时间之舟终于行驶到20世纪80年代那一段水流平缓下来的时期，张先生竟然拿起笔，一篇接一篇地喷薄而出。"文王拘而演《周易》；仲尼厄而作《春秋》；屈原放逐，乃赋《离骚》；左丘失明，厥有《国语》；孙子膑脚，《兵法》修列；不韦迁蜀，世传《吕览》；韩非囚秦，《说难》《孤愤》；《诗》三百篇，大抵圣贤发愤之所为作也。"憋闷了一辈子，激情的张先生成为80岁"愤青"，夜以继日，大声疾呼，提请社会注意这个，警惕那个，千万不要再犯错误，更不能再走回头路！此时的张先生像冰心、季羡林等老人一样，心急火燎地要把一肚子的经验教训告诉后来者，不顾个人安危，不忌悬崖仍有百丈冰，但以战士的姿态冲锋陷阵。他们都是已把身前身后想得明明白白的有意为之。

　　——不是吗？当张先生不经意间成为90年代中国文坛最耀眼的"新星"后，各种毁誉、各种喧嚣、各色人等蜂拥而来。这个世界不就这样吗？闲人太多、诗外功夫太多、曲线歪歪绕太多、揩油者太多，总之八竿子都打不着的好事苍蝇太多。什么都见过的张先生当然不为所动，依然是不结交势利之徒，不去官府走动，拒绝大部分采访，拒绝出头露面。其最让我感动的是，对于已经走上耄耋之期的衰老之旅，他依然是一派淡然、雅然、超然的平静，不恐惧，不悲观，不嘀咕，不琢磨，不胡思乱想，不忧忧戚戚，只是写、写、写！呕心沥血，剖心坏肝，恨不得把自己悟到的一切都传授给后来人，使我们大家少走一点弯路。

　　噫，中国知识分子是五千年水里、火里熬制出来的特殊分子，家国情怀不仅已经嵌入了他们的血肉，简直就已变成基因，一代又一代，任什么也不能改变了——如张中行先生这样从未进入过庙堂的布衣，其实也是时时心忧天下的范仲淹，在他那张平静的脸庞后面,不知是否已十万八千次地感叹过"吾谁与归"!

以上,是我对"行公"非常肤浅的理解。"行公"这个称呼,是他的弟子、忘年交靳飞对他的尊称,张先生很喜欢这个平民性称呼,讨厌官场上"官呼"的那一套。于是,在我走近了张先生之后,就也随着喊"行公",老先生答应得嘎嘣嘎嘣脆。

我认识行公,最早源于他的文章。那大约是1992年的一天,一个很平常的日子,我随手翻开新创刊的《书摘》杂志,见到一个非常大胆的题目——《论婚外恋》,作者张中行。我感到很意外,因为知道张先生是一位学贯中西的大学者,年已过了八秩,他怎么会想起作这样一个题目?他能否有超人的见解?于是埋头就读。文章不短,大约有六千字的样子,一口气读完,然后就坐在那里发愣。行公认为:无论古今中外的男男女女,一生一世只钟情于一个人是很难的,经历婚外情的人只能"顺受",然而可以处理好。最上策,寄望于人性的清明自持,将深爱埋藏在心底,并且不压抑、不怨怼、不遗憾,不为难自己,更不骚扰他人;其次是防患于未然,婚后不忘积极建设经营感情,夫妻之情始终保持较高热度,不给婚外恋过多空隙入侵;最次等的处理方法就是离婚,因为治标不治本,你会希望双方此后都情有独专,但在现代社会这又是另一种奢求了……

让我愣怔的是,这样一个人人都在说长道短的题目,张先生怎么三言两语就能说得这样透彻明白,而且还干净纯洁美好?好比一朵谁都看到的红花,早有一千个人把它描绘过了,简直说白了、说滥了,叫人无法再张口;可是经张先生再一说,人们突然又觉得像是第一次看到这朵花,重新发现了新大陆。行公有一种能把事情穿透,并从上下、左右、前后、里外、表层、内涵、本质等等方面将其说透的大本事,这叫我佩服得五体投地。同时,我也感到兴奋异常，因为我终于找到一位能将人生说透的"神"了！

我就去找行公的其他著作。并且得知，《论婚外恋》是他老人家大著《顺生论》的一节，该书是一部全面论述人生的哲学性文化随笔，有24万字之巨，是行公一生读书、做人的精华总结。后来，终于有了捧书细读的一天，突出的感受依然是：行公能够把别人说不明白的事，说得特别明白。

这期间，令我荣幸之至的，是我竟然得识了行公。面对我心中的"神"，第一次见面，他跟我谈了四个小时。静听着这位睿智的大学问家细说他的种种人生见解，令我最意外也最印象深刻的是，行公绝不只是一位面壁书斋的学者，他对世界、对社会、对政治、对天下苍生，都有着一个睿智的知识分子的深刻思考。说到激愤处，老先生也会像慷慨悲歌的燕赵之士，激动高声，震动屋瓦。那天的一个插曲是：正说话间，忽然布门帘一挑，翩然进来一位50多岁的男士，朗声问道："请您写的序，完成了吗？"行公也不搭话，一猫腰，从桌子底下取出一摞稿子递过去，这才吭声："还是还给你吧，这序我写不了。"等那人走后，行公厌恶地说："这是一个大人物的书，托此公送给我，以为我一定写。我呀，能写也不写，人物再大，干了那么多坏事，我才不出卖良心呢！"（到现在我也不知道这位大人物是谁。行公是出以公心，并无个人恩怨，没说是谁，我也懂得不要问。）

还有一个印象深刻的是，行公对他自己的评价甚低，这也大大出乎我的意料！关于他的学识之渊博，文化界流传着好多故事，如前面我所述说的"品砚"。普通读者也都知晓他的大名，因为全国各个城市，满大街都在卖他的书。可是行公却反复对我说一句话："我这辈子学问太浅，让高明人笑话。"见我一个劲儿摇头，他来认真的了，"你没听见我经常说的一个笑话：要是给王国维先生评为一级教授,那么二级呢,无人能当之。勉强有几位老的能评上三级,还轮不到我。"我注意到,"让高明人笑话",这句话已成为行公的口头禅,在许多问题上都用,时时以此自省,那次电视台要给他拍片子,他不愿意,挡驾的也是这句话。他是真正的"学,然后知不足",比起那些总共也没读过三本书,就自我感觉良好,膨胀到满天下去跟世人争名次的蠢材,真不可同日而语。

至此,我也就越加理解了,为什么许多朋友爱称行公为"布衣学者"。老先生打从心底里,就是把自己看得普普通通,"我乃街头巷尾的常人"。他也习惯于别人这样对待他,若要把官场、文坛那一套搬来,套用到他身上,他还腻歪得不行。又是我亲眼看见,行公宁可在办公室吃昨晚剩的干火烧,也坚辞不去应酬官宴,"忒累!"他说,"又绝无必要。"

行公的说话也值得大记一笔,其风格,亦属布衣。男人,男性,他说"男的";女人也一律称作"女的",朴素如引车卖浆者言。那么大的学问家,一点儿不以劳动者为鄙,一点儿不端着架子装腔作势。除了"男的""女的""老的""小的"之类,他平时所言,也一律是老百姓的平常话,从不"之乎者也""主义"云云。熟人、朋友、弟子、忘年交,一律称其为"行公",有的还昵称"老爷子"甚或"老头",他都笑眯眯地应声……

迄今,行公已仙逝九年了,他的音容笑貌还不时袭上我的心头。彼时,我一般都会去找他的书,重温。他老人家写过许多关于女人的篇章,我特别喜欢的,有《先后两闺秀》《才女·小说·实境》《闺秀小楷》《关于美人》;心醉神迷的,有《但目送芳尘去》《君自此远矣》《蓬山远近》;感动有加的,有《宫闱手迹》《顾二娘》《欲赠书不得》《玉井女史》;心向往之的,有《柳如是》《归懋仪》《三萍香》《张纶英》；同声相和的，有《玉门汲碎》《银闸人物》《孙毓敏》《凌大嫂》……这些篇什，宛如一幅幅灿烂的织锦，展现出一个万紫千红的世界，光彩夺目的中国女子尽在其中。

我有一个发现：学问和人品俱称"大家"的张中行先生，居然鄙薄男本位，是很高看女性的。表现在两个方面：其一，非常珍惜女人。比如在《闺秀小楷》《玉井女史》等多篇中，他多次谈到，"文革"中，曾烧了很多字画，包括莫友芝等大家的珍品（后来成为"永久的悔"），"可是闺秀小楷却一件也舍不得烧"，冒死珍藏起来。又比如，在《顾二娘》中有这样一个情节：1976年行公客居苏州，一次路过一条小巷，想起传说中顾二娘曾在此住过，觉得不能过而不入，寡情也，遂走了进去，沿整条巷子走了一趟。待出来后，已经离开很远了，忽又觉得一掠而过礼太薄，复又原路折返，细细寻觅，找到一眼古井，凭吊了一回。其二，同情女人。他多次很惋惜地谈到，"女的"里面，有才能的多多矣，只是因为在旧社会，"妇女屈居下层，没有学文化的机会，上不了桌面"。即使有些名门闺秀有幸受到一些教育，也是读书仅限于《女诫》《列女传》，作画仅限于花鸟，写字仅限于《十三行》，"女性身上和心中的枷锁要多几倍，破常规自然更难，更为少见"。可能正是因为如此，行公凡写到女性，下笔都很温文敦厚，格调婉约，其怜香惜玉之情满溢于纸上；其笔下的女性形象，个个都仿佛青草地上摇曳的花朵，沁着香味，美丽多姿。

那么，到底什么样的"女的"才算好女人，行公有他的定论吗？

有。我个人体悟到的，其条件有四：第一，像凌大嫂那样，秉承中华传统美德，一生信奉"劳动、吃苦、为别人，是天经地义"的人生哲学。第二，像孙毓敏那样，坚强，勤奋，忠于自己热爱的事业，"有殉道似的献身精神"。第三，像古代如柳如是、三萍香、玉并女史,今如扬州籍中国现代三大女词人之一丁宁、北京著名自学成才学者赵丽雅那样的才女,饱读诗书,能写能画能字,一挥而就,"见解深而文笔灵"。第四,像张纶英、归懋仪那样,敢于突破常规,不囿于闺阁之限,不以弱不禁风为美,"黍子地里忽然生出一棵高粱"。当然,这四条,仅是我的浅揣陋见,行公自有他的广度、厚度和深度,我只能远远追望——这话说得诚实,因为一件特别让我震惊而至今还在反复咀嚼的事情是:曾有某记者问行公,对人的一生来说,爱情、友情、亲情,哪种情感是最重要的?行公答的竟然是"男女之情"。那记者也全然没想到行公会这样作答,愣了一下,再度追问:"对于老年人来说,哪种情感最重要?"行公回答的依然是这四个字,足见其态度之坚决——也许在老人家心里,他已自问自答过千百遍了?

说来我真感谢自己的职业,使我能多有机会拜谒行公,亲聆教诲,使吾心灵、感觉、精神、气韵、境界都氤氲在一团崇高的气象里,使我体验到什么是做人。我真真切切地获得了这样一种感受:世界上有了行公这样的高明人,在我们的前面走,做我们的榜样,给我们的生活以支撑,我们的际遇就好多了,可以少却很多彷徨。

但我从未把此话对行公流露过,因为他不喜欢听。我笨拙的嘴巴,也从未对行公说过任何颂扬的话,甚至连一声"老师"都没有叫过——我是不敢,尽管我早已把张中行先生当作自己的人生楷模,但古圣贤教导我们的"人以言媚人者,但欲人之悦己,而不知人之轻己"(李惺《西沤外集·药言》)等等文人的"规矩",一直是我的约束行旨。

现在回过头来说,为什么行公能住进305医院?

不像现在可以面向社会开放大门,当时的解放军医院,还只是为部队官兵服务的。田永清政委动用了自己的"关系"（而非"权力"），与另一位热爱文化、热爱行公的孙建民将军共同努力，找到在305医院做领导的一位朋友求助帮忙。最终，两位人民子弟兵的将军将行公一路护送进这家人民子弟兵医院，住在一间双人病房中。这对于已96岁高龄的老人来说，真是雪中送炭一般温暖，春风播雨一样及时，或可说是行公老年生命行旅中的一个幸福驿站。

田永清将军是军人中的文人，崇尚文化，热爱文学，迷恋写作，追求真善美。和我一样，自从读过行公的著作之后，就成为"张中行铁杆粉丝"；自从有幸认识行公之后，更加入了行公追随者的队列。某日他听说了行公看病的一次经历：清早6点多就出门了，赶往某大医院，提早去等待某著名医生，这还是家人已托人挂了号、打过招呼的。孰料在医院的凉椅子上坐了一上午，眼巴巴苦撑苦熬分分秒秒，该医生却始终未出现。护士解释说医生被某首长突然唤去，谁也不知道何时能回来。一直等到12点多，眼看苦熬无果，只好悻悻返家，折腾了一上午，又冷、又累、又饿，行公当天就发起烧来……好一个田永清将军，虽为儒将，身上却汩汩流淌着军人的热血，从此主动担起使命，成为张宅的常客，他的坐骑亦多次载着属于中国的这位布衣大儒，闯五关，拜六将，求爷爷，告奶奶——这"布衣"，说来名声不坏，可是忒不好使，君不忘当年也属"国"字号的著名美学家宗白华老先生也是因为官阶不够，致使医院坚决不允收入干部病房，而在该院急诊室楼道里躺了一夜，从而加速走上了黄泉路……行公的"级别"比宗白华先生还差着好几等呢，在"不到北京不知道自己的官有多小"之国家核心区，谁会把一个"处级待遇"放在眼里呢？当他在许许多多无奈之时，会不会后悔自己这辈子做一个"读书人"的选择呢？

不会。

虽九死而犹未悔!

一进病房门,就见行公穿着蓝白条的病号衣,正靠在病床上闭目养神。病房里不安静,另床病人家属不少,站了半屋子,喊喊喳喳。行公还是老模样,寸头,长方脸,没瘦也没胖,无喜亦无忧,一副天高地阔的淡然。见我来了,一下子就认出来了,露出高兴的微笑,点点头,坚持坐直身子,眯着眼听着我的问候。

田政委在一边怂恿,让我趁着老先生现在精神好、高兴,快问几个问题。我怕叨扰他,犹豫着。田政委就直接问了:

"张先生,您老说对于创作来说,什么最重要?"

行公连磕巴都没打,马上作答,五个字:"思想最重要。"

我和田政委都愣住了,对视了一下,各自琢磨。我当时以及现在还在不断思考的是:貌似行公这样一辈子只读书,不表现,连个小组长都没当过的布衣学者,为什么竟然说出了这么"主旋律"的话?而且斩钉截铁,毫不犹豫。

我个人是极为推崇这句话的,因为这一向也是我自己的认识:在文学创作的各种要素中,诸如语言、结构、立意、角度、方法、手段、学识、修养、气质……谁最重要呢?个人都有个人的认识,包括各位大家,意见也不相同。比如老舍先生和叶君健先生都曾说过"语言"是最重要的;托尔斯泰认为唯一的衡量标准是有无"灵魂"的激动;爱默生认为前提是要具有优秀的"人格";狄德罗则强调文学以"感情"动人。而我自己在30余年的文学编辑生涯中,我的选稿标准,首先是有无作者自己的"识见",亦即"思想"。没有个人识见的文章,只是跟着别人的影子亦步亦趋,即使结构再精巧,文字再华美,其意义也是要大打折扣的,因为它们只不过是一种"技术主义"的写作,是用笔写的而非从心底里、从灵魂深处、从大脑的苦苦思考中迸发出来的。形象地说,那些没有内质的文章,只是国家大剧院华美的"蛋壳"而非内里的歌剧院、音乐厅和小剧场；只是某些外形高端而非内置高大上的模仿和追随型手机；只是电脑做出来的3D影像而非大自然的本真杰作……

　　古往今来的大师巨擘们，无一不是记录时代、体现时代、推动时代的大思想家；古往今来凡在文学史上留下印痕的名著，也无一例外是时代精神的镜子，深刻映照出当时社会的本质发展走向以及世道人心，比如《九三年》《悲惨世界》《复活》《红楼梦》等等。而那些故事也算精彩，语言也算精美的技术性作品，却无法归置到一流作品行列，比如《傲慢与偏见》《飘》《魂断蓝桥》，还有中国佚名的《北方风情画》、张恨水的"鸳鸯蝴蝶"小说等等。当然还有更等而下之的作品，比如一些"汉奸文人"之作，虽然文学含量不低，但因先决的思想立场发生了问题，是逆历史潮流而动的反动，所以永远也不可能登上时代的台面。前几年有一股盲目和有意识吹捧这类作品的倾向，文学界人士纷纷站出来予以批评，我坚决支持。

　　有鉴于此，这也是我自己为什么评价鲁迅高于其他同时代作家的原因；也是我为什么在勃朗特三姐妹中，给予夏洛蒂·勃朗特的《简·爱》以最高分的原因；也是我为什么会万分惊讶当代英国人竟然把简·奥斯汀列为他们"最喜爱的作家"，忍不住写出文章，为培根、蒙田、拜伦、雪莱、乔伊斯等英国著名的思想型文学家们"招魂"的原因所在……

　　好了，不能再多想下去了，如果行公再年轻几岁，不是住在医院里，我能深入地就教于他老人家多好！真是非常非常后悔以前和他在一起的时候，怎么没有抓紧时间提问呢？后来，在行公去世以后的日子里，我听到他老人家的女儿们说起，当别人称行公为"文学家""哲学家"时，行公更愿意称自己为"思想家"——在人世间,这大概是行公最推崇的人物角色了。而我认为,他是担得起这崇高称谓的:不说他几乎倾尽一生心血的《顺生论》曾被人称为"当代中国的《论语》",该书将"人"从降生到归西的整个生命旅程都讲了一遍,告诉我们应该如何平顺而正确地在地球上走一遭,其中有许多睿智的识见,是一部非常高明的哲学著作;仅说老人在生命最后十余年的时间里,突然爆发出无与伦比的生命劲力,放射出一辈子最明亮的光彩。20世纪80年代到90年代,他"猫"在人教社那简陋的布帘小屋中,平均每周写三到四篇随笔,火山喷涌一般地吐露出内心久蓄的思考。其中多一半作品都涉关时政,老人始终在密切关注着中国改革开放的前行方向以及遭遇到的种种问题。有时不便写入文章的,就与周围的年轻人讨论,时而说出几句妙语,大家会心一笑。我在此证实:诸公以为"两耳不闻窗外事,一心只读圣贤书"的张中行先生,其实一直是心心念念于中华民族的繁荣富强、国富民安,即使自知个人的大限快要到了,仍然心系着天下!

"思想最重要",这里又多了一层让我反复思忖的深意。

我拿出本子,请行公为我签个名。他拿起钢笔,毫不迟疑地写了五个字:"思想最重要"。并签上了自己的大名。老人家没戴眼镜,字都写得擦在了一起,但我太知道这份遗笔的重要分量了,因为我已然明白:当生命就将走到尽头时,行公躺在305医院的病床上,摒除嘈杂的人来人往的喧嚣,他在回顾自己坎坎坷坷的一生,总结着自己读书、行路、工作、运动、改造等的毕生所悟。最后,他把自己"修身、齐家、治国、平天下"的终身追求,浓缩为"思想最重要"这五个字。这是他留给世界的至真至切的告诫,言者谆谆,听者谨谨,让我们永远铭记于心吧!

归去时,中南海—北海的水面上黝黑深沉,波涛浪花都已睡去。

高高在上的白塔隐身于墨色的天幕中，仿佛也已安眠。此刻，白天拥堵的拱桥上，已像通衢大路一样宽阔敞亮。我直觉得自己脚下的自行车，变成了郎朗活泼于琴键上的那双魔手，在华彩的旋律中，跳荡在大北京的宏大叙事里。很久都没有这样兴奋而愉快的心情了，一路想着行公平静的面容和与他交往的种种往事，回家的路变得格外短。

谁知，那一晚，竟成为我与行公的永诀！再想念他老人家的时候，只能去读他的遗著了……

2015年11月于北京协和大院葳蕤斋

"死是另一种生的起源"

——追忆忘年交来新夏先生

时间是人类最无奈的情人,更是老年人最残酷的杀手。一转眼之间,来新夏先生离开我们已经一年了。在清明的安魂曲响彻大地之际,我心中思念的潮水漫溢了堤岸。

来新夏先生生前是南开大学名教授,曾担任南开大学图书馆馆长、出版社社长等等职务;同时是历史学、方志学、图书文献学专家,被称誉为"纵横三学"的学者。他一生从事古典目录学、历史学、方志学、档案学、文献学等方面的研究,特别对图书馆学教育做出了特殊的贡献。去年初春在91岁高龄去世,以一支红烛的高贵身影,向这个他奉献一生的世界做了最后的道别。

来新夏先生对我们来说还有一层更亲切的意义:他是《光明日报》文学副刊的老作者,从1994年6月25日第一篇《论代人受过》开始一直到他辞世,老人家一共为我们副刊撰写了40余篇散文和随笔,加上他为我报《史学》等其他版面写的文章,这个数字总共达到了68篇之多。最后一篇是2013年5月24日发表在《文荟·大观》副刊上的《题赵胥〈朴庐藏珍〉》,当时他已90岁高龄,依然思路清晰,文笔遒劲,显示出强健的文化生命力。

可惜仅仅在十个月之后,他却在没有什么征兆的情况下,遽然离去。我猜想：大概是他这辈子做得太多了，晚年仍快马加鞭地驱赶自己，上帝实在觉得心疼，就派来黄鹤把他接走了。

"昔人已乘黄鹤去，此地空余黄鹤楼。"

我是南开大学七八级中文系学生，1978—1982年在南开园读书。都怪我生性愚钝不开窍，那时只知道在教室与图书馆之间死心眼儿啃书本，不懂得去请教名师如何才能把书读好，这是我离开南开，特别是与来新夏先生成为忘年交以后所痛悔不已的。不过话说回来，当时来先生乃声名远播的大教授，而我只不过是南开数千学子中不起眼的一个，与他之间不仅隔着中文系与历史系的跨界鸿沟，更是大海洋与小水滴的不同阶层不同分子。

认识来新夏先生是在20世纪90年代中期，我时任《光明日报·周末文荟》副刊编辑。是我主动"追逐名人"的：一次在某报上看到他的一篇文章，觉得学问深湛，见识独到，遂以南开学生的身份"套近乎"向他约稿。来先生果然"中招"了，后来一篇篇发来佳作，我窃喜。

一来二去，我逐渐发现了来先生的许多可敬之处：比如他从不摆名人架子，每次来稿，必定会附上一封亲笔信，显示出对编辑部的尊重。他也从不摆出大学问家的姿态，逢到生僻的史实、事例，尽量写得深入浅出，让读者易于接受。我们认识的20年里，他从没耍过"大牌"或露出"学霸"的范儿，碰到我不懂的所在，哪怕是常识性的ABC，他也从未嫌弃或鄙视，而总是耐心开导，诲人不倦……

来新夏出身书香世家，发蒙时随其祖父来裕恂读书。来裕恂老爷子是清末经学大师俞樾的弟子，光绪三十一年（1905年）到日本留学，在弘文书院师范科就读，当时鲁迅先生也在那里读书。在东瀛期间，来裕恂受到革命思想的影响，很早就参与了辛亥革命的活动,还曾担任由孙中山创立的横滨中华学校的教务长。一次,他读到日本人写的一部有关汉语语法的著作,很受刺激,立志自己也要写一部,回国后潜心四年,写出了《汉文典》《中国文学史》等多部著作。祖父不仅在年幼的来新夏心中栽下了中华文化的种子,也对他的一生影响巨大,或者亦可以说,纵观来新夏先生的一生,其实走的就是严复、梁启超、鲁迅、来裕恂那一代现代爱国知识分子的道路。

在后来的求学之路上,来先生还从名师陈垣、余嘉熙、启功等诸位大师,打下了深厚的学养基底,加上天资聪颖,好强争先,进入南开大学不久即成为"南开四才子"之一。他对金钱往往淡然一笑,但做起学问来却是一丝不苟。最让我羡慕的是他一部接一部地出书,有小得像《新华字典》一样精致的小册子,更有像大《辞海》一样比砖头还厚阔的大部头,拿在手中沉甸甸的,把胳臂压得生疼。特别是在他晚年的生命时期里,他出书的速度就像是由286翻到386又翻到486,由2G翻到3G又翻到4G,我每过几个月便会接到他的新书,都有些应接不暇了。心里便生玄想:从人类的物理能量来说,一个人也就百把斤重,享寿百把年,其到底能够释放出多大能量?能够做出多少事?而一个中国知识分子如来新夏先生者,生于军阀混战的嘈嘈乱世,长于日寇侵略的血雨腥风,学成于解放战争的隆隆炮火,后来又经历了一系列"运动",同时还承担着以很低的薪水供养家庭、携妻育子的人生重任。在这重重叠叠的人生压力之下,他不仅把自己的主业教书育人做到了顶尖之上,竟然还能够一本接一本地把诸如《北洋军阀史》《中国古代图书事业史概要》《清代目录提要》《古典目录学浅说》《近三百年人物年谱知见录》等学术著作,以及随笔集《学不厌集》《邃谷文录》《出枥集》等近百部著作奉献给世界,他得是多么"蛮拼的",才能做到这一切?

春蚕到死啊!

蜡炬成灰啊!

呕出了一颗燃烧的心,沥尽了浑身沸腾的血啊!

他还不断地给自己加码,什么都要求顶尖,要求完美无瑕,要求争第一。记得那年我写了一篇随笔《以文字为生命》,其中说到文坛、学界有一批用生命来对待文字的学者和作家,他们的来稿严谨到编辑别想改动一字一标点的境界,比如孙犁、金克木、张洁、张承志……第二天,我即接到来先生从天津打来的电话,说他读了愚文,"诚心请教"他如何也能再长一点儿学识从而进入我的"比如"名单?我笑了,心想:这争强好胜的老头,真是什么也不甘居人之后啊!

就是这种永远争先的脾性,使来新夏先生在其91年的生涯中,始终扮演着一名冲锋在前的学术战士的角色,做出了超过常人三倍、五倍、数倍的专业成绩。他那些等身、超身的著作和编著,简直只有用"辉煌"二字可以形容了!

春萌夏长,去日苦多。一年年的日子飞速滑过,我亦越来越多地领略到"这老头"的可爱:比如他曾很老百姓地说起他会做饭,在老夫人患病期间悉心照顾老妻,经常亲自动手做天津人爱吃的炸酱面,当然还会炒菜、做面食。这话听得我鼻子直发酸,他的确是文武昆乱不挡,"文革"下放在天津郊区劳动时,他就已经把自己锤炼成了一把劳动好手,压地、打场、掐高粱、掰棒子……而就在那种情况下,他还不可思议地完成了好几部学术著作,真让我等庸庸碌碌者惊为天人。

又比如他的生活态度始终乐观开朗,自称"享受寂寞""学而不厌",人生的第一目标是"做学问,传承中华文化"。所以,无论是在人生顺境还是逆境中,在亲情友情爱情的享受中或是负面的击打下,都能像泰山上的不老松那样,挺直腰板,堂堂正正地矗立,郁郁葱葱地承接着天露,沐浴着清风。最让我印象深刻而又觉得好玩的是,有一次他到北京,路过新建成的王府饭店,看到其富丽堂皇,实在可人,便也堂皇地走了进去,坐进一间华贵的餐厅,气宇轩昂地点吃点喝。他心里其实是有点发虚的,因为那天他兜里只有600块人民币!好在老天爷还是怜爱他,结账时还给他剩了块八毛的,总算没有失了大教授的尊严——在年深日久的交往中,我早已知道他虽位在中国第一流学者的队列里,却并没有什么钱,家里最值钱的东西就是书。然而没什么钱的来大教授却敢这么"大手大脚"地"开洋荤",这种视金钱为无物的狂放故事,我们以前曾屡屡在陶渊明、李白、唐寅、梁启超、郁达夫……身上看到过,这是熔铸在中国知识分子骨子里的"恃才傲物"基因啊。

这老头儿还有特别柔情的一面:2000年我生了一场大病,来先生听说后很着急,不几天就托学生从天津给我带来慰问品。打开一看,我愣住了,只见是一盒已经拆封的西洋参含片,纸盒子的另一半塞着螺旋藻胶囊。我哆嗦了一下,赶紧闭上了眼睛,明摆着,来先生是把自己正吃了一半的补品停下来,拿来送给我了!后来我战胜病魔过生日时,他还通过邮局给我送来鲜花和巧克力……

我最后一次见到来新夏先生是在2013年8月,我去南开园他那住了多年的老房子里,看望他和夫人焦静宜女士。焦静宜也是我们南开出身,原是历史系来先生的高足,后是他出版社时期的强有力助手。静宜曾送给我一部她的厚厚的史学著作,读之殚见洽闻,书卷气俨然,令我心生敬畏。来先生几次满心欢喜地对我说过,他俩过得特别和谐惬意,"没想到老了老了,倒享受到一辈子最舒心的日子……"由于书太多,他们家里还是显得有些乱,可那也是中国知识分子家庭的常态。见到我给他带去的新疆纸皮核桃,老人大为高兴,笑逐颜开地说:"这是补脑的,好啊,好啊!"都已年逾九十,已经勤奋了一辈子,可他想的还是工作、学问、写作。

我记得季羡林先生去世前,曾写过一篇散文,说他还有七八部书要写,因此"在去八宝山的路上,我决不加塞"。还有,当下已经109岁高龄的周有光先生、已经104岁的杨绛先生、已经100岁的马识途先生,还有其他一大批鹤发老文人,都还一直坚持笔耕在他们肥沃的田野上,这是中国知识分子的集体优点啊!

来先生的离去对我打击很大,一下子就摧毁了我对死亡的信念——原本这些年闻听哪位走了,我都会安慰他们的亲属,说是亲人们解脱了、上天堂去了,因此无须难过……但失去了来先生这位忘年交,使我感到了沉重的疼痛,甚至都觉得这世界的明亮少了几分,温暖也少了几分!唉,从此我在南开园里又失去了一个惦念的坐标,一想到再也见不到那张一脸严肃学问而又一脸童真的笑脸,我浑身的血液就像被12月的冰雪冻住了……

还是在我生病的那年,来先生打来电话,我俩曾半开玩笑半认真地"约定",将来无论谁先走一步,留下的那位一定要为先行者写一篇悼文,而且"不得少于三千字"。去年来先生走的时候,我瞬间崩溃了,心里涌起了太多太多,反而失去了拿笔的力气。近来这些日子里,金灿灿的迎春花开了,世界上最洁净的白玉兰开了,闹喳喳的山桃花开了,再也按捺不住憋了一冬激情的油菜花,也把它们震撼人心的"大地艺术"一大块一大块地靓抹在大江南北、青山绿水……面对着生命蓬蓬勃勃的爆发和生长,我想起古罗马诗人鲁克烈斯的一段话:

> 死是另一种生的起源。你的死是宇宙秩序中的一段,是世界生命中的一段。

来新夏先生当得起这段话。

2015 年 3 月于北京协和大院葳蕤斋

吴建民：一个外交家的神话

2010年12月17日，《南方人物周刊》主办的第六届"2010中国魅力人物"颁奖盛典，在北京东方君悦大酒店举行。温文尔雅的吴建民出现在领奖台上，他当选为"2010中国年度魅力50人·政界温润之魅"。这既不是他第一次荣膺盛誉，当然也不会是最后一次。

作为昔日的中华人民共和国驻法全权大使、北京外交学院院长，吴建民在2008年3月参加完全国政协十届五次会议，并最后一次担任发言人之后，从全国政协外事委员会副主任的位子上退了下来，过了一个多月，他又卸任外交学院院长一职。从此，这位已将自己的一生全部贡献给国家的外交官，卸下了身上所有外交工作的公职。但当然，他依然没有停止外交工作，更没有中止关涉中国外交的思考——潘冬子曾说他是党的孩子，而吴建民就是为新中国的外交事业而生的。他对外交事业感情深厚，曾经说："如果我有第二次生命，我还会选择外交。"

从资深外交官到外交学院院长；从被法国总统希拉克授予"荣誉勋位大将军勋章"，到被推选为国际展览局主席；从中国到世界，吴建民，一直备受国际政治舞台和中国外交界关注。72个春水碧于天，大雁一行行飞去，他的大部分人生都浸泡在国际外交的岁月里，他的生命在这个威武壮阔的舞台上,焕发出熠熠光彩。

吴建民,一个中国外交家的神话。

而他之所以受到我的特别敬重,首先在于,他是为国家、为民族做出了巨大贡献的人。

吴建民的外交理念

初见吴建民先生早在 2005 年国庆节期间,在广州的南沙湾,"中欧文化高层论坛"在那里举行。恢宏大气的伶仃洋轰轰烈烈地从窗外流过,隔岸望过去,即是当年林则徐虎门销烟的圣地,旁边拱卫着关天培率兵死战的炮台。100 多年后的今天,大洋上消歇了将士们浴血的嘶喊,会场里回响着吴建民平和的声音,让人一时感觉奇异,如梦如幻。

> 过去 4000 年来,人类一共打了 14500 次战争。人民一直祈求消灭战争,可是达不到。这种荒唐的打仗的做法,难道不是人类需要解决的问题?……今天,"和平,发展,合作",形成了中国外交的关键词,中欧关系进入了历史上最好的时期……

当时,坐在主席台上的贵宾——法国前总理米歇尔·罗卡尔、西班牙加泰罗尼亚自治政府前主席约尔迪·普约尔、斯洛文尼亚共和国前总统米兰·库昌、欧洲梅耶人类进步基金会主席皮艾尔·卡蓝默、欧洲议会议员让-路易·布朗热等在欧洲具有重要影响的政治家,还有中国政协副主席霍英东等,一起点头,微笑,鼓掌。会场里,200 多名中外政治家、军事家、经济学家、艺术家、学者,人人脸上浮现出赞同的笑容,掌声"哗啦啦"地响成一片海洋。

而让我倾心佩服的还有一点,将近一个小时的讲演,纵论中外古今,吴建民全部是用法语讲的。有一小会儿,我特地关闭了同声传译装置,虽然语言听不懂了,但从他那温文尔雅的发音里,听出了他为中国争取国际理解和支持的顽韧努力。

会场下的吴建民先生风度翩翩,服饰清雅而考究,目光专注而礼貌,说话真挚热情,甚是君子气质,个人魅力十足。我注意到,无论是在正式场合,还是在餐厅里、走廊上;无论是面对外国政要、巨贾名流,还是对待中国的晚生学子、工作人员,他都一视同仁,握手时专注地看着对方的眼睛,接过名片马上认真地看,有时还拣重要的念出来,以示尊重。无论多累,他总是把自己的精神调整到最佳状态,把一副兴致勃勃的好心情传达给别人,让人感觉到是置身在阳光灿烂的晴天里。有许多听众曾在电视上看过吴建民讲礼仪课,而他教别人做的,自己都一丝不苟地实践着。

吴建民先生的外交理念和他做人的理念相一致,即:人要有许多朋友,真诚相待,在困难中互相帮助。他说:如果你老是跟别人吵架、得罪人,就等于在自己前进的道路上设置了许多障碍,对自己的发展不利。处理国家关系也应以"和谐"为上,要以善待人不要逞霸耍凶,要对话不要对抗,要韬光养晦不要锋芒毕露。他说:"过去世界上有好多矛盾没处理好,给人民带来了多少灾难啊,假如把它们统统'化'掉呢?可以少死多少人!"

年轻时就给周恩来总理当过翻译的吴建民,深得周总理的言传身教。过去周总理常说"外交无小事",每每在大节和细节上都做得尽善尽美,以君子之风、大国之风、大政治家之风卓然立世,在国际上享有极为崇高的声望。吴建民以周总理为楷模,几十年如一日地锻造着自己,如今钢铁早已炼成,他早已跻身中国最优秀的外交家行列，并且"好钢用在了刀刃上"。通过儒雅的个人魅力，他在各国政要间交了许多朋友，利用这些优势，为祖国和人民造福。

在法国大使任上，钻石般熠熠闪光

1998年至2003年担任驻法国大使时期，吴建民秉持他的理念，以"和"为轴心，在法国各阶层和华侨界广交朋友，均建立起了极好的"人气"，并且做成了三件大事：

一是推动了当时中法两国领导人江泽民主席和希拉克总统互访各自的故乡，这是中国外交史上，我国国家元首与外国元首第一次互访对方故乡，这带有人情味的一幕拉近了两国人民的心，使中法两国关系进入到历史上最好的时期。二是开展"中法文化年"活动，现在这一创举已经形成中国对外交往的一种模式，推广到各个国家去运作。三是中法互设文化中心，长期通过文化的交流来进行思想的、感情的、心灵的交流。

而在此前，中法关系并不是特别好的，1992年，法国还卖给台湾"幻影"2000—5型战斗机和空对空导弹，成为卖给台湾武器最多的国家，引发了中国政府的强烈抗议；1996年在联合国，法国又再次参加了美国针对中国人权状况的反华提案。说来也是老天爷的精致安排，当时领导挫败这个提案的，正是时任中国常驻联合国日内瓦办事处特命全权大使吴建民，他用足浑身解数，展开了魅力外交，在反对霸权主义、清算当年贩运黑奴罪行、揭露美国国内也存在严重人权问题等美国的软肋上，慷慨陈词，以攻为守；并团结广大亚、非、拉美等发展中国家，共同声讨美国为首的强国霸权，终于以绝对优势大获全胜。今天依然沉浸在胜利喜悦里的吴建民回忆说，当我们拿下那场战役时，法国大使也对我表示祝贺，说你们干得太漂亮了！从第二年开始，法国就不再充当这个反华提案的提案国了。

那一年，吴建民应邀到巴黎大学演讲，他的开场白开诚布公，给了那些对中国持有偏见的人很强烈的冲击。他说：

自1989年以来，除掉三年九个月我在中国外，其他时间我都在欧洲。我观察到一个奇怪的现象：如果今天有人来对大家说，女士们先生们，这个美丽的大厅明天会坍塌，这个人一定会被大家当成疯子。因为，我们大家看到这个大厅是很牢固的，明天不会塌。但是，如果有人对你们讲同样荒唐的有关中国的话，那他可能不仅不会被当成疯子，而且还会被当成中国问题专家。

你们也许会认为，中国大使今天到你们这里来，胡言乱语，信口雌黄。不对。我讲话是有根据的。

1989年、1990年我长驻比利时，天天读到你们的报纸，天天听你们的广播，天天看你们的电视。当时人们怎么说中国的：1. 中国政府即将垮台；2. 中国经济崩溃了；3. 改革完蛋了；4. 内战行将爆发。这些都是白纸黑字写在你们报纸上的。

现在时间已经过去不少年了，我们回头看看。那些灾难性的预言，不仅没有实现，而且恰恰相反，中国经历了历史上发展最快的时期，中国人的生活从来没有在这么短的时间内取得了如此巨大的改善。那些当年预测中国灾难的中国专家到哪儿去了？有一个出来作自我批评吗？

这精彩绝伦的开场白一下子就把听众吸引住了，虽然话说得很重,但全场听众热烈鼓掌。讲演结束后,不少人专门等在门口,诚恳地对吴建民说:"吴大使,你讲的是事实,我们当时确实把中国看错了。"

坚持真诚的交流,将心比心,以心换心,慢慢地,吴建民在法国政界树立起了人气,朋友越来越多,敌视越来越少。有人称吴大使是"吴旋风",他走到哪里,哪里就刮起"中国风",包括政治的、经济的许多难题,在他面前都迎刃而解。真的,好的国家关系与人际关系同理,想想我们人与人之间,有时即使已是多年的朋友,也还缺乏深刻的了解和心灵的沟通,互相对不上"茬儿",更何况文化和文明背景完全不同的国家关系呢?所以,多接触,多交流,多了解,尽量创造机会坐下来"把酒话桑麻",肯定是会架起沟通桥梁的。有一位久居巴黎的华侨也曾对我说,吴建民大使在任时,也是华侨们和大使馆关系最密切的时候,吴大使亲善、真诚、平和的作风,他谦谦君子的个人魅力,像朋友和亲人一样赢得了华侨们的心,使大家愿意和他交往,并心甘情愿地为大使馆、为中国做事。

2003年6月,吴建民即将离任回国,希拉克总统很舍不得他走,破例亲自授予他法国荣誉军团大将军勋章。这个勋章还是早在1802年由拿破仑亲自设立的,具有极高的含金量,一般只授予外国总理。

这使我想起早年在大学期间,曾经读过普列汉诺夫的著作《论个人在历史的作用问题》,同学们之间还产生了激烈的争论,当时受极左思潮影响,大多数人都不敢承认个人的巨大历史作用。而今天,我们国家已经发生了超越世纪的巨变,已经完全可以作如下表述了:虽然从人类文明史的推演来说,"必然"才本质地体现着历史的意志;但事实上,"偶然"也曾一次次上演了扭转历史进程的悲喜剧。个人的喜乐怨怼、爱恨情仇等等因素,确也曾几度导致了人类的大前进或者大倒退,这就是个人在历史上的地位和作用吧。

拿破仑还说过:"一个优秀的外交家,抵得上我的几个军团。"

温和的吴建民变成严峻的吴建民

近年来,国际形势发生了一系列变化,比如"9·11"恐怖袭击、伊拉克战争、阿富汗战争、中国驻南斯拉夫大使馆被炸、中美撞机事件、美日韩在中国周边一次次军演、美航空母舰公然驶入我国黄海……面对着严重威胁中国国家安全的"C型包围圈",有人批评吴建民的微笑外交理念"软弱无力",是与虎谋皮的"做白日梦",甚至说他丧失国格。其实这都是无的放矢,他们不了解吴建民,根本没有看到严峻的吴建民是怎样战斗在国际斗争最前沿的。

还是早在1994年春天,美国国务卿克里斯托弗带着克林顿的"最惠国待遇"牌和"人权"大棒访华。作为当时的外交部发言人,吴建民在中国领导人与克里斯托弗会谈后,举行了一个"吹风会"。

一位美国记者上来就挑衅地问道:"美方认为其外交官在国外可以随便、自由会见外国公民,你对此有何评论?"

吴建民应声答道:"美国有美国的法律,中国有中国的法律。中国不可能同美国一样。有人总是觉得美国那一套最好,其实不一定。本人在贵国待过10年,我看中国要学美国哪怕是100%的成功,中国也不会太平。美国的无家可归者有500万,中国的人口是美国的5倍。诸位想一想,如果2500万无家可归者在中国的大城市里到处游荡,中国还会太平吗?"

又一美国记者问:"现在距离6月3日已经不远了,期待保持最惠国待遇的中国,打算采取什么行动来满足美国提出的关于人权问题的七项要求?"

吴建民不慌不忙地说:"这番话典型地反映了你们美国人的性格,急得很!你急什么?你们美国人有美国人的性格,我们中国人有中国人的性格。为什么要学你们的?这个时限是你们美国人定的,不是我们中国人定的。美国有美国的计划,中国有中国的计划,我们谁也不要强加于人。本人参加了去年江泽民主席和克林顿总统在西雅图的会晤,克林顿总统也说,我们美中双方谁也不要强加于人,这很好嘛!你们美国人走美国人的路,我们中国人走中国人的路,中国人走自己的路已经走了五千年了!"

说到这里,会场传出一阵哄笑声。这时一位心犹不甘的西方记者又挑衅地问道:"克里斯托弗访华,你们戒备森严,如临大敌,怕什么?是不是怕你们的政权不稳?"

吴建民立场坚定地说:"中国政府没有什么好害怕的。在这个世界上,我还没有见过哪个国家的经济以两位数增长时,政府会倒台。"

在场的一位香港常驻北京记者情不自禁地鼓起了掌,并赞扬吴建民是中国的"外交麻辣烫"……

时针又指向1996年4月23日上午10时。日内瓦万国宫会议厅座无虚席,联合国第52届人权委员会开幕。随后,即将对中国提出的国际社会对美国等国家对中国"人权"的相关指责"不采取行动"的动议进行表决。

在议案表决前,吴建民大使代表中国代表团走向讲台,刚才还叽叽喳喳的会场突然一片肃静。吴建民先列举了一些事实,然后他说:

在过去六年里攻击中国人权状况最凶的国家,也正是历史上在人权领域欠中国人民血债很多、践踏中国人权十分厉害的国家。那个超级大国关心的并非是中国的人权，而是他们自己的强权或霸权。它百般攻击中国，说到底是不喜欢中国人民所选择的发展模式——我们没有接受它鼓吹的"休克疗法"之类的药方，而是坚定走自己的路。中国人走自己的路本是没有什么值得大惊小怪的，要想通过高压来迫使12亿中国人听命于超级大国，那只能是痴心妄想，白日做梦！我在这里要正告那些坚持搞反华提案的人，不要说你们搞6次反华提案，就是你们搞60次，中国人也照样走自己的路！

最后，吴建民意味深长地说：

这个出于政治目的而炮制的决议草案，无论如何包装都改变不了其反华的实质。它的矛头不仅是指向中国的，而且也是指向所有发展中国家的。今天发生在中国身上的事，明天就可能发生在任何发展中国家身上。我呼吁本委员会一切主持正义的国家投票支持这一动议。

吴大使的话音刚落，会场上响起了热烈的掌声。接下来的大会进行表决结果，以27票赞成、20票反对、6票弃权，通过了中国提出的"不采取行动"动议，决定对美国、欧盟等提出的所谓"中国人权状况"议案不予审议和表决。

翌年，在第53届联合国人权委员会日内瓦会议上，吴建民率领着中国代表团，再次挫败了由美国、丹麦等少数国家提出的"中国人权状况"的"91号决议草案"，使更多的人了解到中国这位外表温文尔雅、内心坚如磐石的"外交麻辣烫"的厉害……

2006年，吴建民应日本新闻界等邀请，赴日参加中日关系的高层研讨会。名古屋会议有300多人参加，东京会议有500多人，吴建民均做了主旨发言，极其严厉地批评了日本政府的右翼化。

当时的中日关系进入了冰冷期，日本首相一再地参拜靖国神社，日本国内右翼势力抬头，激发了包括中国人民在内的亚洲各国人民的强烈不满，中国、韩国等都发生了大学生的激愤事件。不讳言，连我这个理性的知识分子也从心底滋长着民族主义情绪，同时对今后的中日关系产生忧虑。但是吴建民先生却还是很乐观，当听我说到"大家都认为中日关系前景不好"时，他微微一笑，语气平和地说："也有人认为可能会好起来。"

看到我不加掩饰的怀疑的目光，他解释说："中日友好在两国都已建立了深厚的基础，这尤其从1972年的中日联合声明、1978年邓小平同志亲自去换文的《中日和平友好条约》上，已用法律的最高形式规定了下来。从那以后的30多年里，从经济上说，中日经贸关系发展得简直太快了，1977年两国的贸易额是11亿美元，2005年达到1846亿美元，增长了160多倍。日本是贸易立国的国家，现在中国有1000万人在为日资企业工作，日本经济又在复苏之中，因此日本经济界考虑两国关系是很多的。再从人员往来说，2005年双方有400万人员往来，每个月两国间有500架次飞机；中国在日有10万留学生，日本在华有3万留学生；日本每年都有人到中国种树；中国建有中日友好医院等等。而从全世界的大背景来说，21世纪是亚洲的世纪，中日将共同迎来亚洲的大变化、大发展、大繁荣……"

我静静地听着他的分析，心里似乎感到踏实一些了。吴建民又强调说："再说现在整个世界都还处于过渡时期，既有冷战对抗的趋势，也有和谐共赢的趋势。中日之间60年没打仗了，应该相信违背历史的倒行逆施是会被克服的。"

这正是我极为赞赏的一种思维方式，吴建民似乎是一位天生的乐观主义者，他总是能从好的一面看问题，为自己的信心找到理由。外交工作局面复杂，情况瞬息万变，常常陷入如履薄冰的困境，如果不及时地给自己和下属打气，还怎么能从困难中找到通往光明的路呢？

当然，吴建民又非常强调要讲原则，此时，温和的吴建民就变成了严峻的吴建民。他严厉批评时任日本首相的小泉藤一郎坚持参拜靖国神社；而且很欣慰地告诉我说，过去国际上对日本高层屡屡参拜的事不怎么关心，现在世界舆论也加入进来了，很多国际知名人士都发表了意见，包括过去"不大讲话"的美国人。美国国会外交委员会主席海德给日本驻美大使写了一封信，表示抗议小泉的参拜。美国和欧洲多家报纸都对参拜进行了谴责。说到这里，吴先生面露微笑："从这件事来看，国际上对我们的同情在上升。"

另一方面，他对中国某些人的一些极端情绪和做法，也直言不讳地提出批评。他说，中国100多年被踩在脚下，形成了弱国心态，人穷，现在刚慢慢富起来，就口出狂言。2004年在中国举行亚洲杯足球赛时，中国有些球迷对日本队从头嘘到尾，骂声一片，世界上都说"太可怕了"；2005年中国出现反日游行，有人冲击日本大使馆、领事馆，动手打砸，把韩国人吓坏了，说我们表达愤怒的方式可以自残，你们却是打别人。吴建民脸色沉重地说：

"哎呀你想想，如果我们中国都被人家害怕，大家都不喜欢你，戒备你，限制你，那你的处境会好吗？你发展起来就会困难得多呀！希望中国知识界帮助克服这些毛病。"

这不是说到国民性问题了吗？很多年来，这似乎是个相当敏感的问题，以至于人们都不敢碰了。吴建民却按照他的思路说下去，声音虽然还是温婉的，言辞却变得越来越严峻：

"你看中国有些人已经变得多么浮躁啊,急功近利,争强好胜,老是急于到世界上去排名几老几。这都是弱国心态造成的——长期穷惯了,老子今天有钱了,马上就要赶上你。徒有虚名,招灾惹祸啊。"

"要考虑中国的大利益。中国的命运是和亚洲命运联系在一起的,情绪不能代替政策。斗争哲学不是中国的传统,而是对中国传统价值观的反动。我主张'和而不同'。21世纪要是再打仗,世界就要毁灭了!"

"幸好我们中央领导人是清醒的,小平同志曾说过我们要韬光养晦100年,温总理也说我们韬光养晦至少还要100年。"

我想起,这些话,吴建民曾多次在各种场合说过,包括2005年大学生们的过激行为之后,他到大学里去对他们发表讲演。去之前,有先去的外交官员已经被情绪激动的大学生们嘘下台了,但吴建民还是坚持讲完了这些批评他们的话。结果是,大学生们接受了他的平等、开放和坦诚,把他句句在理的批评听到心里去了,更被他忠于祖国、奉献民族的一腔赤诚所感染。还有不少男生女生,被他儒雅的君子风度"迷倒"了——后来大学生们说,吴建民批评了别人,还能叫人家给他鼓掌。

他的魅力到底在哪儿呢?

外交学院院长的远大目标

2003年6月,吴建民飞离法兰西的蓝天白云,回到了祖国的土地上。未及尽情享受一下北京温煦的阳光和古都日新月异的面貌,7月,他就紧急到任外交学院院长。从未当过老师的他,一下子就做了院长,这是因为国家急需培养高素质的外交人才,对他个人来说,也是人生从头越的新挑战。他在心里暗暗发誓:"要培养出中国最好的外交官。"

顾名思义，外交学院是国家专门培养外交人才的高等学府。吴建民上任时，该院已培养了1万多名外交人才，其中诞生了30多名省、部级干部，217名大使，还有2200多名毕业生在外交部工作。可以说，新中国外交领域的一大批骨干都是外交学院培养出来的。

往事历历在目。吴建民虽然不是外交学院培养出来的科班出身的外交人员，但他1959年从北京外国语学院法语系一毕业，就被派到总部设在布达佩斯的世界民主青年联盟任代表翻译。他觉得自己非常幸运，一毕业就到了一线，因此得到了很多锻炼机会。那时候参加会议，常常要连续翻译6个小时，而且当口语翻译比书面翻译还要难，时政要闻、政治经济、各国状况、风土人情，乃至天文地理、人伦纲常、文学艺术、哲学美学……什么知识都要丰富。此前从未在国外生活过的吴建民，一脚又踏入了一座更广阔得多的国际大学院，他奋力地学啊学，为了工作需要，他还自学了英语和西班牙语。

1965年到1971年，吴建民回国在外交部翻译室工作期间，曾多次给毛主席、周总理、陈毅等老一辈领导人做过翻译。能在他们身边，学习他们的言谈举止，他又觉得自己真的是命运的宠儿。在他心中，这些国家领导人都是时代造就的，可以说是千锤百炼、大浪淘沙，每个人身上都显示出伟人的风采和气度。给吴建民留下最深印象的是周恩来总理，他亲眼见到周总理如何以君子之风待人，在国际外交的风云际会中为新中国赢得了许多朋友。"到现在，总理的气质依然被外国人所津津乐道。当年我们在法国时，法国人对我说过，'他的眼睛真的是闪烁着智慧的光芒'。"

1971年，吴建民被派到了联合国。用他的话来讲，那里"是全世界外交官的橱窗"。除了外交官，在那里，每天都能见到几十个国家元首，可以近距离地观察他们在舞台上的表现。这个"见识"的过程也让他获益匪浅……

回顾自己幸运地得到了这么多学习和实践的机会，吴建民认为，多经历、善于学习，是一个外交官需要具备的最基本的素质之一。面对着外交学院求学若渴的莘莘学子，这位对外交工作既有丰富的实践经验，也有多年深入思考与理论研究的外交家院长，彻夜思考着如何不辜负党和国家的重托，把学生们都培养成最合格的人才。他认为，中国外交官起码应该具备四方面的素质：第一要爱国。对从事外交工作的人来说，这"爱国"并不是只放在嘴上，而要清楚地认识到自己国家的利益所在。第二要懂世界。外交就是与世界打交道，因此要了解对方的文化、需求，同时发现双方利益的交会点，以此作为工作的切入口。第三要懂中国。因为中国正在发生翻天覆地的巨变，外界对中国有理解有不理解，而一名优秀的外交官要能把中国的事情对外界讲清楚。第四要会交流。一个外交官的职责说到底就是对外国人讲中国，对中国人讲外国，如果交流能力差，就不能胜任。

而在吴建民眼里，中国外交官们恰恰不大会交流，在许多重要的国际场合，不自信，开不了口，显得木讷、被动，更谈不上风趣、幽默、有人缘。这是多方面原因造成的：首先是中国传统文化一向主张的"讷于言而敏于行"的民族教育背景；其次在教学上，过去对交流强调得也不够。因此，吴建民想要改革外交人才的培养模式，他把"交流学"引进了外交学院，并亲自登台授课，以自己半辈子的经历和经验，把在世界外交舞台上怎么与人打交道的学问，手把手地传授给未来的外交官。

经过深入调研，他还发现，学院式的外交人才教育和培养，过于重视理论，脱离实际，结果使学生们在考试和论文上都能一套一套的,可是一碰到实际问题就往往束手无策了。针对学生们的弱点,除了"交流学",吴建民又给学院引进了"当代中国领事""外交案例"和"中国传统文化"等四门新课,还请来许多具有丰富实践经验的优秀外交官,给学生们结合着实战讲理论,大开教师们的眼界,大受同学们的欢迎。

古人言"教学相长"。能浸泡在学院的学习环境中,面对学生和老师们的不断进步,吴建民觉得自己好像重新又回到了学生时代,心里特别舒服。他曾说自己:"我喜欢外交,因为每天都可以接触到新鲜的人和事。我觉得每天都能学到新东西,是一种很大的奖赏。"而今他喜滋滋地说:"如果说做外交官是个不断学习的过程,那么做未来外交官的院长,更是一个不断学习的幸福的过程。"

吴建民魅力的核心

我看过不少关于吴建民的描写,其中有这么一段:"西装笔挺,皮鞋锃亮,向后抿过的头发一丝不乱。聊到5点半,急匆匆和记者告别,去出席另一个活动,走之前'磨蹭'了10分钟,换了另一身行头才健步而出。问他是否经常如此注意着装,回答说,'是'。"(《南方人物周刊》)

诚然,一个外交家的着装确实非常重要,往大了甚至可以说是代表着国家的形象。别林斯基说过:"人的外表的优美和纯洁,应是他内心的优美和纯洁的表现。"我国北宋时期的哲学家张载也早就讲"充内形外之谓美",意思是说内心充实同时表现在外表上才叫美。吴建民的魅力绝不只是"西装笔挺,皮鞋锃亮"之类,你和他接触,最突出的感觉,是"这个人的修养真棒",着实让人从心里佩服。

那么，这种人见人敬的修养是怎么锻造出来的呢？是什么样的家庭、什么样的父母、什么样的生活背景，把他培养成这样的一位"君子"呢？

这就不能不再次说到吴建民的令人敬佩的坦荡真诚——他不像有的"人物"那样，一旦自己发迹了，就忙着"换爹换娘"，什么"高干""高知""世家""贵族"的大帽子，紧着往自己头上戴。他非常从容地介绍自己：出生在小户人家，父亲做过司机，母亲做炊事员，1939年把他带到了这个世界上。"我妈妈是一位非常善良的女性，特别愿意帮助人，街坊邻里有了困难她都帮，这一点给我和我哥哥一生影响至深。我哥哥比我出色，他做到了防化兵部队的将军。"

1955年高考，吴建民一心想报考北大物理系，但在老师朱庆颐的再三劝说下，试着参加了北京外国语学院的考试，不想竟获得通过，他只好满肚子不情愿地去报到了——当时有谁能想到，中国就此少了一位科学家，却出了一位对20世纪末、21世纪初的中国至关重要的外交家。

1961年吴建民从北外法语系研究生班毕业，从此走上了外交岗位。20世纪60年代，他在布达佩斯世界民主青年联盟总部任代表翻译；70年代在中国常驻联合国代表团任二秘（期间在外交部干校劳动了一年）；80年代担任过外交部政策研究室处长、中国常驻联合国代表团参赞、中国驻欧共体使团首席馆员；90年代担任过外交部新闻司司长、发言人，后担任中国驻荷兰、常驻联合国、驻法国大使；进入新的世纪，到了皱纹悄悄爬上额头的花甲之年，未及喘上一口气，又担任起外交学院院长、国际展览局主席和全国政协外事委员会副主任等要职。这国际展览局主席一职可非同小可，该局是1936年成立的政府间国际组织，吴建民当选为主席，创了三个"第一":他是第一个亚洲人、第一个来自发展中国家的人士、第一个中国人担任此职。国际展览局主席职位一届任期为两年,最多可连任一次,吴建民不仅连任两届,而且还在2007年卸任时,被一致推选为国际展览局的名誉主席。

吴建民夫人施燕华是他的校友,也是一位外交官。1994年与他同时担任大使,他在荷兰,她在卢森堡。他们有一个品学兼优的女儿,现在已经毕业,在一家外企工作,一家人很幸福。不过吴建民肯定是不管家的丈夫,他太忙了,除了国内外的各种事情,他还特别要把国际展览局的事业做好,不能让人说中国人当这个主席没成绩。而他只要没有重要活动脱不开身,就一定到外交学院上班,他是一位尽职尽责的好院长。

我对他的采访,就是在外交学院的会客室里。当时,吴院长给我的时间是一个半小时,之后,他还有重要的外事会见活动。

我问:"这一生当中,您最好的时期是什么时候?"

吴答:"1985年到联合国以后。那时整个国家的工作转移到经济建设上面,外交也是。我做的工作是观察全球形势,给国家提供战略参考。我们研究室一共有10个人,可以一心一意搞工作,不像以前老搞运动。"

问:"从中国来说,毛、朱、刘、周、邓等主要领导人,您都接触过,外国政要也起码近距离接触过50位以上,您最佩服的是谁?"

答:"最佩服邓小平。小平同志是了不起的政治家,也是伟大的智者,有远见卓识,同时又有魄力,对很难的病用很简单的药方,简捷果断。比如中国人争论了一百年我们为什么落后,小平同志说不争论,改革开放,干起来就是了。结果怎么样?你看中国现在发展得多快呀,世界都为之瞠目!"

问:"您为什么总能正面分析事物,积极乐观对待人生?"

答:"一是因为在国际上经历的事情多了,看到国家在前进。二是世界上有两股潮流,要是光看到黑暗还怎么活?我相信世界上好人是大多数,相信世界是往前走的,愿意积极地推动光明的潮流往前走。"

问:"您认为人生什么最重要?"

答:"做点事。人来到世界上,是给国家和民族做事的。"

好!我心里一热,一喜——这就是吴建民先生"内心的优美和纯洁"吧。我终于有点明白了,为什么从他的报告到讲话、再到他的一举手一投足,这位魅力外交家一再地让我感觉到,他是我所接触到的最忠于国家,能用最有说服力的语言、最有成效的行动维护中国的外交官,原来,祖国和民族的圣火在他胸中熊熊燃烧着,他把自己的生命定位在奉献国家和人民,这就使他有了源源不竭的智慧、源源不竭的高水平发挥、源源不竭的乐观主义情绪、源源不竭的精神和体力,以及源源不竭的人生动力——这是吴建民魅力最见光彩的核心!

他温文尔雅地一笑,介绍起他倡议搞的一项大型活动"中国梦研讨会"。那念头源起于有一天想到的一句话:"任何国家在崛起时期,都会造就一批成功人士。"1931年美国大萧条时,亚当斯提出了"美国梦",美国陆续涌现出福特、洛克菲勒等代表人物;今天,中国正处于创业上升期,已经出现了一批杰出的科学家、企业家、政治家,他们的个人梦和国家梦紧紧联系在一起,这就是能体现出中国当代辉煌的"中国梦"。

说来,这件事我知道,并在网上看到有些不赞同吴先生的网友对此提出了批评。他们更赞成军事专家戴旭先生的观点:"我一直有一种强烈的预感,未来的十到二十年,也就是2020到2030年左右,会有一场针对中国的大屠杀、大哄抢。"这些网友批评吴建民在"列强即将第三次瓜分中国的当口,还在做他的美梦……"从我个人来说,也对戴旭先生的"屠杀哄抢说"忧心忡忡,焦急不安,但实话说,问题太复杂,真实情况了解得太少,我还没有想清楚到底是怎么回事。不过,我相信无论是吴建民还是提出质疑的网友,都是忧国忧民之士,他们看问题的角度有所不同,恰好可以为国家提出不同观点的对照和比较……

我突然想起,在整天忙得脚不点地的情况下,吴建民还拿起了笔,出版了一部学术著作《外交与国际关系——吴建民的看法与思考》,他曾提出要向社会揭开"外交资源"神秘的面纱,是中国外交部"公众外交"观念的鼎力支持者。他认为,外交在一定时期内需要保密,但一旦过了保密期,就应向老百姓公开;即使在尚未解密的时期,也应把事情本身向公众介绍。他的这本书,讲述的就是"老百姓看得懂的外交",这可以看作是吴建民向公众的回答和解释吗?抑或是他向公众普及国际外交艺术教育的一种尝试?

哦,他还嫌自己不忙?还嫌自己做事太少?还嫌自己对国家的贡献太小?这不,他已经急急忙忙站起身,又容光焕发地上路了!我看见,在他优雅的转身里,他的魅力放大到了无限,我愿把这种迷人的魅力,叫作"中国精神"。

2011年5月重写于北京协和大院葳蕤斋

艺术赤子吴冠中

想要跟上吴冠中先生的脚步几乎是不可能的,他的生命马上就将驶入 90 岁的航程,其创造力仍如东升的旭日,在灿烂辉煌的向上跃跳中,彰显出生命力的蓬勃饱满,冲劲十足。

不定型的思维无限

我差不多每年春节都要去给吴先生拜年,同时看他新出版的画册。从 2000 年起,一些美术出版社每年都为他出版一本画册,都是他上一年新创作的画。

我至今还清楚地记得:马年的大年初一,吴先生把那第一本画册送给我时,他眼睛里闪耀的目光如火焰一般明亮、灿烂。我珍重地捧起厚厚的画册,翻开来,发现一共选印了 64 幅作品,不由得倒抽了一口冷气:全年 365 天,平均每 5 天就画出一幅新作,而那年,吴先生已经是 83 岁的老人了!

当时他还对我说:"这还不包括废掉的不满意之作。我不重复老路,不抄袭自己,必须有了新想法才动手,不然就不画。"

我问他为何总要这么"逼"自己?又为何总能捕捉到新的东西?他让我看画册的《自序》,其中有这样一句话:"定型的形象有限,不定型的思维无限,由思维引申形式,虽难产,婴儿却应永远是新生态。"待我念完,他像是对我说,又像是自言自语:"找不到最满意的表达时,是我最苦恼的时候。有时候,似乎找到了,内心里就特别快乐;可是它又离你而去了,你就又处于痛苦之中。我这一辈子都在寻找……"

是啊,80多年风雨兼程的生命羁旅,一分一秒地垒筑起这位享誉国际的绘画大师的艺术高度,每一步,都艰难备至。成功、辉煌的背后,是常人难以承受的"天将降大任于斯人也,必先苦其心志,劳其筋骨,饿其体肤,空乏其身,行拂乱其所为,所以动心忍性,增益其所不能"……

吴冠中的艺术生涯是一支射向靶心的箭——"开弓没有回头箭"的箭,一辈子不偏不倚地就奔着这一个目标的箭。

1919年,吴冠中降生于江苏宜兴一个贫穷的小村子,父亲是教书兼务农的一名穷教员。随着弟弟妹妹的不断增多,家里的生活越来越清贫。吴冠中从小学、高小、初中、高中、大学,一路考上去,经常是第一名。后来的1946年,国民政府教育部选派战后第一批留学生赴欧美留学,在全国设九大考区,有数万青年才俊应考,吴冠中信心百倍地瞄准了留法绘画系的两个名额,果然又如愿考上了。他的这种读书才能,成为父亲的骄傲与希望,乡人也都说:"茅草窝里要出笋了。"

他和绘画的关系,可说是生命里的基因,前生投缘的关系——绘画不是他的学业、专业、职业、事业、伟业,而是他的呼吸、他的生长、他的活着、他的身家性命、他的存世意义。有三个细节给我留下了不可磨灭的印象:

一是抗战时期在昆明,敌机来轰炸,全校师生都上山去躲避,只有吴冠中苦苦恳求图书馆管理员,让他将自己反锁在馆内,临摹古人画册。那独自对话经典的自在滋味，至今仍在他心头畅快地荡漾着。

二是20世纪60年代，一次南下广东写生回京，吴冠中将他画的一包画立在座位上，自己则站在旁边以手相扶。站了三天三夜，下火车时腿、脚都肿了，可是他心里高兴，庆幸作品们终于平安到家了。

三是20世纪70年代，吴冠中的岳母在贵阳病危，他好不容易请下假来，携妻前往探视。途经阳朔时，他太想画桂林了，遂中途下车，盘桓一天。谁知天雨不停，他叫夫人打伞遮住画板，两人则淋在雨中，任雨丝打湿衣衫。后来刮起大风，画架实在支不住了，怎么努力也画不成了，极度失望之下，吴冠中竟哭了起来！

这是我唯一一次听到吴先生说起他的哭。一辈子的大风大浪都经历过，他都用那瘦薄的肩膀扛了过来，不料想，他却在阳朔的风雨中流下眼泪——我理解，当时他浑身的血液已被艺术的激情点燃，陷入了"不能画，毋宁死"的冲动中，这种欲罢不能，连他自己也不能控制自己了。

这同一的悲切，在2005年，在吴先生家中，又真实地上演在我眼前。那是国庆节期间，他大病后身体有所好转，我去探望他。那年春上的一场重感冒引起一些并发症，毕竟是86岁高龄的老人了，大夫强迫他住进医院。对于这辈子一天也没闲过的吴冠中来说，不能画画了，就整日烦躁不安。后来争取回到家，却发现孩子们怕管不住他，干脆把大画案撤了，于是吴先生更加痛苦不堪。

他严肃地瞪着我，打着强烈的手势，激愤地说："上帝的安排不好，对生的态度积极，给予生命、母爱、爱情；可是对死的问题就不管了，人老了、病了、痛苦了也不闻不问。我认为生命是个价值过程，在过程中完成价值就可以了，鲁迅先生只活了56岁，做出的成绩远远超过长寿之人。我们为许多人可惜,是他们做的事没完成,如果完成了,不非得痛苦地活那么长。"

我望着他越发消瘦的身躯在衣衫里面剧烈地抖动,虽然腰板还挺得笔直,但胳膊细得只剩下了骨头,让我见证到"形销骨立"这个词。于是我竭力寻找着,想拣几句能够宽慰他的话。不待我开口,他又像是对我说,又像是自言自语:"我就是进入不了老年生活——叫我养花、打牌,不行!叫我休息、不做事,不行!回想这辈子最幸福的时期,就是忘我劳动,把内心里的东西贡献出来的时候。现在思维、感情不衰败,还越来越活跃,可是身体的器官老了,使不上劲了,这是最痛苦的晚年。"

不过,在那段"最痛苦"的日子里,吴冠中也不管不顾,左冲右突。最后,火山终于找到了突破口,辉煌的岩浆喷发而出,一泻千里——他又一次绝处逢生,找到了"字画"的新形式。

比如一幅作品,画面上只有"土地"两个字,但它们不仅是写出来的,也是画出来的,宽宽的,大大的,肥肥厚厚的,是字和画的合二而一。它们与吴先生过去的书法、绘画都不一样,但一眼又能看出还是他的笔墨,吴冠中神韵在焉。

他观察出我赞许的表情,也很高兴,遂解释说,画不成大画了,精神好的时候,他就画了一批这样的小字画。最初的想法缘起,是在今天,人们,包括许多学者在内,都看不懂篆字了,吴先生就想到要探索把简体汉字变成艺术构成的新路,让普通老百姓都能欣赏。在形体上追求新颖别致,在画面上追求新的表达方式,笔墨浓淡、粗细、形状、结构等等,均有讲究,和画画一样反复构思,也和画画一样把废稿都淘汰,有时写十多张才能成功一张,苛求一如既往。

至于"土地"二字,是他在医院的病床上,翻来覆去构思的,那年正是纪念抗日战争胜利60周年,广播、电视、报纸里都在讲述这件事。由此，吴冠中想到我们这片土地上的人和事——英雄、先烈、人民，是多么厚重啊，因此这两个字里，凝聚着非常多、非常多的感受。一回到家里，他就迫不及待动手画出来，一心想看看自己的创新之路，还能否走得通……

时隔一年之后，我再次去看望他。一年时光匆匆忙忙，我觉得自己过得庸庸碌碌，回头看去似乎没留下什么痕迹。可是再登吴宅，一进门，就发现吴先生的这批"字画"又有了新变化，用与时俱进的新词说，是"又滚动式向前发展了"。

比如"羊肠道"，除了这三个汉字之外，画面上又添上了荒草、野花、灰的色块和黑色的线条，这些都是吴冠中绘画中的基本语言，如今它们又都搬家回到了这里。又如"黄河"，黑色的字的确是汉字"黄河"，同时又是一艘正在黄河激浪中搏击的航船，黄的、白的色块点染出云朵、云层、波涛的背景，构成了一幅新颖别致的画面。吴冠中把字和画浑然结合起来了，字，仿佛是骨架，支撑起天庭宇宙；画，宛如血肉体肤，带着温暖和饱涨的生命力，浸润着大地的每个角落，一时间，使人生长出了全世界都被拥抱的感觉。画面虽小，内质丰富，内涵宏大，谁能想到，这些画不了大画而不得不为之的小幅字画，竟又一次开启了吴冠中"衰年变法"的艺术闸门呢！

"有朋友看了这批新作，觉得我是又找到了一种新形式，还有空间可以发展。"说到这里时，吴先生的脸色好了起来。"我不能闲着，闲了不会活。现在我谢绝一切采访、会议，不再出头露面，只是思考、画画。探索其乐无穷。我绝不能辱没过去的作品，一定要超过过去，给后人新的启发。我只能往前走，停下来不好活，后退更没有余地。"

血液里的"不安宁粒子"

我多少次强烈地感觉到,吴冠中的血液里有一种特殊的东西,叫作"不安宁粒子",或者也可以说是"不安分"吧。他的血液只要一经"艺术"这个导火索点燃,马上就会沸腾起来。用他自己的话说,"像含羞草,一碰就哆嗦"。

他当了一辈子美术教师,从第一天做助教开始,直到耄耋之年的最后一次登台,其特色始终没有变,这就是,一上讲台就激动,越讲越兴奋,就像陷在恋爱中,不能自拔。

其他,只要一涉及"艺术",他马上就变成奋起的雄狮,谈话也激动,写文章也激动,更不用说画画了。多少年养成的习惯一直持续到今天,他作画,往往早餐后即开始,一直画到下午、傍晚、深夜,其间不间歇,不休息,也不吃饭喝水,何时画完何时才回到"人间烟火"。艺术是他永远的新娘,初恋的狂热一直持续到黄昏恋,始终恋不够。

这样的性格,这样的执着,不在他身上发生点事,简直就是不可能的。小的挫折和坎坷当然不断有,后来比较重大的有两件,一是那场旷日持久的"《炮打司令部》假画案",一是"笔墨等于零"的讨论。

对于20世纪90年代初期到中期的那场假画官司,吴冠中起初完全没有思想准备。明明是别人伪造出来的拙劣之作,假冒吴先生的名字卖了52.8万元港币,还被卖家扬扬得意地宣扬,谁能不动气?他的单位中央工艺美术学院出面替他打官司,吴先生信心百倍,因为他觉得朗朗青天之下,假的还能变成真的?谁知利润和利润支配下的权力这两个魔鬼的能量无比强大,翻手云覆手雨,指着鹿说是马,结果,几度风雨几度春秋,官司久拖不判,吴冠中被整得不胜其烦，愤而写下万字长文《黄金万两付官司》，亲自送到光明日报社发表。最后，这场全国首例假画官司在中央首长的直接过问下，最终还是真理战胜了金钱，还艺术赤子吴冠中以清白之身。可是，被拖得身心俱疲的吴先生内心并无兴奋，反而悲哀有加，叹息被耽误的创作时光白白流逝，"一寸光阴一寸金，七十五岁晚年的光阴，实在远非黄金可补偿，黄金万两付官司。我低估了人的生命价值！"

在这里，当然不是他"低估了人的生命价值"，吴冠中是在谴责那些"图财害命"之徒——鲁迅先生早就说过："时间就是生命。无缘无故耗费别人的时间，和谋财害命没什么两样。"何况，这是真正地为了图财而不惜公然践踏一位艺术家的尊严、信仰、价值观和世界观；更何况，这是一位视艺术为生命的艺术家，他年事已高，已经是豁出命地和时间搏斗着，期冀向他神往的艺术高峰上再攀一程。因而，这场官司对他来说，是双倍的损耗，也是双倍的犯罪！

而对于至今仍在争论的"笔墨等于零"，吴冠中当初确曾想到会引起不同意见，可也没想到会掀起这么大的波澜。"笔墨等于零"本是学术范畴内的长时间的思考：千百年来形成的中国画传统，当然是我们中华文化宝库中的珍宝，必须薪火传承下去；但是面对一成不变的构图和技法，如松树必须怎么怎么皴，梅花必须怎么怎么点，连我们这些外行都感到是陈旧的"老套子"，更别说业内的有识之士了。吴冠中思考了多年，终于对"用笔墨衡量一切"的标准提出否定，他指出："脱离了具体画面的孤立的笔墨，其价值等于零。这话怎么理解呢？两个层次，一、构成画面，其道多矣，点、线、块、面都是造型手段，黑、白、五彩，渲染无穷气氛，孤立的色无所谓优劣，品评孤立的笔墨同样是没有意义的。二、笔墨只是奴才，它绝对奴役于作者思想情绪的表达，情思在发展，作为奴才的笔墨手法永远跟着变换形态。所以，脱离了具体画面的孤立的笔墨,其价值等于零,正如未塑造形象的泥巴,其价值等于零。"

我虽然不懂得绘画,更不懂绘画理论,但基于所有艺术都是相通的道理,深深觉得吴先生的观点是不错的,而且新颖尖锐,大胆"犯上",具有冲破一切藩篱的革命性。他实际上是说,笔墨只是工具,是为画家服务的,而不能是相反。拿文学界来说,也常思考和讨论同样的问题,比如究竟是语言最主要呢,还是构思、学识、生活积累、现代意识、思想高度、表现手法、人格境界、心理因素等等更重要呢?显而易见,当然应该是技术服从于艺术家的思想感情,笔墨为表现服务。

这道理,听起来非常好理解,可以说是人人都看在眼里,人人都还没有思考到或者没有能力、水平思考透的问题,现在被吴先生一语道破天机,人们应该感谢他的发现才是。可是却相反,争论四起,甚至超出绘画界,成为社会都很关注的一个事件。批评吴冠中的声音很响亮,老、中、青,画家、理论家都有,也有吴冠中多年的老朋友、老同事、老战友,他们的观点是"应该守住中国画的底线,不能用虚无主义的态度对待我们的国粹"。

这当然是一件好事,观点之争,学术之争,越争论越明白,越接近真理。能统一思想,最好;不能说服对方,也起到互相交流的作用,还能启发文化界和读者举一反三,思考一些不仅限于绘画界的与文化相关联的问题,多好啊。

吴冠中也是这么看的。他认为这是讨论重要的文化问题,关系着中国画的前途和出路,也旁及文学、艺术等领域。借此机会,他也把多年的思考整理了一番。

他说:"笔墨本来是手段,但是中国绘画界逐渐形成了一个习惯,就是用笔墨来衡量一切,笔墨成了品评一幅画好坏的唯一标准,这就说不过去了,因为每个时代、每个时期的笔墨标准不一样,怎么衡量？比如唐宋的笔墨就不同，到底哪个比哪个好呢？不好说。所以我说，笔墨要跟着时代走，时代的内涵变了，笔墨就要跟着变化，要根据不同情况，创造出新的笔墨，还有其他新的手段，为我服务。"

我问他："不学笔墨，学什么呢？"

他应声而答："学表现。要学会怎样表现出自己的感情，不择手段，择一切手段，表达视觉美感及独特情思，形成自己的风格。能把自己的感情很好地传达给别人，能打动人，就是成功了。在这过程中，笔墨是自然形成的，笔墨按题材分，应是感情产生笔墨，而不是用技法套感情。"

我又问："零是什么？"

他又不假思索地答："零是标准。没有统一标准来代替，没有共性的价值等于零。"

问："您的标准是什么？"

答："作品的感情。不管是用什么手段表现的，只要传达出来了，就是好的。在我，语言、手段、工具，都不是主要的，我是看效果，看能不能感动人，震撼人。"

问："效果怎么看？"

答："素质，功力，题材，技法……要综合起来看。等于一部文学作品，说教不能感动人，最后要看总体效果。"

我说："这么一比喻，我算彻底明白了。比如文学创作，我记得老舍先生和叶君健先生，他俩认为语言是最重要的，可是别的作家各有各的条件素质、不同情况，不都是以语言取胜的。我接受您的这个说法，看综合效果，看总体表现。"

吴先生最后强调说："我的意思是强调发展，要不断前进，不发展是保不住自己的。必须发展，必须革新，不然就是死路一条。"

这也就是吴冠中不断逼迫自己"变法"的内在动力吧。

最重要的是思想

吴冠中其实还有一个人生理想：当一名作家。

他最佩服的作家是鲁迅，认为鲁迅先生的作品既有思想又有感情，具有唤醒中国人灵魂的震撼性力量。为此，他甚至说过："一百个齐白石的社会功能，也比不上一个鲁迅。""多一个少一个齐白石无所谓，但是鲁迅不能少。"

88个春秋飞度，吴冠中早就做成了大画家，也做成了著名作家。他已在北京中国美术馆、香港艺术馆、大英博物馆、巴黎塞纽齐博物馆、美国底特律博物馆等处举办个展数十次，在国内外出版画集、文论集、散文集近百部，多次荣获国内外艺术奖、文学奖，还获得了法国文化部最高艺术勋位，被选为法兰西艺术院院士，等等。但他认为，做成"家"不是目的，做成"大家"也不是人生理想。最重要的是思想，一个优秀的文艺家，首先应该是一个深刻的思想家。

他永远也忘不了当年留学欧洲时碰到的一件事：那天，他坐在伦敦红色的双层公共汽车上，待售票员来售票时，他将一枚硬币交给她。这时旁边的一位英国"绅士"递过一张纸币买票，售票员顺手将吴冠中刚才交给她的那枚硬币递给他，谁知那位"绅士"大怒，拒绝接受这枚中国人拿过的硬币，非要售票员重新另取一枚硬币给他……这侮辱性的一幕像尖刀一样插在吴冠中心上，淌着血，一直记忆到今天。国家不强大，就要受人欺侮；个人没本事，就要受人轻慢。我古老的祖国啊，什么是你最正确、最迅捷的发展之路呢？

吴冠中将思考埋在心底：过去世界看不起中国，中国自己陈陈相因的传统审美,又的确狭隘,让人看不起。他憋着一口气,一定要"拿来",借鉴、改造、创新,不用传统笔墨,画出传统精神,重新光大灿烂东方文化,让全世界真正认识到她的价值——这是他创作的思想底线,也是他一辈子孜孜矻矻、始终不渝的艺术"长征"。不了解他的人看他整天写写画画,涂涂抹抹,一辈子和颜料、色彩打交道,殊不知,他从来就不是一个只为艺术而艺术的"技术主义"的画匠,也不是一个单纯吟诗弄月的"自我娱乐"式的文人。他的眼睛紧密关注着时代的进程,思考从未停止过。在多年的接触中,他的思想经常是灵光一闪,随口就跟我谈起他对许多事物的看法,不乏匠心独运的真知灼见,我在这里复述几节与读者共享:

□我有两个观众,一是西方的大师,二是中国老百姓。二者之间差距太大了,如何适应?是人情的关联。我的画一是求美感,二是求意境,有了这二者我才动笔画。我不在乎像和漂亮,那时在农村,我有时画一天,高粱、玉米、野花等等,房东大嫂说很像,但我觉得感情不表达,认为没画好,是欺骗了她。我看过的画多矣,不能打动我的感情,我就不喜欢。

□艺术到高峰时是相通的,不分东方与西方,好比爬山,东面和西面风光不同,在山顶相遇了。但是有一个问题:毕加索能欣赏齐白石,反过来就不行,为什么?又比如,西方音乐家能听懂二胡,能在钢琴上弹出二胡的声音;我们的二胡演奏家却听不懂钢琴,也搞不出钢琴的声音,为什么?是因为我们的视野窄。中国画近亲结婚,代代相因,越来越退化,甚至变得越来越猥琐。

□20世纪90年代以后,我画的抽象风格越来越多,为什么?是故意标新立异吗?是有意追时髦吗?不是,而是我自然的流变,水到渠成,水的感情到那里了。比如唱戏,《玉堂春》,"苏三离了洪洞县……"词是一样的,各人的唱腔不同,美感享受也不同,艺术抽象美在其中。江南的房子为什么好看?架构在一起,错综,形成了美的构成因素,把这些"美的构成因素"拉出来表现,抽象,变成了块的奔放和线的缠绵,外壳的东西越来越少了,唱词越来越无所谓,越来越回到唱腔。又比如表现波涛开阔,力气用在专门表现开阔,像不像波涛无所谓了。造型美的因素——韵律、对比、节奏、疏密、构图……我的画中追求这些东西,发展到晚年,不受拘束,越来越强调韵律感,完全是曲谱,没有词了。这是我感情的记录,一步一步,勤勤恳恳走过来的。

□我很幸运:出国前,是跟着潘天寿学的中国画,他是完全传统的,本人画得很好。后来我在巴黎学了三年,看遍了欧洲的艺术馆,知道西方艺术的好在哪里,回来后结合国情、祖国、人民,加以表现。我明白,传统的东西过去了,强调也没有用,鲁迅早就点出来了。回到传统是不可能的,抱着传统死路一条。但中国有大量画家不懂西方艺术,接受不了,有人连马蒂斯都骂,对西方艺术一律排斥打击,其实是束缚了自己,结果只会因袭古人,不会创新。中国画家凡是有点创新的,都学过西画。西方的大评论家对东方艺术不排斥，会欣赏。20世纪90年代中期，在香港举办了一个现代中国画展，媒体突出宣传两个重点主题：黄宾虹代表传统，吴冠中代表创新。他们评价我是叛逆地师承，"代表了一股巨大的超越传统的创新力量，令国画艺术焕然一新"。我在艺术上要求太严格了，考虑到百年以后的中国画前途，只是苦了自己……

□画家走到艺术家的很少，大部分是画匠，可以发表作品，为了名利，忙于生存，已经不做学问了，像大家那样下苦功夫的人越来越少。整个社会都浮躁，刊物、报纸、书籍，打开看看，面目皆是浮躁；画廊济济，展览密集，与其说这是文化繁荣，实质是为争饭碗而标新立异，哗众唬人，与有感而发的艺术创作之朴素心灵不可同日而语。艺术发自心灵与灵感，心灵与灵感无处买卖，艺术家本无职业。

□最重要的是思想——感情。感情有真假，有素质高低的不同，有人有感情，但表达不出思想。打动人靠的是思想感情，光有思想局限犀利，没有思想的感情平庸。我现在更重视思想，把技术看得更轻，技术好不算什么，传不下什么。思想领先，题材、内容、境界全新，笔墨等于零。

风格是作者的背影

吴冠中在晚年，透露了一个秘密：当年他赴法国留学时，本是抱定"不打算回国了"的想法，因为当时在国内搞美术毫无出路可言。但在巴黎待久了，他越来越觉得那灯红酒绿、"画人制造欢乐"的社会与自己不相干。"祖国的苦难憔悴的人面都伸到我的桌前！"于是，他终于下定了决心："无论被驱在祖国的哪一角落，我将爱惜那卑微的一份，步步真诚地做……"

"文革"中，有一次听说他当年留在巴黎的老同学赵无极已成为名画家，回国观光时作为上宾被周总理接见，吴冠中真不服气。那时的吴先生正下放在农村劳动，还患了严重的肝炎和其他病症，经常通宵失眠，体质非常坏。当时他自己和夫人朱碧琴都感到他已活不太久了。吴冠中索性重又任性作画，决心以作画"自杀"，结束生命也值了。不料后来奇迹发生了，多年被医生治不好的肝炎，居然被疯狂的艺术劳动赶跑了，他的健康竟一天天恢复了。"天意从来高难问"，吴冠中也终于脱颖而出，成为享誉国际的绘画大师。

很自然的，人们都会问："如果吴冠中当年留在法国，会怎么样？"还有研究者想知道，吴冠中对自己的一生——道路、选择、成就、身前身后名等等，有着怎么样的自我评价？

历史是不能"如果"的。吴冠中也不是一个耽于昨天的人。他甚至说："明年怎么样？顺其自然。风格是作者的背影，自己看不见。"

哦，我理解，他的意思是说，艺海无涯，"长征"无尽头，个人只管一心一意地探索下去，其他都无须计较——是非曲直，功劳功绩，由别人去说吧。

哦哦，他是艺术的赤子，他的心中只有艺术，装不下别的了。

2007年3月于北京协和大院寓所

推动两岸文学交流的第一人

2012年马上就将挥手告别我们了。由于莫言获诺贝尔奖而被写入所有中国当代文学史，这一年，笃定成为中国文学的"大年"。然而，莫言仅是国色天香的一朵大牡丹，在960万平方公里共和国的土地上，在祖国的港澳台，在全世界所有有华人生存的地方，都有生命力蓬蓬勃勃的文学之花在绽放，都有献身文学的华文作家在呕心沥血。

不久前，在台湾新地文学社、台湾艺文作家协会主办的"第二届21世纪世界华文文学高峰会"上，我再次见到了已经82岁高龄的台湾著名作家、文学活动家、出版家、实业家郭枫先生。满头白发而身板笔挺、话音依然洪亮如钟的他，看着前来与会的全球华语文学界的老中青作家们——台湾地区有陈若曦、李昂、詹澈、廖玉蕙、应凤凰、夏曼·蓝波安等，大陆地区有张抗抗、舒婷、阎连科、陈思和、陈平原、柳萌、林建法、于坚、艾克拜尔·米吉提、韩小蕙等，其他各地有马森、淡莹、郑培凯、薛忆沩、刘剑梅……作为主办人的郭枫，欣喜和满足之情溢于言表。此次会议的规格之高浸透了郭枫的心血，他亲自邀请到马英九出席开幕式，发表了即席演说，并联合香港城市大学、澳门大学、台湾东海大学合办，还使会议得到台中市政府等的支持。

会议开得深入扎实，讨论了"世界华文文学的发展暨在当今国际上的地位与贡献""华人作家的世界性创作准备""莫言是一个开始"，以及"小说的现实与想象""散文的艺术与时代性""新旧诗歌的融合与共进""少数民族文学的辉煌前景"等多个话题，大家都感到卓有收获。闭幕式的时候，郭枫一脸灿烂，宣布将把这个文学高峰会定期举办下去，并相约两年之后再聚首——这是他心情最好、感觉最幸福的时刻。由此，我想起了郭枫命运多舛的一生，想到他在动荡的大时代潮流中，不管个人命运的小舟被大风大浪吹拂到何处，他也始终没有放弃对文学的呕心沥血的奉献。

而他的最了不起之处，或者也可以说他对中华文化和中华文学的最大功绩，在于当年，他是推动两岸文学交流的第一人——1986年，台湾当局尚未开放返乡探亲禁令，两岸关系仍然冰封，郭枫即绕道北美，径自回到大陆，开启了两岸交流的破冰之旅。

为什么说是"回"呢？因为他的家在这里，他的祖辈父辈在这里，他是在大陆出生长大的，他是归乡的游子。

郭枫1930年出生于江苏省徐州市，祖籍徐州铜山县张集乡小店村。其父郭剑鸣，黄埔军官学校第一期毕业，初为校长蒋介石侍从参谋，后带兵北伐，战斗中负伤，转回家乡工作，任徐州市警察局局长。1934年，小郭枫年仅4岁时，父亲旧伤复发，辞世。其母王淑之时年才28岁，哀恸逾恒，不能自已，遂赴南京大悲庵削发为尼，法号弘忍。遗郭枫及小弟郭稚鸣二人，依徐州外祖母为活。

抗日战争开始，郭枫兄弟回到小店村老家。天下大乱，地方兵匪强盗蜂起，徐州地面上尤为混乱。一日，郭家遭匪破门抢劫，两位伯父及伯母遇害，全家只剩下70高龄的老祖父及幼小堂兄弟妹七人，惨不忍睹。当时，最大的堂兄郭继宣才16岁，即承起一家之长重担，带领着一群孤儿，下田耕作。郭枫虽小，已经懂事，不辞劳苦,任劳任怨。

兵匪仍然侵掠不绝,全家每天生活在动荡中,不知明天何方祸患将至。但即使如此,即使已家贫如洗,忠厚的堂兄继宣仍笃信"诗书传家"的理念,并克服了千难万难,令郭枫郭稚鸣兄弟二人入乡村夜间私塾读书。幸得清末举人刘乐山先生教诲,苦读古籍经典六年。刘夫子为康梁维新派人物,思想开明,学问通达,教以儒家仁道为立身之本,影响郭枫一生志业。

1945年抗战胜利,郭枫父郭剑鸣黄埔一期有结义兄弟八人,所存者四,斯时已均为集团军总司令,担任接收沦陷区方面的大员。时年15岁的郭枫离家,奔走于山东五世伯王敬久将军府、河南六世伯王仲廉将军府、南京七世伯张世希将军府,两年之内,游历江淮河汉间。1947年,经王敬久将军保送,进入南京国民革命军遗族学校就读。该校为蒋夫人宋美龄任董事长的特殊私立中学,从全国50余万国民党军遗族中选收烈士子弟500人,抚恤培育。校长为蒋介石,国防、教育、财政、经济等各部会首长为校董,经费由国家充分供应,时称"贵族学校"。由于有这些强力背景,学校选址于南京中山陵园区内,校舍建筑完美,教学设备优良,成为蒋夫人陪同访华外国领导人的参观景点。

1949年,"钟山风雨起仓皇",国民党败退台湾,蒋介石特别派出军舰,将该校学生接至台湾,转入台北师大附中就读。此际台湾严格管制海关防务,党政各机关人员均须调查过滤后核准个别入境,唯有国民革命军遗族学校持蒋介石特准信件,全校迁台。到台湾后统一上户口,户长为"蒋中正",宋美龄为同学的"蒋妈妈",校长夫妇二人对学生关爱颇深,该校学生亦对蒋氏感恩怀德。然而,郭枫是唯一的例外,他是遗校学生中唯一对蒋氏持批评态度的学生。

为什么?

因为幼小孤苦、少年流离的郭枫,年纪虽小,却目睹了内战时期国民党官员贪腐,广大民众身陷战乱和饥饿伤亡的悲惨情景,内心极为痛苦。在儒家经典的熏陶和"五四新文学"、俄法小说、欧洲戏剧的启发下,自青年时代起,同情弱小、反对强权的社会思想,就已深植在他的心中。因而,"官二代"的郭枫,立志一生不沾染台湾政治,只尽心做一个推广严肃文学的作家,一个以文学服务社会的理想主义者,一个坚持民族精神的文学人。

在台湾风风雨雨60年,郭枫一直这样实践着自己的誓言。他只出入于文学和企业交错的时空,曾任小学、中学、大学教师,多家报社记者,台南私立瀛海高级中学董事长,高雄加工出口区外销工厂厂长,台北国际贸易公司董事长,南非约翰内斯堡七汇商务公司及德尔本港七汇服装工厂总裁,南京台日电梯制造股份有限公司董事长等职。他的投身企业,赚钱,也还是为了文学事业而筹措资金。

郭枫认定,企业只是他的俗世职业,只是谋生手段,唯有文学工作,才是他的事业和他的人生信仰。一生中,他把在台湾、海外及大陆投资和经营的所得巨资,绝大部分都用在了他认定的价值所在:设立文学基金会,创办文学刊物,主持文学出版社,资助中国文学国际会议,进行两岸文学交流活动等等。

在台湾复杂诡异的政治环境中,郭枫无党派族群偏见,无高低贵贱观念,悲悯弱势阶层,团结各方文学人士,不断往来于台湾和大陆两岸之间,推动文学的交流与发展。自20世纪80年代以来,积累数十年的努力,团结华文世界精英作家群,使新地文学社成为发展严肃文学的园地。2007年,由于多年的坚持和突出业绩,《新地文学》获得台湾"行政院"颁发的最佳文学刊物"金鼎奖"。

当初,正是因为有着这样高纯度的文学背景,当1980年代过半,郭枫眼看着海峡对岸的大陆新时期文学如火如荼,一浪高过一浪,几乎每天都涌现出好作家、好作品时,他的心里被撞击、被搅动、被激情所催促,终于再也坐不住,冒着被抓捕被绳之以法的危险,他迈出了第一步,从台北搭上了去往北美的飞机——这也是海峡两岸文学交往历史的第一步!

艰难的旅程,鞍马劳顿,风尘仆仆。当郭枫时隔37年,终于踏上故国的土地时,他的百感交集,是今天的年轻人再难体会到的。然而,一到北京,郭枫既没有到景山北海颐和园游览,也没有去王府井天桥大栅栏盘桓,他甚至顾不上寻亲觅故,就一头跳进文学的波涛中,扎着猛子,可劲儿地畅游起来。他与北京大学中文系及中国社会科学院文学研究所,中国作家协会及各主要文学刊物,各地的大批文学家,建立起了密切的关系。友情切磋,相互勉励,时不我待,夜以继日,展开了热烈的两岸文学交流工作。

1987年起,郭枫以个人资金力量,取得大陆作家授权,由新地文学出版社在台湾出版了《当代中国大陆作家丛刊》。这一公然罔顾台湾当局"禁印大陆作品禁令"的举动,成为台湾出版界的轰动事件,为当年台湾出版年度十大新闻之一。从此,台湾各出版社相继跟进,形成出版大陆书刊的风潮,深刻影响了台湾文学的发展。《当代中国大陆作家丛刊》分为经典文学卷、女作家文学卷、少数民族文学卷、诗歌卷、散文卷、短篇小说卷、文学论评卷等七大类,总共出版了汪曾祺、王蒙、陆文夫、高晓声、从维熙、邓友梅、刘心武、蒋子龙、张洁、铁凝、王安忆、张辛欣、刘索拉、阿城、莫言、张承志、北岛、舒婷、顾城等数十位新时期老中青重要作家著作70余种。

接着一鼓作气,郭枫又与江苏古籍出版社合作,取得该社授权,在台湾刊印出版了该社大部头《古典文学鉴赏辞典丛书》,计有:唐圭璋主编《唐宋词鉴赏辞典》,余冠英主编《山水诗鉴赏辞典》,

唐圭璋主编《金元明清词鉴赏辞典》，郁贤皓主编《古诗文鉴赏入门》等书。又与上海辞书出版社合作，在台湾刊印出版了该社的图解本《古典成语》一套四册。

新地文学出版社还与人民文学出版社合作出版了《台湾作家精选集丛刊》，与三联书店合作出版了《台湾短篇小说选丛书》，与百花文艺出版社合作出版了《台湾艺术散文选》一套，开台湾作家著作在大陆成套出版的先河。

这些文学和文化事业，虽筚路蓝缕，然而郭枫越做越兴奋，越做越起劲儿，越做越觉得做得太少，越做越欲罢不能。总结了几年做下来的方方面面，他又觉得除了出版两岸作家著作，还有不少可开创的文学领域，还有大量工作要做。于是，他再度扬起鞭子，鞭打自己这头已经跑在别人前面的快牛，殚精竭虑，又同时在几个领域齐头并进，做了如下工作：

一、首创台湾研究中国现代文学平台。自20世纪50年代以降，台湾各大学文学院读经论道，所办的文学会议皆为研讨中国古典文学的会议。1988年，郭枫个人出资，由台湾新竹清华大学协力合作，成功举办了第一届当代中国文学国际学术会议。此次会议成为台湾学界举办"新文学会议"的开端，此后各大学相继跟进，使"新文学研究"课题正式成为台湾学界的重点工程，极大地推动了台湾当代文学事业的繁荣发展。

二、跨越禁区，率先推动"1949年以前文学"讨论会。1990年，郭枫个人出资，与台湾新竹清华大学中国文学系、中国文学研究所合作，举办了"1949年以前两岸小说国际学术会议"。此会议突破台湾当局不准研究"五四文学"的禁区，形成了学界研究中国新文学发展的风潮。

三、设立"北京大学郭枫文学奖"。1992年，郭枫个人出资，在北京大学中文系设立了"北京大学郭枫文学奖",由北京大学组成评审委员会,奖助北大师生文学学术研究和北大校友的文学创作活动。著名学者季羡林、著名作家汪曾祺等均获此奖项。"郭枫文学奖"为北京大学首次以个人名义设立的文学奖,也是台湾文学工作者奉献给中国文化的殷殷心意。

四、举办两届"21世纪世界华文文学高峰会议"。2010年4月,郭枫约集华文世界顶端作家、学者聚会台湾,计有王蒙、刘心武、刘再复、马森、痖弦、李欧梵、郑培凯等60余人,举行了"第一届21世纪世界华文文学高峰会议"。会期10天,巡回台北、台中、台南、台东、花莲五市,在台湾大学、中兴大学、成功大学、东华大学等四校文学院研讨、讲演、交流,大力推动华文文学的昌盛发展。马英九亲临会场,全程参与,并发表了《政治要为文学服务》的演讲。会议的水平之高,规模之大,为两岸新文学运动以来前所未有,被学界称为"文学百年盛宴"。会议期间还出版了《世界华文作家精选集丛书·第一辑》,包括王蒙、王润华、马森、郭枫、詹澈、陈若曦、陈义芝、刘心武、刘再复、阎连科、鸿鸿、苏伟贞等的自选集。

2012年11月,在郭枫的努力下,"第二届21世纪世界华文文学高峰会议"又如约举办。本届会议以华文中壮代作家、学者为主,在台北市和台中市举行,东海大学文学院参与合办。广泛约集大陆、港澳、东南亚、欧美等地区及台湾本岛中壮代重要作家、学者50余人,研讨当代中国文学的演变及发展趋向。会议再次取得巨大成功,成为继续推动两岸文学交流,弘扬中华民族文化的又一历史盛会。本届会议期间,又继续出版《世界华文作家精选集丛书·第二辑》,包括铁凝、张抗抗、苏叶、韩小蕙、艾克拜尔·米吉提、陈思和、陈平原、薛忆沩、淡莹、向阳、黄恕明、郭枫等的自选集。

五、举办"两岸民族文学学术及交流研讨会"。为鼓励和推动两岸少数民族的文学创作,2011年11月,郭枫与大陆中国社科院民族所、中国作家协会等合作,在台北、台中、台东等三城市举办了"两岸民族文学学术及交流研讨会",邀请大陆少数民族作家艾克拜尔·米吉提、郭雪波、马均等,以及台湾高山族原住民作家夏曼·蓝波安等与会,深入探讨少数民族文学的深化发展问题。

六、担任台湾各学术机构的文学评审人。几十年来,郭枫还在文学界建立起独立的评论家形象。他自己创作多元,曾出版散文集九部、诗集八部、长篇小说《老憨大传》、文学评论集六部,具有深厚的创作功底和丰富的文学经验;同时,秉持着学术良心,不为政治、商业、人情等等非文学因素所左右,立场公正,论评客观,因而经常受聘为台湾各学术机构的文学评审人。

他几度担任台湾最高文学奖项"'国家'文学奖"评审委员。在2003年"第七届'国家'文学奖"评选中,郭枫担任主席,决审会议中两派争论激烈,长达五个小时,仍僵持不下,无法决断。最后,由郭枫裁决该届奖项授予小说家白先勇,以肯定其应有的文学地位。事实证明,这一决断是非常正确的,白先勇的创作完全当得起台湾文学翘楚的荣誉。

2011年是辛亥革命100年,台湾第15届"'国家'文学奖"揭晓,在庄严的颁奖典礼上,郭枫担任颁奖人,将该届奖杯颁给著名小说家陈若曦。

几十年来,由于郭枫的这些脚踏实地、卓有成效的文学工作,由于他公正不阿、一片赤诚的文学态度,以及只求奉献、不求回报的奉献和牺牲精神,使得他成为台湾文学界的良心和一面旗帜。

他还是一棵常青树。虽然已满82岁,但他依然精力充沛,每天清晨四五点钟即起,写作两个小时后出去爬山,然后再回来写作,每天都工作 10 个小时以上。2000 年，他突患恶性淋巴癌，台大医院宣布病危，但凭着顽强的意志力，郭枫在阎王爷的鬼门关打了一个晃，又回来了。一年后，他健壮如恒，依然拼命地工作和写作。他笑呵呵地说："我是强力意志论者。我对付生命的办法，就是不停顿地工作、工作、工作！"在台湾文化界，人们早已忘记了郭枫的年龄，也忘记了他曾经的病症，甚至忘记了他也是一个有着血肉之躯的普通人，也需要吃饭、喝水、睡觉、保健和娱乐，人们早就习惯于把他当作一个异类、一个铁打的家伙、一个永远也不需要休息的铁人；而他自己，经常自豪又自嘲地让晚辈称呼他为"枫大哥"，还往往笑着加上一句后赘"疯子大哥"。

　　2012 年春天开始，郭枫又操起笔，开始撰写他的大著《当代台湾新诗史论》，目前已经完成了第一卷的大半。这部计划写四卷本的学术著作，是他多年藏于心中的理想，实际上是要以 60 余年的亲身经历，写出一部客观、公正、真实、不掩饰、不装扮，称得起"厚重深湛"的台湾当代文学史。他说："中国新文学百年以来，产生了不少优秀作品，但还未见到像托尔斯泰《战争与和平》、肖洛霍夫《静静的顿河》那样伟大的史诗巨著。富有天赋的作家们，应该掌握住尚未开放的时代题材，沉静下来写作，把自己的艺术才能发挥到极致，追寻写出永垂不朽巨著的梦想，才对得起自己的文学生命。"让我们衷心祝福他早日顺利地实现！

一身正气一支笔

——写在吕雷兄遽然离去之际

昨天伦敦的阴雨下了一整天,就是不肯停。晚上,在微信朋友圈里看到顾骧先生驾鹤西去的消息,心中一惊,赶忙去网上查询。孰料,看到的却是吕雷兄去世的消息!眼前一晃,不相信地又看了一遍,再看一遍——没错,那张遗照,确实是吕雷兄那张温暖敦厚的脸!

完全蒙了!因为已在英伦住了小半年,一点儿也没听说吕雷兄生了病。况且他才68岁啊,还年轻着呢,那么多七老八十的先生们都还活得健健康康,活力四射的,哪儿就轮到"40后"尾巴尖儿上的吕雷啊?老天爷,你弄错了吧?这到底是怎么啦!

赶紧往广东发微信。心里火烧火燎的,干脆直接打了越洋电话,才知晓大体情况:吕雷兄长期心脏不好,去年秋天的一天突然摔倒,紧急就医,说是有一根脑血管出血。经过治疗,病愈出院,医嘱三个月之内静养,不要进行脑力劳动。可是恰逢一位作家去世,吕雷兄提笔写悼文,一写就是3000多字。11月中旬,又接到赴北京学习座谈的通知,他执意前往,坐不了飞机就乘了高铁,然后是认真听会,认真主持小组讨论,认真发言。回穗后不久,终于倒下了,于12月21日昏迷,再也没有醒转来,直到1月2日离去。可以说,吕雷兄是"尽职"死的,是"认真"死的,是"严格要求自己"死的,是"追求完美"而死的!

北方这边的文坛可能不太了解吕雷,这跟他身处遥远的广东有关,但更因为他是一个低调、自律、谦和、沉静、懂得自爱知道斤两、非常有内涵的作家。其实他的写作生涯早年就开始辉煌了,20世纪80年代,在名家云集的鲁院第八期作家班里,他与刘兆林、邓刚分别是班长、正副书记,人称"金三角"。他早在80年代初就两度荣获全国短篇小说奖,中篇小说获"人民文学奖",还有长篇小说、散文、报告文学、电影和电视文学剧本获过多种全国性奖项。他是以自己硬邦邦的创作实力,当选为广东省作协副主席、中国作协主席团成员的。

在这人海茫茫的世界上,有的人与你一个办公室共事几十年,但还属于"陌生人";可也有的人只一两次谈话,便成为心灵相通的"亲朋友"。我比吕雷兄年纪稍小,认识他也很晚,不过是近几年才交往起来的。擦出火花的契机,是2010年清明节期间去重庆开会,吕雷请高洪波、黄尧、何立伟等几位仁兄陪同,去渣滓洞寻找他老父亲当年的战友齐亮、马秀英、胡有猷、杨翱、陈诗伯五位烈士遗迹,代表老父亲也代表他自己,向烈士献花。这起源于一个悲壮的故事:1949年,吕雷的父母吕坪、夏耘均为中共地下党员,在重庆从事革命活动。由于中共重庆地下党高层出了叛徒,党组织遭受重创,大批地下党员被捕入狱,惨遭敌人杀害。正是因为齐亮烈士冒死通知战友们赶快撤离,吕坪带着刚刚一岁的吕雷迅速离开了重庆,不然吕雷也会成为监狱中的"小萝卜头"。可是,齐亮、马秀英等却被敌人抓进渣滓洞,后英勇就义,他们当时才都二十多岁,风华正茂……

这悲壮的往事居然就活生生发生在身边的作家身上,吕雷一家的故事迅速在会议上传播开来,感动了所有人。散会不久,回到广州的吕雷兄应邀为我们"文荟"副刊写来了整版散文《聆听烈士的声音》,除讲述当年的故事,他还针对当下社会存在的"金钱至上""享乐至上"等流行病,提出了"信仰安在"的问题。后来,吕雷兄又写来《白发红心我奶奶》一文,记述他抗日战争中便参加革命的奶奶,除了把五个儿女都送入革命队伍,自己也出生入死地为抗日做了很多工作。这两篇文章均属于当下年代的"稀缺产品",是真正具有很高思想水平和艺术水准的"红色散文"。

无可回避的是,这些年社会思潮芜杂纷乱,很多人追求的人生价值观无外乎钱、权、色,一心为己,毫不利他,一些腐败高官是带头冲到最前面的。吕雷兄身处商品经济前沿的珠三角,周围环境更多光怪陆离。为此,他切齿过,郁闷过,不解过,但绝不同流合污,有时还要与之斗争。一身清正的他常常失败,被孤立被打击,被"淡"在一边。当他面对许多堕落无可奈何时,也只能黯然神伤,找几个朋友诉诉衷肠而已。然而,他不悲观,更不绝望,他是一个理想主义者,坚信无论乌云蔽日也好,浊水横流也罢,都只能得逞于一时,最终,中国共产党一定会不断修正自己的航向,清理一切堵塞的淤泥,去实现腾飞的中国梦。他憋着一口气,更加顽韧刻苦,把自己的理想、思想和一腔激情,写进自己的作品中……

作文先做人。吕雷兄就是这样一位一身正气一支笔,从不屑于诗外功夫,只靠自己作品说话的优秀作家。他对自己要求甚严,做事公道,原则性强,有时竟到"迂"的程度。同为新时期代表性作家的陈世旭是吕雷好友,竟然痛惜他是一个"好到'可恨'的人"。刘兆林也无比惋惜地说:吕雷是一个"太认真"的人。本来身体并不好,可他对自己不在意,倒是对别人的事认真帮忙,哪怕在我们看来并不需要那么认真的,他也非常认真地去做……

吕雷兄这几年为《光明日报》写了多篇稿子。他是一个很介入现实的作家，跑了很多地方，为祖国各地改革开放的新发展、日新月异的巨大变化讴歌。他说："作为一个作家，如果我们不拿起笔把这个时代的历史形象地记录下来，那我们就很难对得起作家这个称号。"他的作品，一以贯之着革命理想主义和英雄主义情怀，激情澎湃又神采飞扬，笔底风雷滚滚，眼前万里江山。

那年刊发吕雷兄文章时，偶然听他说了一句"马秀英烈士是马识途先生的堂妹"，文章刊出后，我便给马老寄去了一份样报。说来马老当年是重庆中共地下党负责人之一，吕坪老伯还算是马老的下属呢。很快就接到了时年已九十有六的马老的回信，老人家很激动，约定有机会见见面。结果翌年就等来了机会，中国作协第八次全国代表大会上，我陪同吕雷兄一起去看望了来京开会的马老，吕雷代表他老父献上一大束鲜花，马老高兴地回赠了他的新著《党校日记》。

算来又是三年多过去了。去年，我和吕雷兄约好，再找个机会一起去成都看望百岁寿星的马老。谁想，他自己倒突然先走了——唉，机会不再！机会不再啊！

吕雷兄，你怎么可以食言呢？尽管你是去了天国，从此摆脱了人世间的纷扰和苦难，可是，你准备了多年的重磅长篇政论著作《梦寻国运》不是还没写完吗？还有两部长篇小说《钻石走廊》和《叠家大江》不也都已纳入写作计划了吗？这正是你写作的黄金年代啊。还有，你挥一挥衣袖走了，留下你的亲人和朋友们悲痛难抑，久久地缓不过来呀！

所有正义的、清明的、善良的作家兄弟姐妹们，在祝祷吕雷兄一路走好的时刻，我还是想再一次提醒大家：加倍珍惜生命和"文学生命"吧——青山高高在，绿水长长流！

2015 年 1 月 10 日恸就于英伦沃克汉姆

南丁的启示

——读《南丁与文学豫军》

南丁，安徽人氏，自弱冠之年入豫，即把自己、妻女、全家悉交中原大地，最终变成地地道道的河南人；南丁，著名作家，风华正茂时期以佳作《严凤英》等红透文坛，忽遭变故，不改弦更张，更没退缩颓唐，最终迎来春天，鲜花重放；南丁，豫军教头，弃文牺牲个人写作，铸河南文学之师，乃中原文学中流砥柱；南丁，本名何南丁，因其如雷贯耳，人皆只称"南丁"，以识其人、熟其人、近其人而傲然、灿然。

赵福海所著《南丁与文学豫军》一书，写出了南丁老师丰富多彩的生命故事，是一部人物实录，更是一部给人教益、让人升华的书。

首先是人格上的教益。南丁老师是一个大写的人，胸怀像大海一样宽广，团结和助力了几乎所有的河南作家，真乃奇迹，了不起！

他对河南作家的这种爱护、善待，全力以赴的扶持，是敞开胸怀的大爱，是人性善良的大爱，是"全世界无产者联合起来"的那种大境界的爱。我们都知道，作家们的缺点是很多的，文坛的是非也很多，但南丁老师看在眼里，却一一屏蔽起来，在心里只留下作家们的才华和优点。他想的全然是怎么为他们创造条件，让他们拿出好作品，为河南的文学事业和中国的文学事业做出贡献。这对当今文坛有着巨大的现实意义和教育意义。

从这个意义上说,南丁老师具有现实临摹的理想性意义,他让我们在喧嚣中停下来,重新仰望文学的灿烂霞光,重温文学的本初意义,重新回想起文坛曾经高举的优秀传统种种。是的,就像中华民族高举过"仁、义、礼、智、信、孝、亲"的文明大纛一样,我们的文学也曾经是民族文化的珠穆朗玛峰。

20世纪80年代初识南丁老师时,我刚做小记者和小编辑,是去河南参加一个什么文学活动。我当时稀里糊涂的,不知他是什么官,也不知他是什么大人物,只觉得这老头儿这么和蔼,见人就笑眯眯的,一点儿也没架子,所以从心里觉得他特别亲近,特别愿意跟他待在一起,也敢跟他没大没小的。回到北京以后,心里一直留下这么一个美好的身影,留了很多年。过去,文坛上的那些老者、老文化人、老作家、老领导,整体上几乎都是这样的,都是很和善,很有学问,又有见识,对人,不管是老的、年轻的,著名的、普通的,一律君子相待,特别有人格魅力,这就是我对老作家队伍的最初印象。南丁老师是这个队伍中的一分子,是我敬仰的老作家。

南丁老师整天笑眯眯的,但他又是一个特别有原则的人。我记得当时好像是"清污"吧,又搞起了大批判,文艺界绝大多数人士都很忧虑。我就跟南丁老师说了一些事儿,还有我的想法。他极为认真地听着,表情变得很严肃,虽然插话不多,但我感到遇到了知音,很安慰。有这样肝胆相照的领导和忘年交在身边,心里暖暖的,是一种幸福。都说"作文先做人",南丁老师是活生生的旗帜。

第二点,南丁老师是河南文坛的大功臣,大家都说"没有南丁就没有当代文学豫军"。其实,他也是中国文坛的一个大功臣,他给大家树起了一个高度。此话怎讲?过去我自己老有一个认识,就是老觉得作家第一,作品第一,而对大量作家当官,去做组织领导工作,觉得特别可惜。比如说昨天的陈建功、高洪波,他们做了官以后,非常耽误他们的写作,虽然他俩都勤奋一直没有放下笔,但如果没做官肯定能写出更优秀的大作品。今天的就更多了,比如在座的廖奔书记,还有何建明、李敬泽、闫晶明、张陵、吴义勤、施占军……今天的一大批作家、评论家,都做官了,肯定也都会极大地影响他们的写作。记不清是韩少功还是何立伟写过"忍看朋辈成主席",最终他俩也没逃过做主席的命运。我曾经替所有这些文官惋惜过,他们都是中青年才俊,正是出东西的时候呀。但是现在从南丁老师身上,我看到了文坛官员的价值,他们其实是牺牲了自己一个人的写作,却培养出了几十个,甚至上百个作家。这么一算,就非常值了,或者准确说,对他个人来说非常不值,但他用自己的牺牲换来了文坛的百花齐放,也是一种献身精神。从这么多年的实践来看,在文坛,还是得内行领导内行,所以还是得有南丁老师这样的内行做组织者,才能真正领导得了作家,也领导得好作家们,对中国文学的繁荣发展发挥更大的作用。霞光万道终有起射点,这对光源库的好坏、能源储备足不足、质量高不高,起着关键的作用。

第三点,这本书的写法有值得注意的地方。它其实是一个大散文,谋篇上有严密的架构,比如它"岁月稠""一生缘""时间点"等三个字的小标题,都是精心琢磨安排的。从写法上来说,下笔形散神不散,随心所欲,似乎想到哪儿就写到哪儿,有时说着这件事就有另一段事插进来了,过一会儿又拉出去了。想怎么写就怎么写,怎么高兴就怎么写,天马行空,羚羊挂角,却又浑然天成。

这种写法的优点是特别支持表达。其实说来,文学写作就是一个表达的问题,不在于你写的是小说、散文、诗歌还是评论,不在于你用的是现实主义、理想主义、现代后现代等等什么主义;而是用什么手法表达得充分、舒服、兴奋以至于亢奋,就用什么手法表达之。哪怕在同一篇文章里，将评论语言、诗歌语言、小说语言、散文语言共熔于一炉，表达得痛快、充分、酣畅淋漓，那就是进入了状态。今天的世界，互联网，大数据，博客时代，微信时代，各路当代英雄都在高调强调跨界，甚至说谁没跟上跨界谁就一定会死，我想文学写作也可能会向这个方向延伸。其实，我早很多年就说过，读者不是看你写的什么体裁，也不管你是什么身份，他就是想看你写得生动、有趣、飘逸、漂亮和深刻。

  作为一个散文家，我自己更愿意读到灵动、飘逸和饱含书卷气的绝美的文字。就像深沉严肃、一群黑西服的男性政治家中间，一定要站着几位靓丽的女性领导人，那风景，才算得上绝佳。

      2014年3月3日于北京光明日报社

在文学的门里和门外

——读缪俊杰的《西游漫记》

缪俊杰先生的新书《西游漫记》洋洋洒洒47万字，书脊就有一寸高，看起来真是一块砖头了。可是翻开，读起来却不困难，你跟着他的足迹走，日本、德国、泰国、美国、朝鲜、埃及……不费太大力气，就兴趣盎然地把半个世界周游了一遍。

感到很满足。感到很过瘾。感到很有收获。

合上书，我思索：魅力在哪儿？

20世纪80年代中期，新时期文学正是繁花一片盛景，我被分配在《光明日报》的《文学评论》专刊做过一年评论编辑。当时我的领导是著名文学评论家冯立三，他特想把我培养成评论版的接班人，所以老是不失时机地教诲于我，为我恶补评论界情况，包括各位著名评论家以及他们的学术观点、文章风格等等。缪俊杰的名字就是那时进入我的视野的，当时他已是《人民日报》文艺部副主任，他的评论文章这儿那儿不时出现。在后来20多年的岁月里，由于工作关系，我与缪公相识了，进而熟识了，又进而走近了。2008年，我还跟着他一起到他的家乡江西省定南县采风，到他的家里做客，见到他已经90多岁依然健朗的老母亲。

那一趟定南之行，使我了解到，缪公出身贫苦农家，完全是靠个人的顽韧努力，逐渐成长为著名评论家，成为家乡人人仰慕的京城名人。但缪公却从不摆名人架子，始终如一地低调做人，并尽心竭力地为家乡谋福祉。他还捐献出自己的上万册藏书，为定南建起了一座文化书院，受到地方官员和乡人的一致称赞。从定南回来，我们大家都写了散文，我这时才惊奇地发现，缪公的散文也写得很有功力。

说来这也是令人百思不得其解的事：评论家里面，比如何其芳、荒煤、冯牧、洁泯、朱寨等等，既能写评论文章，也能搞创作，把散文随笔写得一流漂亮，因而他们既是评论家，也被称为作家；而有些评论家，评论写得潇洒漂亮，但却不会写创作的文字；至于作家里面，能写评论文章的数量极少，写得精彩的更是凤毛麟角。我原来以为，缪俊杰只是一位单纯的评论家，却不料这二三十年来，他其实也写了大量的散文作品，这部《西行漫记》只是其中的游览海外部分。

缪公散文的魅力，有一个特点非常突出，即底蕴丰厚，思想性很强。新闻记者的训练有素，使他无论写到哪儿，都首先把大的国际政治背景、大的历史文化背景交代得清清楚楚，之后，再进行情节和细节的描述。这样写的好处是：从空中俯瞰地面，格局大，胸襟大，吞吐量大，社会容量大，水肥草丰，牛强马壮。以前尝有文学界人士批评我的散文的缺点，说是"行文中夹杂着新闻笔法，削弱了文学性"，对此我深信不疑，还建立起一种牢固的观念，以为新闻笔法一定是伤害散文的弊端。可是今读缪公散文，却似一面镜子，照出了新闻掺入散文的优势，你看他写美、德、法、日、俄……写马克思、歌德、贝多芬、斯诺、鲁迅……写华尔街、柏林墙、佛罗伦萨、巴黎圣母院、法老金字塔……每篇的大背景都尽可能详写不略，给读者建造了便利的阅读平台，既增加了理性的知识，也收获了感性的沁润。这其实是把新闻的优点带给了散文。

从这个层面上说，我觉得自己不仅看到了"评论家＋散文家"的缪俊杰，也看到了"散文家＋资深记者"的缪俊杰，三者相加，就给缪公的文章加了分。可否这样说：宽阔的文学语言＝评论语言＋散文语言＋新闻语言＋N语言。只要能实现得恰切，表达得漂亮，天下滔滔，万物皆可入我胸怀。而不容否认的是，有些文章，哪怕题材很大，但光是运用单纯的文学手段，抒一己之情怀，未免会伤之狭窄，呈现出淡白和孱弱的病相。文学即人学，也即人类学、社会学，如果缺失了厚重的政治、经济、人文、历史的大背景，而只是个人的感悟，那么即使文字再美、技巧再炫，也难以写出时代思想和人心的纵深性。

仔细分析本书文章的结构特点，也可使上述观点得到佐证。缪公所有文章，无一例外都并不看重结构，他只是跟着时间，循着事情发生的顺序，一一忠实地记录下来。若按照旅游散文"到此一游"的大忌，是非失败不可的。可是，为什么它们还能让人读得津津有味呢？我想来想去，还是与"丰厚"二字有关。评论家的深刻思想，记者的敏锐发现，使这些散文呈现出了纯文学散文所没有的"政治家"的高度。循着他的笔迹，我们看到的不仅是文字、结构、情节、细节等等这些文学因子，还有多元政治、世界格局、民族文化、世道人心、时代走向等等更广、更宽、更厚、更阔、更深的诸种因素。散文也是发展的，很难说散文不应吸纳这些因素，凡是我们生活中所具有的、凡是我们经历过的和正在体验中的，能把它们统统推到文学大门之外去吗？

长时间以来，在人们的普遍认识中，重文学以为是庙堂社稷，轻新闻视之若浮云神马,从来都是新闻臣服于文学之下,从未听说过文学要向新闻学习什么。现在,缪俊杰先生的这本《西游漫记》,给了我新的启示——有很多基本问题,应该重新思考则个。

2011 年 9 月 5 日于北京马连道莳蔓云居

徐风起宜兴

——读历史大散文《一壶乾坤》

徐风要是不写作,仅凭着宜兴市文联主席和作协主席两项桂冠,也能混个风生水起。可他偏偏痴迷于紫砂的文学书写,一头扎进去,十余年不回头,已发表了紫砂题材的散文、小说、传记等上百万字。正当人们纳闷,他的紫砂怎能如不竭的涌泉总有的写时,忽然,一部25万字的长篇紫砂历史大散文著作《一壶乾坤》又由中国青年出版社出版了,其出手之快捷、之飘逸、之芳馨、之高雅,令人惊诧、惊喜!

本书是徐风长年居住在陶都宜兴,耳濡目染,加上多年的刻苦钻研、采访、写作而成就的又一部华美大作。近日在北京召开的专题研讨会上,与会专家众口一词,对这部摹写中国历史上30位紫砂大师的历史大散文,给予了高度评价。一致认为它是一部文笔优美、气韵充沛、品格高远、书卷风雅,同时案头工作准备扎实,资料占有翔实可信,写作态度严肃认真、一丝不苟的上佳之作,亦可称是近年来全国文坛十分耀眼的一颗散文明珠。

白马依北风,徐风起宜兴。本书之于文化宜兴、风雅宜兴、人杰地灵的宜兴来说,是相得益彰之作,我想到了三句话、三个幸甚:

第一句,宜兴是上天格外垂爱的城市,具有天宝物华的风雅之美,景秀色丽的山水之秀,家家苦读的书香之气,舍生践诺的君子之德，敬贤爱人的文明之光。宜兴人采撷这"五之"制作紫砂，同时亦是在创造自己。徐风本书中饱含着宜兴之风雅、之山水、之书香、之君子、之文明，他也是在创造自己——从这个意义上说，徐风幸甚。

第二句，千百年来，宜兴艺人用心、用心血、用生命做紫砂，呵护紫砂。而当代宜兴作家的代表徐风用心、用心血、用生命为它们做历史档案——从这个意义上说，紫砂幸甚。

第三句，因为有了紫砂，宜兴从中国和世界的千万个城市中腾身而起。因为有了徐风这部书以及其他的上百万字紫砂作品，宜兴紫砂从中国和世界的千万种艺术珍品中脱颖而出——从这个意义上说，宜兴幸甚。

此外，本书还具有两个特别鲜明的艺术特点：一是文笔极为优美，二是点评非常精彩。

徐风的文笔从来就讲究，一向不乱写、不糊弄、不马虎、不似是而非。过去读过他的不少文章，对他敬畏文字的态度印象颇深。现在，又经过几年时间的"熬炼"，本书的文字又上了一个品格，被著名作家范小青夸赞为"打通了"。什么叫"打通了"？窃以为，文字美，气充盈，神饱满，三者氤氲融会，有如上下天光，一碧万顷的境界。比如请看这样灵动的文字："茗壶若佳人，丰而不腴，艳而不俗，玉树临风，秋水春云；窈窕而不风骚，温情而非淫荡，此乃佳人，亦为佳壶也！"

不过，对于一个好作家来说，仅仅文字漂亮还远远不够。常见有些作家，会讲故事，会描摹物事，会写风景，语言美艳，活灵活现，可是不能让人满足的是，看不到其个人的见解和感悟，就感觉缺乏识见，没有深度，也就失去了钦佩之心。而徐风是有见解的，字里行间常常跳出点睛之语，皆为他自己独到的人生感悟。比如他对简素空灵的明式家具和紫砂的议论："这'空'乃是'清空'，不但不是一种单调，而是一种巨大的饱满。这饱满的感受因人而异，似可伸手触摸，却又杳杳若无。'灵'则是人们心灵的意向，月亮、星光、花影、风声，是虚像，亦是实像，是物与心交融之后出现的独特气场。一件家具，一把茶壶，无论简繁，都是有灵性、会呼吸的生命。"

最后，让我心有所触动的是：壶与人通，壶与文通，制壶的道理亦与文学创作同理。你看，当徒弟徐友泉倾吐心声，对师傅时大彬坦陈自己用心血制壶，追求的终极目标是"进宫，扬名"的时候，一代制壶大师时大彬百感交集，语重心长地对徒弟说："如果一心想着进宫，为了进宫而制壶，那壶的气格必然就猥琐。心不静，壶安能虚静？"

呜呼，这充满了人世沧桑和生活体察的话，不也是对我们所有从事文学写作者的深刻诫勉吗？试看今日之文坛，虚华、浮躁、诗外功夫、用金钱买奖者比比皆是，真乃"黄钟毁弃，瓦釜雷鸣；逸人高张，贤士无名"。可是，也还是有为数不少的真正热爱文学的作家，不慕名利，甘于寂寞，远离攘攘文场，绝不贪缘攀附；而只是认准了一条默默无闻、艰苦备尝，熬干了心血熬白了头发，干净纯洁的写作之路——他们才称得上是真正的作家，他们的文章才真正是"千古大事""经国伟业""民族魂魄"。这些可敬的作家们，可能永远与获奖无关，但他们的作品本身，即是无上光荣的奖章和丰碑，将永远戴在澄明天空的胸膛上，永远立在厚重大地的身躯上，永远活在后世子子孙孙的心头上！

这也是我最看好徐风的理由。我相信他是能够走到底的作家。

2011年6月于北京协和大院葳蕤斋

感觉之在
——陈蔚文散文集《见字如晤》读后

在陈蔚文的散文集《见字如晤》里，我看到了属于作者的一种异禀：散文、诗歌、小说，都是她的另一个自我，正如她的散文《镜像》，她也是从"文学之镜"中看到了一个更加幽深的自己。

也许是小时候被管教得过于严苛，陈蔚文给我的印象是向内走的。她的内心与同时代人乃至同代作家相比，呈现出了更加丰满一些的内容：她学过绘画，又做过一段流行歌曲的专栏写家，加上热爱读书，喜欢看电影，又好旅游，诸种艺术因子都给她的年龄以及阅历增加了重量；但表现在她的为人处世上，却是比较封闭的、躲避喧嚣的，甚至于把自己藏起来不愿人们注意到她……这些个性投影到写作上，亦使她的文字呈现出大方向一致的特点，比如：丰富多彩却如小桥流水，鲜花盛开却是暗香袭人，激流涌动却波澜不惊，响遏行云却低调平实，精致典雅却无浮词艳彩，布局精心却了无痕迹，锦心绣口却不动声色……总之，什么都看在眼里而处处生发出感觉，继而变成文学的"字"（文章），背景却是恒定的，永远是"她在丛中（微）笑"。

众所周知，当下"伪散文"泛滥，已使散文的门槛成为洼地，就像暴涨的股市，什么文章都往"散文股"这个"大利好"里头装，更有什么人都随随便便地就号称自己是"散文家"。其实，散文的写作是无比艰难的，也许皓首穷经了一辈子，收获的却也只是一个瑰丽的梦想。

而对于散文写作者来说，登顶的路径到底在哪里呢？有人说是语言，有人说是结构，有人说是阅历，有人说是经验，有人说是现实主义，有人说是浪漫主义，有人说是先锋，有人说是魔幻……著名散文理论家楼肇明先生曾说过，他个人认为"最重要的是感觉"，我以为对于陈蔚文的散文写作来说，正是。

读陈蔚文的散文，感觉无处不在——病房、菜场、商店、车站、小街、家，乃至歌曲里、电影里、书里、家具里、镜子里，时时，处处，仿佛只要陈蔚文一低眉、一喟叹、一动了心，就能手到笔到，将一篇活色生香的散文擒来！她的文学感觉太好了，似乎一条普普通通的手绢也能描写成辉煌灿烂的织锦（汪曾祺先生曾形容家乡一位主妇的厨艺："一根咸菜也能做出山珍海味"），我领悟这句话说的是"感觉的诗性"。陈蔚文的感觉即是诗性的，平凡的流浪汉，拖着大包裹的打工者，新年前热闹的百姓大澡堂，精疲力竭的地下商业街……就连这些蒙着沉重铅灰色的景象，在她笔下也都有了一种镜花水月般的朦胧美（文学的"审丑"即"审美"）。值得庆幸的是，陈蔚文没有辜负自己这出色的天赋，而是孜孜矻矻地抓住，漏夜凝结于笔端，于是在收获了一篇又一篇作品的同时，也使一心一意活在文学中的她自己享受到倾吐的幸福——是的，陈蔚文的"文学"是她人生中不可或缺的"上帝"（知心人），她分分钟钟地缱绻在这圣洁的光芒中，时时刻刻与之倾心交谈，支撑着她在凡间走下去。或者换句话说，文学对于陈蔚文来说就是生活本身，二者之间没有界限，子即鱼即知鱼之乐，鱼亦子亦知子之心，这就是我前面说到的：陈蔚文是从"文学之镜"中看到了一个更加幽深的自己。

陈蔚文散文的另一大优势是她饱有文学含量的语言。诗性的感觉要有诗性的语言表达出来才能熠熠生辉，否则不就暴殄了天物？基于从青少年时代就打下的良好文学功底（她20岁时就获得了由江苏文艺出版社、扬子晚报社等联办的"全国精短散文小品大赛"特等奖，另一位同获此奖的是著名作家陈村），她信手拈来的古典诗词不时营造出"欲将心事付瑶琴"的古意，旁征博引的外国大师名句显示出人类文明的高度，张口就来的一首首歌词将人生的百般况味演绎得恰到好处，一个个影视文学作品中的人物形象代她说出了有点忧郁、有点犹豫、欲言还休的内心独白……她的许多比喻也用得精彩，比如："这个二百平方米的复式家里，烽火战乱，诸侯割据，对主人的佩服油然升级，能镇住这个家，在里头吃喝自若，火车真不是推的！"又如："身上的这件长袄是她最重要的行李吧，灰绿的一间屋子，每个扣襻都扣牢了，她住在里头……"把衣服比喻为一间屋子，人的穿衣是住在里头，这样形象、逼真、贴切的比喻，是我第一次见到，多么新鲜多么大胆，又是多么富于想象力和创造性，真是美绝了！

读陈蔚文的散文，还有一种草绿花红，两岸猿声，不知不觉之间"轻舟已过万重山"的感觉。她不刻意结构，不刻意用典，不刻意使用生僻的词，也不刻意深刻，不刻意哲学，不刻意诗意……她不像是在做文章，而像是记日记或与朋友家人诉说。流畅的水，自由的云，不羁的火，生命的舵摆到哪儿文字的桨就跟着划到哪儿，这也是她作为文章高手的显现，诚如我们的老祖宗早就体悟到"羚羊挂角，无迹可求"（宋·严羽《沧浪诗话》）的高妙，能把文章做到无痕无迹，是进入到一种高级别境界的标志。

如果说到还有什么不足，陈蔚文对自己有着清醒的认识。她曾说自己作品的思想性不够，我以为这是她对自己提出了更高的要求。

张中行先生临终前总结其一生的学术生涯,曾说出了"思想最重要"的精粹要语,古今中外的文学名著亦没有"无思想者"。文学作品中的"思想"是时代的灵魂,是推动天地人心不断走向进步的我们每个作家的责任。从这个意义生发开去,不算古今中外的名宿巨擘,仅在我们身边的优秀作家,就有史铁生、张承志、韩少功、张炜等,写出了我们这个时代的具有深刻思想性的作品。他们是我们的镜子,可以让我们正衣冠,知兴替,明得失。

对陈蔚文今后的文学创作,我想送给她一段话,引自清代袁枚:"文似看山不喜平。若如井田方石,有何可观?惟壑谷幽深,峰峦起伏,乃令游者赏心悦目;或绝崖飞瀑,动魄惊心。山水既然,文章正尔。"陈蔚文的作品都是保持在水平线之上的,恒定,冷静,从容不迫,这是她的优点,但我希望她的笑容不要只是微笑,人生有许多时候,也要大笑、畅笑乃至放开胸怀忘情地笑。要给笔下的文字加点温度,使它们在该灼热的时候灼热起来,该痛哭的时候痛哭起来,该呼啸的时候呼啸起来!散文犹如茫茫大海,碧波荡漾是一种呈现,惊涛骇浪也是一种呈现,并且也许是更能撞击世道人心的壮烈景象。

2015 年 6 月 13 日于北京马连道莳萋云居

第三辑　山水·人家

　　当光焰万丈的羲和之车轰隆隆飞驰而来时，早已迫不及待的晨光，瞬间就把庐山每一座雄伟壮丽的山峰，每一棵粗粗细细的树木，每一枚宽宽窄窄的草叶，每一粒大大小小的石子，全都照射得金亮金亮的，像诗，像歌谣，像民间故事和传说。于是，庐山的历史便又开始续写了。

你不可以不知道洞头

你可以不知道温州,但不可以不知道洞头——因为面对着空莽辽远的东海,前面是无限的世界,背后是生动的祖国。

中国的万里海疆,从未像今天这样信心满满地迎来旭日,送走霞光。洞头渔民们扬帆起航的时候,那场面真让你昂扬:请想象肯尼亚大草原上乌云般涌动的角马群,想象法国大导演雅克·贝汉的影片《海洋》中那电光流转一样的巨大鱼群,想象国庆大阅兵那一眼望不到边的威武之师……就这样,他们出发了!

当一艘艘插着夺目的五星红旗、箭镞一样发射而出的渔轮驶离之际,除了面对妻儿父母千年凝固的不舍面容,他们的手机、电脑里,早已满满地收到来自祖国公安、海防、消防、检疫、卫生乃至各级政府的叮咛与祝福。不再断肠,涛声朗朗,大海的心情也越发桃李,表情越发芙蓉……只有九万常住人口的小小温州洞头县,现在已是中国浙江省的第二大渔场,负责全国上亿餐桌上鱼鲜蟹肥的海香呢!

你可以不知道温州,但不可以不知道洞头——因为面对着横亘了亿万年的东海,前面是三千年前的夏风商韵,背后是大数据时代的奇幻现实。

你肯定不知道，在中国的三大名楼——黄鹤楼、岳阳楼、滕王阁之后，还排列着九大名楼，矗立在洞头烟墩山上的望海楼位列其中。小小洞头岛，何以赢得这么大名声？原来，此楼年资甚高，早在公元434年的南北朝时期，就由永嘉郡守颜延之建起来，时获"气吞吴越三千里，名冠东南第一楼"美名。以后，随着岁月的兴衰更替，特别是明清两代的两度海禁，望海楼曾数度呜咽，倾圮废弃，又几次恢复心跳，维修重生，终于，在21世纪初中国民安国富之际，又一次巍巍然拔地而起，成为我国东南沿海的地标性建筑。

抬望眼，坐落在雕栏玉砌中的洞头望海楼，秉承了中华建筑最高端的美学精神：方座，塔形，大屋顶，飞檐角，雕梁画栋，直插海天。与众不同的是，除了巍巍乎高哉，还特别强壮健硕，其宽度厚度几乎四倍于别处的关楼，仿佛将北京正阳门的庄严雄伟、西安大雁塔的古拙悠远、甘肃嘉峪关的不怒自威、西藏布达拉宫的外奇崛内深厚，合四为一了。更让我啧啧赞叹的是，走进恢宏的殿门，迎面而来的，不是供人膜拜的高大神像、佛像，而是一座立足于洞头民生的海洋文化博物馆。

从一层到四层，博物馆用图片、实物、模型、LED屏、声、光、电将洞头百姓的渔猎、耕海、农事、生活、习俗、餐饮、娱乐——演绎得声情并茂。我在心里一遍又一遍感叹：小小洞头，无限江山！

你可以不知道温州，但不可以不知道洞头——因为面对着浪涛灼灼的东海，前面是万丈深渊，背后是坚实的大地。

这是我第三次来洞头。犹记得2006年暮春，曾在洞头住过一晚，彻夜心惊，不敢安眠，是因为谁说了一句："今晚可别来台风，不然明天就回不去了！"当时，连接洞头岛与大陆的桥还未建起，我们是乘着风浪上岛的，有人吐得一派歪瓜裂枣……而就在我们离去一个月后,洞头人民自发捐款、齐心修造的五座跨海大桥一水儿开通了,宛若世世代代梦中企盼的霓虹彩带,"从头到尾,将心萦系,穿过一条丝"(宋·无名氏《九张机》)。

此番再来洞头,只一会儿,汽车已驶过洞头岛——半屏岛——大三盘岛——花岗岛——状元岙岛。五座桥串联起来的岛屿,全然改变了洞头的命运。身后,不动声色地甩下了一间间酒店、一群群公寓、一座座停车场和汽车维修站……

不知是何联想,我心中浮现出宋朝柳永的著名词篇《望海潮》:"东南形胜,三吴都会,钱塘自古繁华……"当年,柳永"望"的并不是海,而是钱塘江,他的视野是向内的,自满自足的眼界里皆是杭州的美景与奢华。而今,我则更骄傲地站在洞头的山巅,极目远望——是大海,是天空,是宇宙,是古往今来,是家国情怀,是人类未来。波腾浪涌间,云起云飞处,但见海之魂,云之火,梦之思,心之恋……人生际遇种种,历史蹉跎岁月,比海洋更大的天空,比天空更大的人的内心世界,一起涌上胸膛。亦拙仿柳词,也来填一首《望海潮》:

  东方望远,波涛深处,洞头万顷碧花。三千岁月,两度海禁,繁衍三万人家,金岸(注)卧白沙,半屏(注)听浪鼓,花岗(注)鱼虾。鸥歌嘹亮,珍珠万点,蓝天下。

  往事飞丹流霞,曾登岛蒋特,如今哈哈。春往耕海,秋来渔事,冬夏满船光华。万众登高崖,创业写历史,千秋佳话。多情青山斜阳,惊艳新数码。

  (注:金海岸、半屏山、花岗岛皆洞头地名。)

你可以不知道温州,但不可以不知道洞头——因为早有诗人海子，唱出了"面朝大海，春暖花开"。

其实谁人不识温州？"敢为天下先"的温州精神，曾被几位温州奇女子演绎得威武雄壮：她们在伊拉克战火尚未完全熄灭之际，就勇毅地闯了进去，在语言不通、枪弹纷飞的危恶环境中，成功地开辟出了商机。她们那纤细而顽韧的身影，让我永远对温州充满了崇敬。

洞头是温州的最前哨。每当东方第一缕曙光轰轰烈烈照射在这一片海域上，就像火娘舞到了油海里，"哗——"的一下，将洞头金子般的内质点燃，激荡出一幅气象万千的《红日煮海图》。

海可煮。海可耕。海可写。海可歌吟。海可传诵。

在所有关于薪火的记忆里，大海负责任地留下了一部文明发展史。

小小洞头是其中的一朵奇葩。

2015年7月13日于北京马连道莳葖云居

把汉源带回家

汉源是谁？为什么要把他带回家？

要是在网上查找全国叫"汉源"的人，估计得有数万乃至几十万。但我本文要说的不是人，而是四川省雅安市的汉源县。

汉源县隐藏在川东平原的顶端，已经渐入川西山地的部位。我早上从北京出发，经汽车——飞机——汽车，地面——高空——地面，峡谷——隧道——峡谷，涵洞——河流——涵洞，一路奔驰，到达汉源时，已是皓月高悬，星斗满天，萤火虫点燃萤火灯在丛林中巡游的夜晚了。哎呀，汉源可真远啊，我觉得浑身的骨头架都要散了。

主人看着疲惫的我们，笑吟吟端出一壶苦荞茶。不经意呷了一口，精神为之一振：嚯，真香啊，满鼻子、满嘴里，立刻弥漫开一股炒麦粒的醇厚的香气，一直钻到五脏六腑中去了。真是香，怎么会这么香？别处的苦荞我也喝过，北京的超市里也买过包装竭尽精美的苦荞茶包，可都没有这份一直抵达心扉的浓香。我眼前立时出现了七月关中那一望无际大麦海的场景，跟着来到嘴边的一句话，竟然是一句诗："养人的香。"

饭菜端上来了。变魔术似的，鱼、虾、鸡、鸭、猪、牛、羊，全是汉源特色名小吃，带着它特有的麻辣香味儿，遭到饥肠辘辘的客人们哄抢,迅速包剿、歼灭。此时,一盘翠青碧绿的素菜,像一位素面朝天的最美女子,坦坦然然地上了桌。夹了一筷子,嚼,又是香满口腔,好似刚才呷饮苦荞茶的感觉。不由想道:汉源何地,汉源何幸,它生长的东西,怎么都有这样特殊的奇香?就后悔自己怎么没早点儿来造访汉源。

谁知这后悔竟越来越深重起来——

翌晨,起身朝窗外一看,一下子怔住了:原来自己好福气,竟然是睡在了一张天然的大花床上!

昨晚萤火虫飞翔的地方,哪儿是什么丛林,而是满山、满坡、满野、满地、满天、满天下的梨树群。雪白的梨花,茶盅般大小,一朵朵抱成团,一团团扎成簇,一簇簇团成绒条,一条条滚成大雪球,像投掷保龄球一样,发射到所有的山坡、山冈、山坳、田地、农舍、人家,一直射向目之所及的天边。又仿佛天上飘下来的白云仙子,与地面上的梨花神女会合以后,载歌载舞,比肩狂欢,演出一场浓情浪漫的"白娘羽衣舞"。还犹如世界梨裔大会在这里召开了,凡海角天涯的梨花们都回归到她们的娘家,欢欢喜喜地见面,热热闹闹地谈笑,熙熙攘攘地嬉闹,尽情地拥抱着故乡的每一寸土地。更宛若一幅天大地大的画卷,笔起笔落之间,亿兆雪蝴蝶,万点红蕊心,早将一腔丰收情,报与三春晖……

她们是一支载歌载舞的文工团,倾其激情和才华表演的节目只有短短一周时间,目的是告诉我们,告诉世界,告诉大自然:在春风荡漾的日子里,我们年年如约而来,经过孕育、哺育、吸纳日月星三光之精,采撷天地人三灵之华,尔后生长,尔后磨炼,尔后成熟,最后进入到奉献的日子——那就是最高的境界,是我们年年如期开花的最后归宿。

"我们的汉源雪梨,别提多好吃了!我们的名声不仅在国内市场上当当响,而且在国际上都响当当。不论我们多么呕心沥血地长、长、长,多么下死劲儿地增肥、增肥、增肥,总都是供不应求……"我走进梨海,听见繁繁密密的花枝上,挤挤挨挨的梨花们齐声对我说话。"不信,秋天你再来啊,到那时,满山满坡满天满地满眼睛里,就全是黄澄澄的大梨了。百里汉源,空气里传送的全是梨儿的甜香,你就更要说把汉源带回家了!"

"可是,秋天太遥远了,我现在就想把汉源带回家!"

"要的,好办!"雅安市文联赵良冶主席走过来,拎着一只百宝囊,变魔术似的往外掏:

——这是我们汉源的花椒,史称"黎椒",油重粒大,色泽淡红,芳香浓郁,质冠全国,有"川味花椒之王"的美称。《汉书》记载,汉武帝平定西南夷,命邛、筰君张(通"长")皆来贡献(汉源古为"筰都"),筰都即以土产椒红为贡,从此世代为贡品。唐宋时期开始正式用于烹饪,清代把花椒麻味确立为一种独立的基本味,皆公认始于巴蜀。今天的汉源花椒,已被命名为国家地理标志保护产品……

——这是我们的蒙顶山茶。两千多年前,僧人甘露普慧禅师吴理真在蒙山最高的上清峰栽了七株茶树,"高不盈尺,不生不灭,迥异寻常。味甘而清,色黄而碧,酌杯中,香云罩覆,久凝不散",能延年益寿,故有"仙茶"之誉。每逢春至茶芽萌发,地方官即选择吉日,一般在"火前"(即清明节之前),焚香沐浴,穿起朝服,鸣锣击鼓,燃放鞭炮,率领僚属并全县寺院和尚,朝拜"仙茶"。礼拜后,"官亲督而摘之"。贡茶采摘只限于这七株,最初采600叶,后为300叶、350叶,最后以农历一年360日定数,每年采360叶……

——这是我们的大熊猫图片。雅安碧峰峡基地是国内最大的大熊猫饲养中心,圈养的大熊猫有100多只,从2003年起开始对它们进行野外生存训练。几十只野生患病大熊猫，经基地救治康复后，又成功放归大自然。"5·12"汶川大地震之后，基地经过重新修复和建设，大熊猫野外生存训练又在持续进行中……

——这是我们汉源独有的大樱桃……

——这是我们汉源独有的黄果柑……

——这是我们汉源独有的天全薇菜……

——这是我们汉源独有的雅鱼……

好啊！好啊！

我笑盈盈地走进一群梨农中间，他们正爬到梨树的粗枝上，忙着给梨花们授粉、剪枝，全心全力地把自己的生命激情灌注到她们身体内，以期秋天的果实更丰硕更香甜，从而更能将四川汉源的名声远播万里。我弯下腰，捡起一枝刚刚剪下的、密匝匝的花朵还散发着清香的小枝条，庄严地举起来，说："我把它带回北京，这是汉源所有精华的表征……"

2012 年 5 月 9 日

回到童年，观鸟去！

人生应该时不时地回到童年，尤其是在当下这个欲望过于膨胀的年代。童年虽然幼稚，可是纯真、美好，头脑里满是有趣的事物，心里面全是好奇和梦想，一天到晚腻在岁月的温暖里，有着数不尽的快乐。

最重要的，小小眼睛里的世界，叫真善美。

至今还特别记得那时读过的一本书，书名已经不记得了，写的是几个少先队员跟着科学家叔叔观鸟的故事，有的段落和情节还记得很清楚。从此，竟落下了一个久蓄的观鸟情结，直到这次跑到七里海，做了一次观鸟员，才圆了这几十年的梦想。

七里海的鸟儿，可真是太美了！

你看，这不是苍鹭吗？外号叫"抻脖子老等"。少年时的那本书说它好吃懒做，不爱劳动，每天只是站在浅水里等着，有小鱼游过时才伸出长长的尖嘴巴去捕捉，年深日久，竟把自己的腿和脖子都等得又长又细了。而苍鹭在七里海变成了一位美丽的七彩禽姑娘，有鼻子有眼的传说是：一次她在被老雕袭击的危难中，有个小伙子救了她，为了报答救命之恩，七彩禽变作姑娘之身来到小伙子家，成为他的妻子。有一年下大雪，家里断了粮，情急之下，禽姑娘拔下自己身上的七彩羽毛织了一块布，让丈夫拿到集市上去卖，结果卖了非常好的价钱。从此，贪心的丈夫竟然不再劳动了，天天逼着妻子织布去卖，可怜的禽姑娘把身上的七彩羽毛都拔光了。丈夫见她再也织不出布，竟抛下她再也不回家。七彩禽此时只剩下灰色的羽毛了，天天站在家门前的小河里，等着丈夫回心转意，天长日久，把脖子都抻长了，腿也站得瘦骨嶙峋……

再看，这不是勤劳的燕鸥妈妈吗？它们每次生下三枚宝贝蛋后，就开始了艰苦的孵化日子，二十多天里，一动不动地把宝贝蛋放在自己肚子底下，用贴身的温暖促进孩子们的发育成长。这些日子里，它们几乎不吃不喝不睡，只有在饿极了的时候才赶快起身去找点儿吃的，然后又急急忙忙赶回来护住自己的宝贝蛋。我看见，一位燕鸥妈妈困得眼睛都睁不开了，头一冲一冲地直打盹，可是一片草叶的轻轻摇动惊醒了它，赶快抬起头来警惕地看看周围有什么动静。但在这么长的时间里，宝贝蛋的爸爸们在哪儿呢？没看见。

还看，还看，这不是喜鹊吗？喜鹊到处有，北京也有，叽叽喳喳，到处报喜到处受到欢迎。《唐宋词一百首》开篇第一首就是《鹊踏枝》："叵耐灵鹊多谩语，送喜何曾有凭据。"说明古代就有盼望喜鹊报喜的民俗了。可是七里海的喜鹊真厉害，为了保护自己的孩子，敢于和老鹰展开战斗，一群喜鹊能把老鹰啄得落荒而逃，就像一群小小歼击机群殴大型战斗机，一群小小鱼雷艇围攻航空母舰一样。无论是保护孩子还是保卫家园，只要横下一条必胜的信心，弱者都不弱，强者应更强。

…………

以上这些胜景，都是我站在七里海的观景台上，通过四个彩色电视大屏幕看到的，在大大小小的鸟岛深处，几十个电子监视镜头，正日夜不停地把鸟儿们的生活场景高清晰度地传输过来。这是我平生第一次通过大屏幕，看到大自然中自由自在的鸟儿们，可真是高科技，镜头可真清楚呢，连它们"才下眉头，又上心头"的一颦一笑都照下来了，连它们身后那"风吹草叶动，水摇鱼上来"的背景都传输来了，可以看出，鸟儿们生活得随意、惬意和欢快，幸福生活指数不低，套用一句咱们中国人爱说的流行语：它们的幸福也就是我们的幸福啊。

"走，上里边瞅瞅去——"

主人一声招呼，大家的情绪更被点燃了，争先恐后走上长长的木栈桥，急得就像抢地盘一样朝前跑去。但是主人立刻过来制止，轻声说，要慢走，轻步，噤声，不能惊着鸟儿们。我们吐了一下舌头，随即就都变成了前来偷窥的特务，一个个蹑手蹑脚，弯腰躬行。栈桥大约有两三公里长，差不多走了一半，就看见在远远的桥头顶端，有两只半人高的大鸟，悠闲地"坐"在那里的木栏上，正起劲地聊着大天，我立刻猜出它们正在交流的话题，一定是如何使用名牌化妆品。因为两只鸟都在尽力展示着自己的美女范儿，不时伸开白色的腰身，甩动着长喙和黑顶，此时，头上的长羽毛就像披风一样飘荡在肩上，真是又威风又美丽。是仙鹤吗？是神话传说中的朱雀吗？还是王母娘娘家的七仙女？

可是主人再不让往前走了。我心里很遗憾：还有那么远的距离呢，看都还没看清楚，怎么就怕惊吓了呢？这鸟儿也真够娇气的！主人说：是。是野蛮的人类伤害它们太狠了，把它们的魂儿都吓丢了，现在刚刚在七里海找回来，还经不起大风大浪，因此稍有人影就一惊一乍的，以为灭顶之灾又来了。

我们只好万分遗憾而又恋恋不舍地往回走。这时，我才缓过神来，观看七里海。

哎哟，还真的很像海呢，波光粼粼，水色清碧，一望无际。水面上有多个小岛，据说都是人工堆积而成的，上面生长着绿得发亮的芦苇，茂密的嫩草，以及盛开的不知名的小花。风儿吹，水儿就荡，光影就摇，大鸟们就翱翔，小鸟们就叽叽叽地唱起了童谣。

神奇的七里海，是原生态的湿地景观，大地的绿肺。有着苇、蒲、蓼等150多种植物群落，鱼、紫蟹、沼虾等20多种水产，东方白鹳、天鹅、灰鹤、白琵鹭、白鹭等180多种鸟类，美不胜收地展现着湿地生物物种和自然风光的多样性、丰富性、包容性、可亲性，简直可以说是万物共生共荣的乐园。坐着观光游艇慢慢泛舟，能看到尺长的鱼儿往船上跳的奇观；沿着遮天蔽日的苇中小路探索前行，又可领略"万物俱寂静，周身皆鸟鸣"的神秘感。一望无际的芦林、苇海、花草、沼泽、鸟岛，猛然撞击着人人曾经拥有的少年情，清新的空气，甜甜的草香和水香，洗涤着被肮脏城市污染的肺。此外，还有源远流长的历史呢：牡蛎滩自然遗迹距今已有几千年，其规模之壮观，密集程度之高，序列之清晰，保存之完整，国内绝无仅有，在世界上都属于罕见。大面积的贝壳堤，与美国圣路易斯安那州的贝壳堤、南美苏里南贝壳堤并称为世界三大著名贝壳堤，极具观赏和研究价值……

这样的海，这样的风，这样的鱼，这样的鸟，这样的童话，在哪儿呢？

说了半天，不再卖关子了——七里海远在天边，近在眼前，它就在天津东北部的宁河县界内，离天津市区才30公里，离北京城也就152公里。说来，这些年我们满眼看到、满耳听到的，都是大河小河的干涸、断流、污染，连过去最经典的水乡，出门就要撑船的江南小镇，也不见了河、湖、港、汊，代之以柏油马路、政府广场和高楼大厦。水呢，你不善待它，你不亲近它，它们也就离你远去了。可是，我怎么也没想到的是，在干燥的京津地区，居然还涵养着这么大的一片水域！

说是"涵养",一点儿也没说错。1992年经国务院批准,七里海成为古海岸与湿地国家级自然保护区。整整二十年来,七里海人民像捧着一颗稀世珍珠似的,小心翼翼地呵护着它、建设着它,把它侍弄得一天比一天更润泽、更晶莹。这不,天津《今晚报》十天前发表的消息:今年七里海管委会在每个鸟岛上开挖了深、浅水湾,同时根据鸟类的生活习性,建起了多个鸟巢和栖息架,使来此栖息的鸟儿比往年增加了20%,还增加了许多新品种。其中包括国家一级保护动物东方白鹳、大天鹅两种,国家二级保护动物小天鹅、中华秋沙鸭、疣鼻天鹅、琵嘴鸭等十余种。此外,花脸鸭、红头潜鸭、青头潜鸭、尖尾鸭、反嘴鹬、鹤鹬等珍稀候鸟也"光临"了七里海湿地……

最后,再披露一个秘密:七里海管委会有个老人,这些年把他的青春和汗水都奉献给七里海了,而得到的回报是已熬成了专家级的大腕。你去七里海观鸟赏鱼,有什么问题尽管找他去问,能问倒他,也算你专家!

2012年7月23日完稿于英伦雷丁市半坡绿屋

平顺山深有人家

远远地,我就看到了那些熟悉的"山中雕塑"——用大大小小的石块垒成,用白色石灰勾勒出乌龟壳样的粗壮线条,一个个密集地坐落在高高低低的山坡上,就像一群占山为王的土匪,霸气十足。

在今天的国中,尤其是在南方连绵的丘陵中,到处皆可见到这些石砌的坟墓:大的如石屋,小的像座椅,豪华的铺排仿佛富人家的豪宅,简陋的也尽可能地占据阔大的地盘,有的还层层叠叠地聚在一起,就像人间的热闹集镇……说实话,我非常非常憎恶它们,这些与活人争生存的坟墓,日复一日,年年叠加,毁坏山林、破坏生态,要知道,中国是资源贫困大国,人均耕地、水资源、森林面积三项主要国民生存指标,只不过是世界平均水平的三分之一、四分之一和八分之一啊!

难道,相对贫瘠的山西平顺山区,也像富庶的南方一样,喜欢为死人大修坟墓吗?我的眉头不由自主地皱成两条黑色的鞭子,心头袭上一阵阵电闪雷鸣。哇呀呀!

可是,可是,可是——

车越走越近,我的眼睛越来越亮,最后,终于看清楚了:哇,这哪儿是什么坟墓啊,而是另一种气质非凡的"山中雕塑"——树摇篮。

所谓"树摇篮"是我给命名的,也正是我绿色的主观感觉和炫色的客观臆想。平顺山区的地形地貌真是苦命,直叫我想到"一九四二"这个流行一时的苦难代名词。山峰嶙峋险峻,不仅是由搓板一样的岩石板一层一层摞起来的,而且剖开任何一个侧面,可见填塞其间的成分是砂石、碎土、粗草、杂砾……这些小坏蛋们的集成显然就是一个阴谋,不由不让人想到那些偷工减料的垮塌工程,一颗心就条件反射般地揪起来了,头皮发麻,以为塌方随时随地即将发生。在这样险恶的自然构成面前,即使在相对平缓的小山坡上种活一棵小树苗,使之不被山洪冲走,不被塌方毁圮,不被骡马牛羊啃啮,也是艰难的事。所以,必须给每一棵树苗垒砌一个石头的"摇篮",让"树宝宝"在里面安全地落生,平顺地长大。

这就又牵扯到中国文化的老根。大凡在中国最不太平、最不安稳、最不让帝王们放心的山区边地,都会有一个皇帝御赐的吉祥名字,比如陕西省的安康、宁陕,还有眼前这山西省的长治市、平顺县。没来过这里的人,满心以为这里是又平坦又顺遂的幸福窝,可以达到长治久安的等级。其实呢,当然是恰恰相反,只是一个心愿,如此而已。

不过,从外来旅游者的眼光看,平顺山区可真是一个绝顶的诗意天堂:一座比一座巍峨的绿色高峰,上连天,下劈地,深深插入地谷的心脏,起起伏伏,就像一望无际的海洋在你眼前奔腾咆哮;薄如鱼脊、利似刀刃的一条条大山脊,开天辟地一样,割开一道又一道深不见底的大沟壑,把比蚂蚁还小的你吓得头晕目眩,腿软腰弯,牙齿不由自主地打战。这样"与天为党"的大山,只可远观,不能近前,因为根本没有路,亘古以来从未打上过人类的标记,从今往后也只是一个不可能。大自然永远都不是人类可以随便征服的对象——你以为你是谁,蚂蚁还是大象?鱼雷艇还是航空母舰？手榴弹还是原子弹？人造卫星还是宇宙飞船？……在平顺这些怎么望也望不到边的大山深壑面前，通通都不过是人类小儿科的玩具罢了！

生活在这群狰狞大山中的山民，可就惨了。出，出不去，什么叫世界？大山就是满世界。进，进不来，连鸟儿都飞不进来，连虎豹都跳不进来。大山的围剿。大山的铜墙铁壁。大山的酷吏苦刑。

话说当年，却有一支避难的族人逃到这里来了，凶狠的官军在凶狠的大山面前也终于畏惧了，停下了他们企图斩尽杀绝的追击。这一族人终于在这累累大山的庇护下，顽强地生存下来。他们全姓岳，他们的庄名叫岳家寨——正是，他们正是民族英雄岳飞大元帅的后代。

从宋代到元代、明代、清代、民国……百年。千年。黑头。白发。岳家的后代，躲避在这山体断层之上的岳家寨，过着男耕女织的日子。起初，可说是桃花源里的幸福人，黄发垂髫，熙熙而乐。然而年深日久，当岁月的石板也一层层把人的心头压出了层层叠叠的皱折之后，他们，也逐渐成了被封闭在大山里的可怜人。别的不说，单是娃儿们念书就成了大问题，年深深，寨子里识文断字的人越来越少；日久久，木讷、懵懂、寡知，成为越来越普遍的心性；连人的长相也褪去了神采飞扬的英雄气，只剩下了山里人发直的眼光和一脸茫然的憨愚……

2012年初秋，当我们来到岳家寨的时候，却是坐着脑门儿上长着弯弯犄角的大轿车，一路谈笑一路歌，一直驶到了寨子里的文化中心广场。

一下车，老乡们就朗声大气地迎上来，张罗着上坡、下坡，上梯、下梯。红嫩的苹果，黄绿的山梨，在满树上丰收着，一阵阵吐出香甜气，馋得人蹦着高地去摘，两个、三个、五个、八个，捧不下也舍不得放手。就把一旁瞪着大眼睛看光景的枣树们逗笑了，哗哗啦啦，无数颗小枣子一起唱起童谣，笑话这些没见过世面的城里人。地无三尺平，房屋皆依山而建，房基依赖石板垫平，所有建筑元素，无一砖一瓦，全是石材，靠着人的一双手，一斧一凿，一凿数颗火星，坚持不懈地打制出来的。

把我们大轿车载上来的盘山公路，此刻，玉带一样盘旋在云雾间，若隐若现。刚才在路上，也许有人还嫌它没有高速公路光滑平坦，可现在的感受完全不同了，因为，它也是这样靠人的一双手，一点一星，血滴石穿！村主任骄傲地介绍着：当初，请来了一支专业设计队，但专家们被这里凶恶的大山吓住了，连呼"无法想象！不能筑路！"说什么也撤走了。可是，乡民们真不甘心啊！虽然儿子、闺女们一批批走出大山，到外面世界打工去了，后来又一批批地接走了孙子孙女们，说是再不能耽误下一代，带到山外读书去了，可是，这里还有离不得故土的亲爹亲娘，到了年节，还要回家团聚，无论多么举步维艰，即使走一步摔一个跟头啃一口土，也得回到故乡啊！

何况，家里的老人们也不想安分守己了。眼见着全国人民的日子都有冰箱、彩电、大汽车、小卧车……他们的心眼也活了，思谋着挣巴挣巴，彻底改变自己的命运，谁也不想再宅在石屋里做贫困愚钝的顺民了！

拼一把！把路修上！过好日子！

于是，岳家寨里，表情木讷的村民们，内心里燃起了熊熊的火把，眼睛里闪出了生动的光芒，他们动手了。

一年，两年，三年。

镐。锤。凿。斧。

春、夏、秋、冬。

风！云！雨！雪！

……

神话似的，自己边设计边施工。一锤一锤，砸得大山直冒火花；一凿一凿，凿出了满山小星星。然后，拿出各家压箱底的保命钱，买来了炸药面面，像种植谷子一样，把满心的希望和企盼，小心翼翼地填进了星星窝里；再后，"预备——放！"轰隆隆，浓烟滚滚，把大山一块一块地掰下来，抻开，熨平，凿出了盘陀路；再然后，夯实，固定，加固，每一个铆点的熔铸，皆取自心头的火焰和浑身的激情；最后，烈火出金刚，烈火中永生，一条金光闪闪的路，终于打通了山里与山外！

从此，坚硬的冰冷的群山，有了体温，有了柔肠，有了心情，喜盈盈接回了归乡的儿女，也把山外的信息、经验、观念，一一及时地带了进来。还有呢？对啦，投资！

从此，没有了山里、山外的界限。或者更准确地说，山外的人羡慕山里的好风景和绿色日子，循着平平顺顺的山路，一批批涌上山来，寻岳家军，观龙门千年古寺，喝从不生癌症的泉水，用大山的绿肺呼吸，住不归的桃花源了。

开弓没有回头箭，修路之后的另一个大工程又开始了：山坡峰顶，白云深处，咱们在开篇说到的山中雕塑——"树摇篮"们，又一个接一个、大珠小珠落玉盘似的，出现在层层叠叠的石板大山上。雪白的加固石灰粗线条，像恣意伸展的玉树琼枝，又像潇洒无羁的后现代油画，把"树摇篮"们装点成了一个个艺术盆景，还一反山里人的含蓄和低调，故意醒目地夸张着、显摆着、招摇着，将"摇篮"里的一株株青翠碧绿的小松树小柏树，高高地托举出来。看着树宝宝们拍着小巴掌，和着清朗的山风，摇头又晃脑地唱着绿色的歌谣，我心里鼓荡起了"众里寻他千百度"的快乐——蓦然回首，这里却是最美风景处。

2012年11月18日完稿于台湾阿里山畔
2012年12月9日定稿于北京协和大院葳蕤斋

穆棱与我，谁更幸福？

飞机平稳降落在牡丹江机场。

刚刚逃离40℃高温的江南，来到东北大平原憨厚的朗风中，该有多么爽！可是出了机场，走过郊区、市区，开上通往穆棱市的国道，我就又止不住地怀念起细腻的南方——在那里，每一寸土地都被绣花似的侍弄，每一个细节都能体现出"微时代"的文明与理想；而眼前的黑土地上，道路还是粗糙的，房子还是粗糙的，人的表情和行为举止还是粗糙的，风格是如此的不同——难道，这里还停留在粗糙的工业文明纪？

第二天一早，去往大平原深处。

中巴车一直在飞驰，掠过一处又一处村庄。那些村庄，也都带着北方的粗糙，是千百年式样的平房，斜顶歇山，一门两窗，记得儿时学画画时候画的就是这种房子，我中华民族已"日出而作，日落而息"地居住了几千年。当然，它们也还是有了点微变化，加入了一些现代元素，比如一般都铺上了红色或蓝色的屋顶，远远看去，就变成了大平原上的一朵朵大蘑菇，星星点点，或者花丛似的美丽盛开。

但村庄皆是一闪而过。更普遍的场景是绿色，浓密的绿色，连绵不断的绿色，无边无际无涯无垠的绿色：庄稼，一般是水稻、玉米、大豆；蔬菜，最多的是倭瓜、豆角、大白菜；还有凡·高笔下那壮美的向日葵，摇曳着金灿灿的花盘，一大片一大片地燃烧着，比之凡·高插在花瓶里的孤傲一枝，更不知要壮丽和热烈多少倍。然而，它们比起满田野、满丘陵、满山冈的密林、绿树和花草来，又显得太细小了。东北大平原上的真正主人，绝非人工的种植，而是蓬蓬勃勃的原生绿——有那么多的松树、柳树、槐树、黑桦、白桦……有那么多的蓬草、堇叶、荆条、苦苦菜、柳蒿芽……有那么多的野黄花、草杜鹃、半枝莲、太阳花……漫山遍野，铺天盖地，连着蓝天，系着白云，一直将绿色的生命进行到大平原的底！

底？太幼稚了，东北大平原是没有底的！

车子一直在奔驰、奔驰、奔驰，总以为到底了，每次都以为到底了，可是路还在继续，绿还在继续，村庄还在继续。甚至还有镇子出现了，一条小街上，竟然还有好几家横着匾额、竖着招牌、像模像样的饭馆，还有小超市、小小邮电所等等。唯有目的地总在"继续"的前面，虚无缥缈啊。两个多小时以后，心里真有点焦急了，忍了又忍，还是问了：

"怎么这么远还有村庄呢？怎么这么远还有人居住呢？"

主人答："你是说咱这疙瘩地界大吧？嗨呀，这才走了多一点点路？"

大平原，被原生绿浸得透透的大平原，黑油油肥沃的大平原，还宽阔着呢，还辽阔着呢，还广阔着呢，还宏阔着呢，不然，千百年来，为什么能这么样地敞开胸怀，收留了一拨又一拨、一批又一批、一群又一群"闯关东"的男男女女？他们以山东人为多，兼及晋、陕、冀、豫，在家乡生活不下去，挈儿携女，来到东北大平原，咬着牙刨出一块地，撒上种子，播下希望，就有吃有穿地繁衍下来了，代代年年……

"现在也还有的是地呢,咱这大平原,养活多少人也能啊。不过为了保护环境,已经禁止开荒了。"

"老乡们觉得生活得很不赖。地不骗人,撒下种子,浇上汗水,秋天就丰收了。基本上没啥旱灾、雨灾、雹灾的,收回来的粮食都是金子,搁一冬天也吃不完。"

"大瓦房也盖起来了,自来水也用上了,太阳能也安上了,还随时都有手机和电脑信号,你说他还缺啥?给个北京户口他也不去啊。"

"是啊是啊,你们这儿的空气这么好,上我们北京那整日阴霾里干吗去啊?"我们赶紧搭茬儿,一边撩开眼睛看着四野透透亮亮的绿,就像看着一个电影片儿,怎么看怎么爱,怎么看怎么看不够。

谁知,我们还羡慕得太早了。真正让我们开眼的,还在后面呢!

车子走啊走啊走,终于,"嘎"的一声停下来了。

下车,四望,远处的大背景是一片高而连绵的群山,草木茂盛,绿意葳蕤。眼前是一个小村子,这里那里,蓝顶或红底的瓦房,星罗棋布。家家门前是一畦菜园,倭瓜曳地,豆角爬秧,沙果爆笑,好一派"牛衣古柳卖黄瓜"的中国传统农村景象,似乎很熟悉又似乎很陌生了。

再具体到脚下,已是站在村子的广场上。平展展的广场,水泥抹出了镜子的效果,光滑得可以在上面溜旱冰。最意想不到的是,广场边上还摆放着红黄蓝三种颜色的健身器材,几个五六岁的男孩女孩正在攀爬或打秋千,他们的母亲在旁边喊加油。这些年,很多城市、乡村都分配到这些用体育彩票集资采购的器材,给广大老百姓带来多少欢悦啊——而让我欢悦的,是在这无边无底的大平原深处,竟然也见到了它们昂然的倩影。

音乐突然响起,一群大妈、大嫂身穿绸缎的绿袄绿裤,摇着粉红色纱扇,风摆芙蓉似的舞了过来。扬臂、扭臂、耍扇、亮相……每张晒得黑红的北方农妇的经典脸庞上,都绽开向日葵一样的灿烂的笑容,从心底涌出的幸福感,灵动地浮现于她们浑身上下的每一根线条。我看见,这种自信和幸福感还具有一种连带性,带动得场上和场下、村民和宾客们全都笑了起来,笑得像孩子那么灿烂,每颗欢快的心都轻盈地飞升至空中,随着原生绿的清香飘忽飞舞,浩浩荡荡,穿过整个村庄,温馨在大平原上……

节目正式开始了。别看是在远离城市、远离首都北京的东北大平原深处,别看是整天与玉米、大豆相伴的一群农村妇女,别看多数是40、50的婆婆妈妈,呵,她们的心气儿简直比大平原还要大。先是三个大妈表演《俺要上春晚》,各自抢着把自家的绝活表演了一遍,有的会唱,有的能舞,还有一位说快板。她们穿的就是平时的家常衣裳,紫底蓝花的坎肩,大红大绿的花裤子,一带黑布鞋,整个就是大平原上的原生模样。看着她们那认真争取的劲头,你还真替她们着急。

又一群年轻媳妇上场了。这回是一水儿的闪亮红皮短袄,闪亮蓝花短裤,黑带布鞋,随着强烈节奏的音乐响起,竟然集体跳起红遍全世界的《江南 Style》。我真有点目瞪口呆,因为这是落后的我第一回完整看到骑马舞的表演,而东北大平原深处的这群农家媳妇们,却早已把时尚抓在手里,就像做出一锅小鸡炖蘑菇似的炉火纯青!

接下来的节目,还有女中音独唱,演员一袭豆青色连衣裙,高跟鞋,挺胸收腹,往场中央一站,亭亭玉立,真有明星的舞台范儿。而最有范儿的还属一男一女两位节目主持人,男的是一位近50岁的东北大哥,穿着也家常,上面是白色长T恤衫,下着深蓝色短裤,寸头,黑脸,若隐身于乡亲们之中立刻就不显山不露水了。可是他的声音真好,标准普通话,字正腔圆,一板一眼,原来是村里的广播员。女的是一位中年教师,齐脸短发,黑白碎花连衣裙,脸庞也晒得和大家一样黑红,朴素如乡民一样。看得出他二位是这村庄文化活动的灵魂人物,也想象得出老乡们平时的业余文化生活场景……

穆棱市委书记李大义一脸骄傲地介绍:我们东北的冬季长,天气寒冷,因此有猫冬的习俗。以前老乡们都是打牌(有的还赌博)、唠嗑(有的就生出是非),还有一些不良或不健康的活动等等。后来政府投入经费,帮他们搞起文艺演出、文化讲座等等活动,乡亲们可来劲了,天天聚在一起排练节目,自己动手做演出服,隔三岔五地就搞一台演出。他们觉得自己生活得可美了……

穆棱市位于黑龙江省东南部,是牡丹江市下辖的一个县级市。面积 6187 平方公里,人口 30 万,与俄罗斯有长达 44 公里的边境线。对了,说来有点像人名的"穆棱"二字,为满语"骏马"之意,在唐朝渤海国时期,这里曾为草肥水美的牧马场。正式设县在宣统元年(1909 年),撤县设市在 1995 年。作为移民城市,它有着厚重的拓边文化、关东文化和俄侨文化。如今,经过近几年的奋起苦干,它的地区生产总值已位列牡丹江市之首,经济综合实力爬升至黑龙江全省第六位。老百姓安居乐业,所以,比之"大美青海""好客山东""厚重山西",它喊出了"幸福穆棱"的形象口号。"穆棱精神"亦与"爱国、创新、包容、厚德"的"北京精神"有一比附,为"激情、敢为、坚韧、包容"——我感觉,这带着灼热温度的四个词八个字,无须全国人民亲莅穆棱,面前即已出现了东北大平原上东北汉子和他们的女人、孩子们的阳刚形象。

眼下,这形象虽然还有点粗糙,诸如大平原上的连绵原生绿,诸如黑土地上的朵朵大蘑菇,也诸如眼前这台由农民们表演的原汁原味的节目；但眼见着他们把时髦的骑马舞都"拿来"了，你还担心他们不能跟上大数据时代的飞速前进吗？

最后一个节目是著名的东北大秧歌，老婆婆、大嫂子、小姑娘、小小子，全都加入，挤在队伍里扭啊跳，唱啊笑，一直喧腾到夕阳烧红了西天的云彩，把逐渐浅蓝——天蓝——湛蓝——宝石蓝——靓蓝——黑蓝的山峦，染上了金红——橘红——紫红——绛红——赭红——乌红的金边，直到完全隐身到黛玉色的大山的怀抱中睡去……

此时，苍苍莽莽的东北大平原上，夜的交响曲奏响了！无数生灵——昆虫、蝴蝶、松鼠、小鹿、野鸡、山猪、黑熊、花豹；猫、狗、鸡、猪、牛、马、羊；庄稼、蔬菜、瓜果、蒿草、树木；河流、云朵、清风以及我们的大爷大娘、大叔大婶、大哥大嫂、弟弟妹妹、小小子小闺女们，一起弹拨起自己的心乐，哼唱起动人的歌谣："我的家，在东北大平原上……"

我也加入到这让人如醉如痴的大合唱之中。人生如梦，幸福何求？穆棱的乡亲们，谢谢你们引导我不再迷茫。

2013年9月20日定稿于北京协和大院葳蕤斋

在冼星海故乡迎接春天

大背景

连我自己也没想到,我竟然有幸在榄核镇迎接甲午新春。

全国人民大部分肯定都不知道榄核镇在哪儿,但我若说这里是人民音乐家冼星海的故乡,大家眼前立刻就会浮现出椰风蕉雨、白浪卷沙滩的南国美景。不错,尽管时令赶在"三九四九不出手"的节骨眼儿(但那说的是我土生土长的家乡北京,此刻那里正是万木萧萧一片枯枝),而在温暖的广州这边,淡淡的蓝天上飘浮着一朵朵悠闲的白云,金亮的阳光依然用她母爱的热度,一往情深地拥吻着大地。小碎钻一般的金桂吐着甜香,紫红的三角梅和淡粉色的台湾木棉轻快地绽放在枝头,大王椰像卫兵一样拔着立正的胸膛,芭蕉香蕉凤尾蕉们则摆出无限柔美的芭蕾范儿。街头这里那里,目光流盼之间,在在是一片片葳蕤的绿叶,处处是一派浓烈的绿意,馋死北方人啊!

小小的榄核镇站在广州南沙新区的"臂弯"里,她还比广州更多了一"绿"——成片成片的果蔗,是榄核镇的"镇镇之宝"。"蔗"即甘蔗,大家都知道的用于榨糖的经济作物,其历史大约可与稻米、番薯等同样古老;但果蔗则有点儿不同了,"果"在这里取水果之意,谓之为"水果甘蔗",也就是说它不是经济作物而是水果,像香蕉苹果大鸭梨;人们不是吃它的糖,而是嚼它的甜——哎哟,我怎么越说越乱七八糟了,糖不是甜,甜不是糖吗?对了,"糖"——"甜"在这里是两个概念,甘蔗与果蔗是两个品种,水果甘蔗是饭前饭后当水果来吃的,生津、败火、养胃、刮油腻、去血脂,近年来已悄悄爬上了广州、上海、北京、天津、武汉、长沙乃至港澳台的餐桌。它还有一层重大意义与春节有关,即果蔗天然地蕴涵着"从头到尾节节高,一年四季甜蜜蜜"的寓意,因而成为南方广大人民群众过春节的必不可少之物。当北方的更广大人民群众听说后,亦想方设法弄上几根,摆在家里偷着乐,也算赶了一个"马上高大上"的新时尚啦。

话说回来,榄核镇的果蔗绿,那叫一个漂亮!基本上都是长方形或正方形的一大块地,用竹竿儿横着竖着架成排(使之不倒),身躯以下部分罩上网子(防小野兽偷啃),结果呢,上面便只露出翠绿的尖头叶子部分,有半米高,远远望去,似齐崭崭的新出土秧苗,像绿油油的蔬菜大棚;似万物复苏的新生林地,像飞满了蝴蝶的绿色山谷;似诗人笔下的绿肥红瘦,像画家涂抹出的春之消息;似全中国最好听的生命乐章,像全世界最美绿色的评选舞台……我的眼睛都看直了,心里一下子振奋起来,恨不能自己也站到它们中间去精神一回!

脚下的土地位于珠江三角洲中心地带,东临深圳东莞,南与珠海为邻,西和佛山顺德接壤,北连广州番禺城区。远古的洪荒时期,这里还是浩渺连天的泽国,后经年深日久的冲击,泥沙不断堆积,终于形成陆地,状如橄榄之核,故得此名。改革开放之前,虽为鱼米之乡,却是空享美誉,民众生活困窘,家家都不富裕。至于20世纪初年，这里更是极其贫穷的远海僻疆，冼星海是在飘摇于大海上的一条渔船里诞生的，当时其父已被大海吞没，母亲靠做用人将他养大。

我在冼星海的祖村溙（音半）湄村口，看到他的一尊雕像，这位伟大的人民音乐家，身穿八路军军装，打着绑腿，右手执指挥棒，左手托着日月河山，正在英气勃发地指挥《黄河大合唱》。村里有一座冼星海纪念馆，是爱国主义教育基地，每年都有慕名者来此瞻仰。而今天的溙湄村已经变成别墅式洋房一座连一座的富裕村，村中有清澈流淌的小河，有鹅叫鸭喊的水塘，有农家经营的垂钓园，还有好几家喧嚣的饭店。每天一到傍晚，便被来客坐得满满的，热闹得天天过大年。最引人注目的是饭店的墙上，顶天立地贴着冼星海的照片、生平、艺术简介及成就，星海文化既是村民们处世做人的精神楷模，也成为他们发展经济发家致富的概念性品牌。

榄核镇上还有一所星海小学，花园式的校园，也摆放着一尊高大的冼星海雕像，还有冼星海纪念馆、冼星海音乐班，举办过冼星海音乐节以及音乐比赛等等。镇里正在扩建中的公路将更名为星海大道，不久的将来星海音乐学院附中也将矗立起来……榄核镇党委、政府正在广州市和南沙新区领导的强力支持下，群策群力，整理思路，规划"以打造星海文化品牌，突显星海产业，从而迅速融入粤港澳优质生活区"的发展构想。新上任的陈晓董书记正在想方设法，寻访高士贤达和各路专家，请他们共襄榄核镇的"星海事业"发展大计。

当然，文化唱戏，归根结底还是要给经济搭台，让乡亲们的日子更上一层楼。比如镇镇之宝的果蔗，今年大丰收，卖得好，水涨船高价格跟着涨，乡亲们都大赚了一笔。可是农业是看天吃饭的高危产业，至少目前还是如此，怎么把高危变成低危或是不危？怎么把旱涝保收、高低保收的绿色产业生态农业做起来？怎么让星海文化之光照亮榄核镇的阔步发展？这是陈晓董带着榄核镇领导班子整天琢磨的问题，他们想要在这块沃土上不断画出最壮丽的图画。

这就是我此次"新春走基层"的目标单位和它的大背景。我这次的任务是深入到农户家里，看看他们的收成，看看他们的日子过得红火不红火，看看他们怎么忙年过年，再看看他们对新一年和今后的日子有些什么美好的梦想。

我前前后后在榄核镇待了七天。亲眼看，亲耳听，用心记录，想的是把岭南农民们最真实的生活景象和他们的心思，带回北京，奉献给读者。

二十三，糖瓜儿粘

依照北方的风俗，一到腊月二十三，过小年，就算进入春节，正式拉开过年的序曲了。"二十三，糖瓜儿粘"，说的是在这一天，大家都要吃一点糖瓜儿也就是关东糖，亦即麦芽糖，粘粘（此处音年）的，粘（此处音瞻）牙的那种，因为这一天是送灶王爷升天的日子，临行前给他的嘴巴上抹点糖，请他到玉帝那儿汇报工作时多说甜蜜话，侯宝林大师相声里"上天言好事，下界保平安"，说的就是这一段。

广东这边是傍晚时分送灶王爷上天的。当我赶到榄核村13队郭苏女婆婆家时，时间刚刚好，稍作寒暄，拜神仪式即开始了。郭婆婆和儿媳等家人，虔诚地把祭品摆到灶台上，然后双手合十，嘴里叨念着"您在我家辛苦了一年……"之类的白话，恭恭敬敬鞠躬。

这是我第一次看到送灶王爷升天，仪式虽然朴素，但虔诚度不低。从郭婆婆的讲述中，我也才第一次知晓了咱们中华民间送灶神文化的来龙去脉：每年腊月二十三，旧灶王爷上天履职，正月初二再派一任新官回来。这虽然带着迷信色彩,但也有敬畏神灵、懂得感恩的一点儿积极意义,所以变成了一种文化传承。

我观察到,广东的祭祀文化有着自己的地域色彩。这里没有关东糖,自然也没有往嘴上抹糖的程式,但祭品都是好东西,有蛋糕、橘子、猪肉、汤圆、甘蔗、红糖、白酒、金元宝和银元宝(纸糊的),还有利是红包……郭家在这边是比较贫穷的一户,郭婆婆已经81岁了,干干瘪瘪矮矮小小,一张脸已被岁月雕成一张小小的薄纸,她的不幸在于唯一的儿子已于十多年前离世,目前由儿媳妇带着两个孙儿孙女供养,儿媳身体不好,孙儿孙女尚读小学;而她的幸在于榄核镇有政府的贫困救助机制,最低救济金为每人每月530元。

让我完全没想到的是郭婆婆唱起咸水歌的时候,竟容光焕发,完全变了一个人。她随口就唱起了《拆蔗寮》:"择定良辰吉日拆蔗寮,三牲落镬妹心焦,又见兄弟饮酒微微笑,即话情哥归屋了……"这是一个长长的悲剧叙事诗,讲述一个外乡小伙来打工砍甘蔗,被雇主家女儿看上,两人私定终身,但小伙子没钱买聘礼,一去无音讯,女孩因思念成疾被病魔夺走性命。在郭婆婆的长吟短唱中,我竟然想到了《长恨歌》,虽然那是大雅,这是民俗,但那种悲情的叙事和心态,还真有相似的关联。

咸水歌又称渔歌,是粤语方言地区渔家传唱的一种民歌,是劳作的人们在田间、基围、河堤、树下自娱自乐的一种言之不足则歌咏之的俗文化方式,音调婉转缠绵,节奏优美流畅,与人民的日常生活密不可分,因而在粤海一带广受欢迎,辈辈传承。

榄核镇最有名的咸水歌手是何柳燕,曾在广东全省咸水歌大赛中三次获得金奖。40多岁的她会唱100多首咸水歌,是跟70多岁的老母亲学的。可惜如今的年轻人基本都不会唱了,因而国家一直在进行抢救性搜集整理，并将之列入国家级非物质文化遗产名录。我请何柳燕唱几句，谁知她张口就来了一首新渔歌："榄核地方好风光，春到大地备耕忙。自从改革开放后，村容村貌换新装……"何柳燕自己在镇上开着一家小店铺，但经常抽出时间去教孩子们唱咸水歌，她已被北斗小学聘为岭南校园文化校外辅导员，她说孩子们非常喜欢学唱咸水歌。

二十四，扫房子

二十四一大早，直奔榄核街的花市。自从青年时代读过著名作家秦牧的散文《花市》，就一直对广东的花市心心念念，现在这个梦终于圆了。

今天的榄核镇是从昔日榄核村一条土街中快速生长起来的，俨然已经是一座县城的规模。镇政府对面有星海公园、星海文化体育广场，广场上的小叶榕树上，丰收一样缀满了红色小纸灯笼。行道树大王椰的齐胸处，也挂上了一排中国结并蒂红灯。镇文体中心李剑平主任说，今年落实"反四风"，不能铺张浪费，所以只搞了这么一点点装饰，还不是从政府财政拿的钱，而是企业赞助的——很好哇，以前不断听说财大气粗的广东怎么怎么奢侈，怎么怎么浪费，如今亲眼看到党的群众路线教育活动有了成果，真是一件很赞的事。

街上店铺早已是鳞次栉比，北京有的那些大牌子手机、电视、服装、烟酒等等专卖店，这里几乎都有。花市被摆在农贸墟场前的空地上，中间是鲜花，其余三面包抄着一家挨一家卖春联的摊位，大红春联烫着金颜银色，流光溢彩，一片锣鼓喧天的喜庆气。

花真多啊！花太多啦！简直铺天盖地，密不透风。最多的是一盆一盆的金橘，高大的有一人多高，威猛的像福建的土楼，繁盛的如刺猬每根刺上都插着一个果。广东人有家家摆年橘的传统,"橘"者,"吉"也。那些挂在树上的橘子多得像除夕年夜的花炮,密密麻麻,层层叠叠,此起彼伏,前赴后继,小的如圣女果一般大,中的似乒乓球,大的能媲美柚子,你挤我,我挤你,大有比葡萄还嘟噜嘟噜的架势。这些金橘盆栽,都是专门为春节培育的,我看见田野里有苗圃把它们辛苦养大。

花市里还有其他争奇斗艳的花卉,比如绝世独立的蝴蝶兰,高贵自矜的玫瑰,喜爱热闹的杜鹃,大家闺秀的茶花,冰清玉洁的水仙,深沉如思的米兰,悲观厌世的倒挂金钟,目空一切却也没什么了不起的牡丹,甚至还有不该开在冬季却偏偏挑战天时的菊花,直把花市装点得霞光云锦,盛不下的喜庆咕嘟咕嘟地往外溢。

这还只不过是小小榄核镇的一个小小市场。领教了,广东的花市!可我真是改不了杞人忧天的毛病:这么汹涌澎湃的花海,气魄大则大矣,范儿足则足矣,可是卖得出去吗?十里八乡的农民们能有这么大的购买力?答复是斩钉截铁的:"肯定啦,不到二十八,全部卖光光。"

下午到涟湄村十队走访农户林金洪。他家开了杜记饭店,三间屋子的饭堂还摆不下,又搭了一个二十多张大圆餐桌的大席棚。"二十四,扫房子",杜记正厅已经椅子上桌灯火熄,有了扫房子的意思。可是架不住滚滚的客人还是来,最远的还有来自香港澳门的,只能好吃好喝好招待。

这是一个热热闹闹的大家庭,两公婆,仨孙子,四个女儿,三个女婿,一对儿子儿媳妇。女儿个个如花似玉,是远近闻名的美女。小时候由于家贫,老三老四已被妈妈送到别人家,做爸爸的心疼又要了回来。学历最高的是二女儿林有弟,广州培正学院法律专业毕业,自己开了一间网店卖东西。大女婿和四女婿也是大学毕业生,都在镇上工作,下班回家见到了,西服革履,文质彬彬,俨然投行的白领范儿。

俩白领脱下西服就跟着忙活起来,此时客人已经坐满了,大呼小叫,笑语喧哗。杜记自己创立了一品汤火锅,据说又补又清火,这是把吃研究透了的广东人最推崇的,因而生意兴隆。靠着饭店的财源,林金洪早几年就盖了四层半的别墅式楼房,家里有马自达小轿车和专司运货的皮卡。几个女儿也都各自盖了房子。四女儿还在镇里买了单元房,四女婿是湛江人,当初他俩恋爱时遭到老林的反对,嫌女儿找的是外乡人,但这个女婿心疼老婆,孝敬老人,吃苦耐劳,表现得实在太完美了,最后坚冰终于融化了。

老林现在的日子过得风生水起。他负责屋边的一小块菜地,还搞了个袖珍小水塘,养了十几只鸭和鹅,每天往回捡鸭蛋鹅蛋。问他还有什么梦想,他一脸满足地想了半天,才笑嘻嘻说道:"个人小家无有啦,国家大家风调雨顺、太太平平啦……"

我在村子里走了走,发现老林的房子只属于中等,还有更"土豪"级别的,楼层更高,带地下车库,窗棂阳台等外装饰更巴洛克更洋范儿,甚至完全维多利亚风格。

我很喜欢岭南这一带的建筑色调,基本都是米黄色加砖红色的外贴面,不带亮亮的贼光,因而含蓄而又明快,显得很开朗,像这么有幸福感的色调在中国不多见。我不喜欢北京民居的灰色,人曰"典雅"实则是黄色皇宫的陪衬;我也不怎么喜欢江南的白墙黑瓦,有点过于苍凉,老使人摆脱不掉一种压抑感。

耳听为虚,眼见为实。类似房子和类似的日常生活,不仅涩湄村如此,在子沙村、绿村、大生村、人民村等周围一带,村村如是——这回算真正看到了岭南普通农民们真实的生活面貌了。

广东这边的天气真好,不冷也不热,穿一件毛衣刚刚好。一丝风也没有,凤尾芭蕉的巨大叶子永远摆着孔雀开屏的造型,空气中沁来南国才有的馨香。几天下来,脸上手上那北方的粗粝便知趣地退去了。入夜,还是风息树静,一对对中国结红灯亮了起来,像一排排集体婚礼的新郎新娘。真舒服啊,幸福感又袭上了心头。

跟着李剑平主任到达文体中心,去看春节文艺节目的排演。榄核镇政府投资的六层新文体大厦在建,文体中心现在暂时挤在街道办公楼的一隅。既为冼星海家乡,镇里组建了老人、青少年、儿童和星海家乡等四个合唱团,屡获各种奖项。然而今天是轮到粤剧团活动,一方小舞台上,一位老者身着黄锦缎演出服正咿咿呀呀忘情唱,旁边是大叔大姐组成的小乐队摇头晃脑忘情奏……

二十五,磨豆腐

民谚是古老的,现在谁家还自己动手磨豆腐?大小超市里,塑料盒内早都封装好了。倒是豆浆机随家可见,自家做豆浆,在全中国都已蔚然成风。

我来到新涌村五队钟锦波、陈桂梅夫妇家。这家一看就不是"土豪",虽然别墅也盖起来了,也是巴洛克花饰罗马柱,但外墙面还没贴上黄色和砖红色的瓷砖,水泥灰土裸露着。一问,才知这两公婆有俩儿子,前几年为大儿子办婚礼花了一大笔钱,最近为小儿子办喜酒又花去十多万元,房子就没钱装修了。钟锦波有一辆皮卡,为盖房子人家拉砖拉料,陈桂梅在家看孙子,做全家七口人的饭,养了十多只鸡鸭、两只猫、两条狗、一百多只中华龟,还盘了一间小卖部。要说南方妇女是真能干,一个人竟然能做出这么多事,还把家里收拾得井井有条,我都不知道她的一天是不是24小时?她笑笑,高门大嗓地回答:"这累什么呀?家里就我一个闲人呀……"

看他家的茶几上已经摆满了年货。首先就是煎堆,这是岭南农家过年时必隆重备下的第一道食品,即用黏面将芝麻、白糖、花生、玉米花和椰丝等做成的馅儿包在里面,放至油锅里,用一小点儿油滚着炸,慢慢就炸成金黄色的圆球,小个的如网球大小,中的如椰子,大的能做成足球那么大,吃的时候切开来,里面即绽放出石榴籽一样饱满的馅儿,我猜是寓意好年景、大丰收。

其他摆上桌的,还有花生、瓜子、开心果、糖果一类,与北方无异。具有岭南地域特色的是冬瓜条、糖藕片、糖姜片、加应子,这叫我这个没见过世面的北方人又学了几招。

正当我被糖藕片甜得要溶化时,突然听到说,钟锦波竟然是这个村的负责人,正和乡亲们一一落实马年的规划。我再次细细打量这两公婆,他们都50多岁,皮肤比几天来见到的当地人都要黝黑一些,穿着特别家常,上面还沾着土、草屑什么的。这对憨厚勤劳的夫妻,这个连外墙都贴不起的村民负责人,完全颠覆了我对"村官"的概念。一回头,又想起了昨天在杜记饭店悄悄问林家三姑娘林秋月的话:"有人对你家吃拿卡要吗?"她先是没听懂,待我稍作解释,即刻甜美地笑了,很干脆地回答说:"没有,这里没有这种事情的。我们这条村的治安也很好……"

听得我直想笑,一是高兴,二是觉得很好笑。广东人把粤语叫作"白话",白话里面的量词经常是混搭风,比如"一条村"。他们男女老少都这样用,搞得外来人也只好跟着姑且用之。

说起外来人,榄核镇的胸怀始终是敞开的。近年来,本地居民占比不断下降,现在只有五万人,外来务工人员倒已有了八万。镇党政办副主任谢克忠一再跟我说:在我们这里,只要你勤劳,努力,不二流子偷懒混日子,一般都能生活得很不错。

榄核镇的外来人可不仅是打工者的概念。一方面,工业园区的确引进了不少外资、合资乃至国营、民营企业，吸纳了不少工人；另一方面，也有一些"嫁"到这里、来做生意以及考来的公务员等等；第三方面，市政府给予优惠政策引进了各类人才。刚刚过去的2013年，里外人员一起努力，取得了相当突出的成绩，全镇完成税收3.5亿元，农民人均年收入17891元，打出了"星海故里，果蔬之乡"的品牌等等。这其中，外来人的贡献功不可没，外来人的生活也是"果蔬生长——节节高"。

比如谢克忠就是典型的例子。他原来家乡江西省上饶县，曾做到县广播电视台台长，2003年作为人才被引进榄核镇后，经过多个工作岗位的考验和锻炼，现在是镇领导班子的笔杆子。他还热爱文学，发表过小说、散文等不少作品，被吸收为广州市作协会员。如今他已在榄核买了房子，儿子在德国读大学，今年春节把父母从江西老家接了来。他准备就把榄核当作自己的家乡了。

可是为此，李剑平主任却忙坏了。他一边指挥着演员们排练，一边操着白话"无可奈何"地跟我说："有一部分打工者，因为没买上火车票，因为没对象带给父母，因为这样那样的原因没回家，还有不少人接自己的亲人来榄核，我们总不能没有表示吧？喏，初一给他们安排游艺，套个圈儿啦猜个谜啦，给他们发一点点洗发水啦之类的小奖品讨个彩头。还要给他们演文艺节目。还要放四场电影……我们呀，年年都休息不成的，老婆孩子早就没脾气啦！"

哦，谢谢了，热情的榄核！开放的榄核！大胸怀的榄核！

二十六，炖大肉

一早赶到子沙村，去见村主任何军伦。他说要介绍一位种田能手来，还有些话要跟我说。

汽车离开柏油马路,在有些坑洼的渣土路上颠簸了几分钟,我们来到一方鱼塘边。道旁停着七八辆私家小货车,一看就知道是垂钓者们开来的。我们径直进入一边的凉棚里,何主任已等在里边,他说这方鱼塘就是种田能手承包的。

几分钟后,一位瘦瘦的中年妇女静静走了进来。原来她就是种田能手,我这才知道何主任推荐的又是一位女性。

她略呈疲惫相,一脸风吹日晒后的辛苦色。粗黄的皮肤,细密的小皱纹,马尾辫儿随便扎在脑后,笑的时候眯起眼睛像是随时在躲避无边无际的骄阳。穿着一件嫩红色的腈纶棉袄,很鲜艳很靓丽,但似乎与她的年龄有点差距,我猜也许是捡她女儿穿剩下的。

她不肯说出自己的名字,只说叫她陈大姐就行了。接着平静介绍自己:初中毕业就回村种果蔗,已经种了14年。自家的土地少,就到外村去承包。今年本想种20亩,一好强就又种了30亩。家里盖了四层的楼房。有上中小学的两个女儿,65岁的公公和61岁的婆婆,丈夫常年在外面跑运输……

我这边还没反应过来呢,那边就有人算出了一笔账:"今年果蔗丰收,一亩地至少净赚5000元,你这30亩就是15万啊。发啦,祝贺你,发啦!"

陈大姐平静地笑了笑,说:"可是我去年前年都赔了,果蔗卖不出去,干死在地里,还得花钱请人清理出去,哭都哭不出来啦!再说,你知道我们有多辛苦,别的地方休闲打麻将,我们天不亮就去干活,要是赶工连春节也不能休息,我十几年都没在家过年了……"

何主任叹息说:"种田是太累了。现在年轻人都不种田了,宁愿去外地打工。"

陈大姐接着说:"您看我40多了不是?其实我才37岁。那天几个初中同学看到我,都说你怎么老成这样子啦?我说,天天在地里风吹日晒的，回到家又得伺候老的小的，能跟你们比吗？您看这是我老公，我们是初中同学，他还是小伙子呢，我都成小老太婆了，人说我比他起码大10岁……"

又是一个能干的，贤惠的，牺牲全部自我，奉献给家庭与社会的南方女性，而且是接续上老辈人优秀传统的年轻一代，多么令人敬重。然而，话题又确实很沉重，我扭头对那小伙子说："你看你爱人多好啊，把全部家庭重担都给你扛起来了，你可得好好感谢她啊！"

小伙子喏喏。陈大姐终于笑起来，告诉我说，他们的女儿很优秀，今年考了全镇第七名，得了200多元奖金呢。我赶忙竖起大拇指，趁机问："你对孩子有什么指望啊？"

本来以为她会回答考清华北大之类，完全没料到，她说的却是："最希望她将来有了学问，能发明一些帮助种田的小农具，可以让我们不这么辛苦了……"

唉，看来她真是累惨了，也累怕了。她说还有两怕：一怕家里的老人生病，二怕果蔗的运输费涨价。何主任插话说："记者同志，请您帮助呼吁一下，可否请国家农业部给农民开一个绿色通道，让我们顺利地把农产品运输出去，不要再罚钱了！广西就为农民开了绿色通道，可是一出广西就走不通了。我作为区人大代表，年年呼吁这个问题。"

是，经济发展了，农业大丰收，社会和谐安定，各项事业都取得了长足的进步，但我们面前仍存在着不少积弊，要解决的矛盾仍然很多，而且还会随着工作的推进不断产生新的问题。比如，何村长和陈大姐反映的农村医疗问题、农产品运输问题，还有我眼见的农产品销售问题、环保问题、食品安全问题、滥食野生动物问题等等。这次下来，还有一个特别突出的感受，就是患高血压、心脑血管疾病的人，怎么这么多啊？似乎是生活好了，农民们无节制地吃肉喝酒，却不懂得这是极不健康的生活方式，应该赶紧把农村的防病和健康教育开展起来……

告别的时候，我问陈大姐的年货准备得怎么样了，并且告诉她，二十六，在北方就开始炖大肉了。她只轻描淡写地说，还没准备呢，她们这里过节是很随便的，"思想好的，初一都去砍甘蔗呢"。

说得我眼泪差点掉下来。我开始明白了，陈晓董书记为什么一谈起榄核镇的发展，就显得那么焦急那么迫切，他也是农家出身，他太了解农民们的状况了，能早一天为他们减去一分辛苦，也是好的啊！

祝福大团圆

"二十七，杀公鸡。二十八，把面发。二十九，蒸馒首。三十日，团圆日，父母双亲，老公老婆，儿子媳妇加孙子，热热闹闹全家一起过大年——"

谚语老了，尤其是物质层面上的口福享受，但中华民族的精神传承，诸如喜庆、团圆、和谐、红火、敬拜天地、孝慈爱亲、和睦邻里、共享来年、家国平安、兴旺发达等观念则一代代薪火相传，永辉永耀。

这，能否说就是我们年年都要这么红红火火、隆隆重重、认认真真、喜喜庆庆过春节的原因呢？

这是我甲午马年的第一个收获。是榄核镇的乡亲们，以及他们平实的日子沉静的心态，给了我真切的感悟。

好啦，我在遥远的南国，在冼星海的故乡，与榄核镇的乡亲们一起，给全国人民拜年啦！

2014年2月5日于北京马连道莳蓼云居

泰然长绿

可真是本性难移。本来，我到长泰是游山玩水的，谁知看到这座九龙三公庙，双腿就迈不开步了。

长泰县下辖于福建漳州市，地处闽南金三角中心接合部，东到厦门才50公里，南到漳州更只有17公里，县城50公里半径内拥有机场、港口、铁路、高速公路、国道和省道，你听听这交通得有多么方便。从五代南唐保大十三年（955年）升为长泰县算起，如今已有1059岁的偌大年纪，实实在在享有古老的沧桑。若在中原一带，这么一大把资历，也算是"老革命"了，可以耍个脾气发发威风什么的，何况是在远离中央政权的南疆僻地。不过它的知名度的确还有待提高，就连我这走南闯北的媒体人，也是第一次在地图上找到它的大名，我猜想，可能是因为它从属漳州，被"水仙花漳州"的大名盖住了。不过三十年河东，三十年河西，今天轮到长泰风光了——主要是因为它的绿：处女绿，原始绿，自然绿，本真绿，平民绿，人生绿，人类绿……长泰县的森林覆盖率是53%，在全国名列前茅，而今天的社会风尚你又不是不知道，完全是谁拥有了绿色，谁就是老大！人就都往它这儿跑啊。投资也来了，项目也来了，文化也来了，人气儿也来了，GDP呢当然也来了……一绿带百兴，绿啊，珍贵无比的绿！

我也是逐绿而来。人家告诉我长泰有热带雨林风格的天柱山国家森林公园,有绿树和芳草把天都染绿了的天成山景区,有号称福建第一漂的激流险滩漂流,有奇幻百花天堂玛琪雅朵花海,有飞流直下近百米的百丈崖瀑布,有水杉、银杏、格木和豹、黄腹角雉等珍稀植物动物,有绵延数十里的芦柑观光园、万亩荔枝林、香蕉海和格林美葡萄采摘园,有"人"字形的将军树以及几人搂抱不过来的古樟树、古桂花树,还有保存完好的叶文龙故居,它从主屋到各个细部甚至到大门前的细碎花砖地,都表达出闽南建筑的全部动人风貌……诚如仙境一般的描述,终究使我心动了,就打个"飞的"过来了。

是的,是的,浓绿不虚,美景连连,我都见到了。可是,偏偏来到这九龙三公庙,我的心即刻沉静下来。

庙其实挺小的,一大门、一天井、一祠堂而已,在闽南这边,类似的小庙多矣,连每个小山村里都会有好几座。我单位小美女鱼的家乡是闽北连城的,我曾经特别羡慕地听她讲起老家的种种拜祭文化,比如初一拜哪尊神,初二祭哪位仙人,几乎是三天五天就有一个节日,就要举行祭拜仪式。这些蕴含着深深浅浅宗教精神和哲学意义的仪式已滚滚滔滔地奔流多少代了,谁也说不清;但确凿地形成了家家谨遵、户户崇敬的民风,就在这些一丝不苟的膜拜中,闽地民众们将中华文化薪传到了今天。

熊熊大火在我心头燃起。火光中,我看见"三公"显圣了。

大公为大名鼎鼎的文天祥,庙祖留下的释文为:

文天祥(1236—1283),宋江西吉水人,字宋瑞,又字履善,号文山。理宗时举进士,知赣州。德祐初元兵入侵,天祥发郡中豪杰及溪明山蛮,应诏勤王,拜右丞相,奉使入元军议和，被执。至镇江，夜遁，转辗至温州。益王立，召至福州，进左丞相，都督江西，为元兵所败，走循州。卫王立，封信国公，进屯潮洋，又为元将张弘范所败，被执，拘燕四年，终不屈，遂被杀，临刑前作《正气歌》，以见忠。元世祖忽必烈称其真男子汉。著《文山集》《文山诗集》及《指南录》。

二公为张世杰，庙祖留下的释文为：

张世杰（1237—1279），宋河北范阳人。累官至保康军承宣使。时元军南迫，州郡多陷，世杰复取浙西诸郡及平江溧阳诸城。进沿江制置使，寻诸郡得而复失，大势已去，乃辗转从帝昺退驻崖山，封越国公。元将张弘范破崖山，世杰以十余舰入海去，帝昺入海死后，世杰收兵崖山，欲复救赵氏，舟覆溺死。

三公为陆秀夫，庙祖留下的释文为：

陆秀夫（1238—1279），宋江苏盐城人。性沉静，有志操，才思清丽，文名冠世。景定进士，累官宗正少卿。德祐间，边事急，以礼部侍郎赴军前请和，不成。后与张世杰等立益王于福州，进端明殿学士。王殂，又立卫王，为左丞相。元军破崖山，秀夫仗剑驱妻子入海，即负王赴海死。有《陆忠烈集》。

壮怀激烈！
细心的读者可能已经发现了，这三公，长泰人为他们专设牌位、恭恭敬敬供奉的大公、二公、三公，都是宋朝的抗元英烈，三人哪一位却都不是本地人，甚至连闽人都不是。我沉吟之余，觉得自己对长泰人有了加倍的尊敬：你看，他们尊拜的三位，都是中华历史上的大忠臣，屡败屡战，宁死不屈，泰山崩于前、大浪灭于顶都不能毁其志，这是中华民族最优秀分子，昭昭与日月同辉。元朝灭亡之后，在漫长的岁月里，长泰地处边僻，时有倭寇、海盗袭扰，强盗屡有强霸侵占之心。但长泰人一心忠于中央政府，誓死捍卫家园，祖祖辈辈保卫祖国南疆的意志从来就没改变过。他们设庙拜祭，作神灵奉，就是拿这些英烈作为榜样，谆谆教育自己的子孙，要爱中华，卫家乡，宁折不弯。其铮铮硬骨，其赤胆忠心，其浩然正气，献身精神，其对祖国的认同感、向心力和自豪感，有天成山做证，有马洋溪印证，有今天长泰 20 万儿女长相追随，真令人"有泪如倾"啊！

沧海桑田，长泰巨变。而今变化最大的，可能还属 20 万长泰儿女，他们的生活发生了不可想象的翻新，他们的精神面貌更与三公时代不可同日而语了。时下，他们追求的"中国大梦"与各家各户的致富小梦，都不约而同地把"绿色"放在了统领一切的首位。说来，长泰这 30 多年的发展相对慢一拍，这在今天反倒变成了福分，没有工业污染，青山绿水全都保留下来了，空气好得回到了夏、商、周、秦、汉诸朝代。一阵山风吹来，一棵好奇的蒲公英抬起了头，看满山苍翠，听啁啾鸟鸣，喝清澈溪水，品花开花落，弹指是一串竹叶飒飒，仰头是明丽的蓝天白云，脚起脚落不是诗歌就是散文，后面跟上来的是喜笑颜开的海内外投资商，是乌泱乌泱的中外游客，是农家饭桌上敦敦实实的红烧肉，是年年增长的人均纯收入……

哦，长泰，当然，你也有一些没有变的，属于你世世代代的坚守，比如这九龙三公庙，比如三公牌位前缭绕不绝的香气，比如长泰人执着的拜祭与守护。我端端正正地立在三公像前，恭恭敬敬地鞠躬,此刻,我的胸怀无限大无限大,满满的都是灿烂的阳光!

2014年8月23日于英伦沃克汉姆红房子

面对庐山

题　记

　　当光焰万丈的羲和之车轰隆隆飞驰而来时,早已迫不及待的晨光,瞬间就把庐山每一座雄伟壮丽的山峰,每一棵粗粗细细的树木,每一枚宽宽窄窄的草叶,每一粒大大小小的石子,全都照射得金亮金亮的,像诗,像歌谣,像民间故事和传说。于是,庐山的历史便又开始续写了。

　　这书写,从春夏秋冬而言,已经有了三百多万年;

　　这书写,从赵钱孙李来说,也已记载了两千多年。

　　庐山是一个山峰连着山峰、峻岭接着峻岭的名人大榜,从远古到封建朝代,到军阀混战,到国民革命,到抗日战争,再到新中国,到改革开放乃至一直到当下,曾有多少英雄、枭雄、仁人、佞臣和普通人登临于此,演出了一幕又一幕活剧,给自然、给历史、给子孙,留下了无尽的话题!

　　面对庐山,我觉得心鼓怦怦敲,难以表达。

上 篇

面对庐山，最早出现的人物是殷周时期的匡氏七兄弟。他们来此结庐隐居，后皆成仙而去。临行前，七兄弟盘桓不舍，一一将所居之庐幻化成庐山诸峰，为我们留下了这片稀世珍宝的群山。今人已将"世界自然遗产"和"世界文化景观"两项光荣的桂冠，戴在它绿意葳蕤的峰顶上。

面对庐山，陶渊明终于下决心离开恶俗的官场，回到庐山南麓的故里上京，过上艰苦却没有了任何压力的"采菊"生活。处江湖之远，开一代崭新诗风，竟使庐山成为中华田园诗的发祥地。而更为重要的是，陶公给我们留下了一个自觉从既得利益集团抽身，还原为"平民"的辉煌榜样。

面对庐山，李白大笑着书写出"疑是银河落九天"的惊天绝句后，却糊里糊涂地离开了仙境的庇护，从此走进险恶的宫廷皇位争斗中，终致被流放，慢慢咀嚼着拿得起、放不下的人生苦果。

面对庐山，白居易一直在这里疗伤。胸怀壮志的他被贬为小小的江州司马，青衫濡湿时，便来庐山寻求精神慰藉，以至于桃李不言自成蹊，竟然走出了一条"山寺桃花始盛开"的花径。他是这样信任庐山，最后，竟将毕生心血凝结而成的诗文2964篇，集成60卷《白氏文集》，悉数交由庐山东林寺收藏。

面对庐山，一生坎坷多难的苏东坡似乎是找到了知己，一来再来，一诗再诗，扬着他那睿智的头颅，欣赏美景"横看成岭侧成峰"，感悟宦海"远近高低各不同"，慨叹世人"不识庐山真面目"的同时，追悔平生"只缘身在此山中"。庐山，一点一滴地宽阔了他的胸怀，升华了他笑对穷达的灵魂。

面对庐山，范仲淹也是在力主改革而遭排挤之后，来这里寻求大自然的支撑。一腔"去国怀乡,忧谗畏讥,满目萧然"的他,看到秀峰瀑布从云崖中奔腾而下,把万颗闪亮的珍珠洒向人间的壮美之时,不禁触景生情,援笔疾书,深深吐出了"长雷无敢蛰""浊水不能入"的胸中块垒。

中　篇

　　面对庐山,康有为在1889年初次登上东林寺,居然就在它的厨房地上,发现了柳公权的真迹,那是一块刻于唐宣宗大中十一年的碑石,至今还是庐山现存石刻中历史最早的珍品。然而谁又能料想到,这位满腹经纶的学者,后来慷慨投身国事,成为影响了整个中国命运的改革鼓吹者,复又落于保皇党之列,黯然退了场。

　　面对庐山,孙中山只有一次机缘,时在1912年秋天,专程到庐山石门洞凭吊晋代名僧慧远大师。整个行程匆匆忙忙,没有浏览其他名胜,便抱憾离去了。那时,他早已不是民国临时大总统了,所做的大事即为水利。为什么他单单要去"拜见"慧远?是因为一股失败的情绪主宰了他?

　　面对庐山,蒋介石多次上上下下,或盘桓,或久居,或几度把办公室搬到了这里。美庐更是他喜爱的行宫——能把这个行宫和他的美妻名字并列,可见他对这里的喜爱程度。有很多"党国大事"也是发生在这里的,比如与红军代表周恩来、秦邦宪、林伯渠的谈判,最终建立了第二次国共合作为基础的全民族抗日统一战线。日寇对庐山的进攻,迫使他不得不撤离美庐,而最终,使他永远告别了庐山的,是中国共产党人把他永远赶出了大陆。

　　面对庐山,杨虎城将军的登山是在"西安事变"半年后的1937年6月。当时他的心情肯定很激动,有点委屈,有点幻想,但更多的还是戒心，因为他已在两个月前被老蒋"革职留用"。此番老蒋召他上庐山，是在逼他出国之前，要亲自进行一番"面训"，而比起12年之后对他全家的魔鬼式杀戮，"训"简直可以列入"亲抚"的范畴了。

面对庐山，胡适1928年春首度登山。考察了三天，便提出著名的"三大趋势说"，既是说庐山，也是在说中国：一、东林寺代表中国佛教化与佛教中国化的大趋势。二、白鹿洞代表中国近代700年的宋学大趋势。三、牯岭代表西方文化侵入中国的大趋势。这最后一条，似乎与"美国的月亮也比中国的圆"有了不小的异质，却是一位揣着学术良心的大学者的实话实说。

面对庐山，国学大师陈寅恪比他父亲——印度大师泰戈尔推崇备至的清末"同光体"诗派领袖、一代宗师、著名爱国诗人陈三立，不幸却又幸运。1937年，陈三立为抗议日寇侵华在北平绝食而死，这个做父亲的再也没有回到庐山自家的松门别墅。2003年，做儿子的骨灰在他逝世33年后，被迎回庐山，安葬在庐山植物园的景寅山冈。翌年6月16日，在他113岁诞辰之日，陈寅恪夫妻合葬墓在此寂静山坳里落成。墓碑采自庐山山谷中的冰川石，上面镌刻着大师的名言："独立之精神，自由之思想。"

下　篇

面对庐山，周恩来1937年第一次来到这里时，一身戎装，瘦削、英俊、年轻。他是来跟蒋介石谈判的，开展第二次国共合作，共同抵抗日寇侵略。一个月以后，他率领秦邦宪、林伯渠二上庐山，继续就红军改编后的领导权等问题进行谈判。紧张的会谈间隙中，游览了仙人洞，他仔细端详着两幅石刻"纵览云飞"和"霍然贯通"，对国民党谈判代表张冲说："只要我们站在国家利益的高度上，以民族大业为重，很多问题都能霍然贯通。"在后来的岁月中，他多次复登庐山，无论风和日丽还是雨骤风狂，他的生命一直践行着为国家、为民族、为民众的原则，赢得了无与伦比的敬重。1976年他去世时，联合国降半旗志哀，据说当时有人提出质疑，为什么对他这位国家的第三把手如此礼遇？当时的联合国秘书长瓦尔德海姆回复说："如果哪个国家的领导人能像周恩来一样，没有一分钱个人存款，我也给他降半旗……"

　　面对庐山，李立三也交上了一张优秀的答卷：1960年6月，时任中共中央高官的他偕妻女上庐山休息，坚决拒绝了组织上安排的高级别墅。他说，我不是来工作的，带了这么多家人，只需在一般招待所安排两间客房即可。工作人员向他说明，按规定，部级以上干部都可以住别墅。李却坚持说，即使我夫人可以和我住别墅，两个女儿也不能享受部级待遇。就这样，他为庐山、为老百姓、为信仰，留下了真正的共产党风范。

　　面对庐山，毛泽东来得很晚，1959年才第一次登临，他是来参加中共中央政治局扩大会议的。初上庐山，"跃上葱茏四百旋"时，毛泽东心情大好，对满山美景赞赏不已，以至于他住进"美庐别墅"时，还得意地对着战败者的旧居陈物，满面春风地来了一句："蒋委员长，我来了。"他曾指示这次要开一个轻松的"神仙会"。谁想后来风云突变，彭德怀等几人真的提了意见，真的想当神仙，毛泽东便"乱云飞渡仍从容"，以迅雷不及掩耳之势，当头击退了彭（德怀）、张（闻天）、黄（克诚）、周（小舟）四人"反党集团"的"猖狂进攻"，为中国共产党的历史档案留下了著名的"庐山会议"。等他下山时，他的心情更好了，从此爱上了庐山，两年后又回来长住，并且还在1970年第三次登临。

面对庐山，邓小平初上庐山的时间已不可考，但满山的青松记住了1961年8月，他来参加中共中央庐山工作会议，下榻的是267号别墅。他负责制定的"工业七十条""高教六十条"，均在会上顺利通过了，对当时整顿全国工业企业、搞好教育，起到了很好的推动作用。这是不是一次练兵呢？或者，预示着15年以后，他将走到前台，为中国的改革开放大业掌起航舵？

面对庐山，彭德怀是最沉重的。上山的时候，他还是朗声大笑的彭大将军；下山时，却已是被羁押的"反革命"阶下囚了！打下江山的赫赫战功也救不了他，抗美援朝的挺身而出也救不了他，戎马一生的所有功绩都救不了他，因为庐山的浓雾实在是太霸道了，你好端端地走着路，它们突然就张牙舞爪扑过来，顷刻间就把人吞噬没了。说来，当年彭总所住的176号别墅，与毛泽东住的172号别墅，也就相隔百八十米，然而他求见毛不得，只好漏夜写出著名的《万言书》。本以为自己是为民请命的赤胆忠臣，却不知政治就是翻云覆雨的浓雾。有意味的是，172号和176号，到今天虽然皆变成高档宾馆了，谁掏钱谁都可以住，可是172号修得富丽堂皇，灯光明亮，温暖舒适；而176号的地板是破的，窗户闭合不上，管道和马桶漏水，寒冷潮湿，阴气重重。不知道彭总后来还上没上过庐山？然而即使再没有机会回头，他的英名，也永远地和这座名山联系在一起了。

今 篇

面对庐山，今天，我也来了——带着一腔纠结，满脑子玄想。

我们是来参加第四届"中国作家庐山国际写作营"活动的。会议邀请来意大利、拉脱维亚、印度、以色列、立陶宛、新加坡以及台湾等 12 个国家和地区的作家们，是真正的金发碧眼，是真正的海外作家，是真正的国际文学交流。对话的语言是英语，对话的思维是开放式的，对话的视角是全球。

跟他们讲贬官白居易、苏东坡、范仲淹？

跟他们讲"公知"（公共知识分子）康有为、孙中山、陈寅恪？

跟他们讲国共两党的争争斗斗、杀杀戮戮、分分合合？

跟他们讲风云翻卷的"庐山会议"？

即使他们愿意听，即使他们努力学会理解中国人的思维方式，我还不愿意讲呢！政治家们追求各自不同的人生理想，千百年来，古今中外，在历史舞台上长袖善舞，"其乐无穷"，我却扼腕叹息：我们是不是应该结束这一贯金钱的、利益的、资本的、资源的、政治的、黑幕的争斗，去考虑另一些更重要的事情了？

今天，人类已经繁衍生息到 70 亿还多的人口。人人都想要香车宝马、花园洋房、吃香的喝辣的。还想要蓝天，还想要绿色，还想要尊严，还想要幸福指数。但是，地球已经被贪婪的人类糟蹋得伤痕累累，满目疮痍。珍禽们离我们远去了，嘉木们离我们远去了，连水都要离我们远去了！

然而人类，还是不知改正自己的劣行，还在继续变本加厉地攫取着和饕餮着。于是，天公发怒了，降下滔天的洪水；地剎发怒了，掀动地心的红焰；山神发怒了，撞倒一座又一座高山；药师发怒了，掷来一场又一场瘟疫。荒沙大漠逼近了，地球温度升高了，干涸、饥馑、疾病、偷盗、抢劫、械斗、杀戮、战争……黑色的魔鬼们，纷纷攘攘，全都降临人间了！

各国的政要们，各党的党魁们，各个利益集团的首领们，奥巴马、普京、默克尔、卡梅伦、萨科齐、克林顿、希拉里……他们号称是人中精英、群众领袖，是不是应该停止政治争斗、饕夺利益的旧式思维，领导全球人民共同投入到挽救地球家园的全新视角之中呢？

奥巴马、克林顿、希拉里，这儿那儿到处掺和。先管好你们美国人大手大脚的浪费吧，君不闻，如果全球人民都以现在美国人的生活方式消费的话，那么地球上的所有资源加起来，也仅仅够用三年时间！

默克尔、卡梅伦、萨科齐、拉嘉德，你们也别老指责亚洲、颠覆非洲、批评拉美。先整治整治你们懒惰的欧洲人吧，每周连40个小时都不愿工作，天天躺在国家的温暖怀抱里吃喝玩乐，天上能无缘无故掉馅饼吗？

我们生而为人，有幸来到这个世界上，除了享受阳光、沙滩、绿树、鲜花和各色美食、友好的人际之外，还必须承担起相应的责任：

——我们必须具有正直、善良、诚实、守信、勇敢、坚毅、乐观、自信、谦虚、谨慎、自尊、友爱、宽容、忍耐、律己、助人的品格。

——我们必须勤奋工作，虚心好学，坚忍不拔，开拓创新，建设创造。

——我们不仅要爱亲人、爱友人、爱同事、爱孩子、爱老人、爱人人，还要爱动物、爱植物、爱山川大河、爱世界。

——我们不仅应该自己过上幸福生活，也要成全和帮助别人，都能同样享受到高品质的世界之美。

世界大同，自古以来人类追求的美景！

这就是我，今天来到庐山，面对山山岭岭、峰峰丛丛，面对各国文学同仁，禁不住想表达出来的玄想。你们可以嘲笑我太浪漫主义，太夸张，太没边没沿了，但请尊重我玄想的权利，并请助力我的期盼。

面对庐山,人类可以从头再来吗?

2013年3月17日于北京协和大院葳蕤斋

两极的云冈

这个世界,已无"神秘"二字。所有谜底,都虎视眈眈地蹲在因特网上,只要你指尖轻轻一点,它就迫不及待地猛扑出来,图文并茂,顷刻间就把你吞噬了。所以,世界遗产也罢,地质公园也罢,有好多景观,在你抵达之前就已经很熟悉了,真的亲临现场,反而觉得看景不如听景,不去也罢。

不过,亲身到了大同,我还是被那早已名震八方的"世界文化遗产"云冈石窟超级震撼了一下!站在面对石窟的"山门"旁,仰望着黄土色的佛山静静地卧在红红绿绿的游客面前,不闻,不问,不动,不语,只兀自低着头沉思。我也低下头认真地想着:震撼,是因为什么呢?

它的巨大?是的,云冈石窟实在巨大,甚至已巨大为一整座大山。最大的一尊佛高达17.3米,从山脚一直耸立到山顶,就像是大山的擎山柱。

它的丰富?是的,51000多尊栩栩如生的佛像,仿佛为东方宗教教义书库,似乎可以解决任何人生问题,其精美绝伦,堪称当时世界最高水平的雕塑艺术宝库。

它的宏伟?是的,宏伟为宽阔无边的救赎天界,是高耸的精神家园。

它的召唤、它的诱惑、它的给予？是的是的是的，对于期望脱离世俗苦海的人来说，只要投奔到它打造出的极乐世界中，就能品尝到欢喜的甜味儿……

我缓缓地走。细细地看。切切地思索。苦苦地寻找。深深地追问。

我想找到一个有关终极的答案。

不料，却撞上了几个绕不过去的对立的两极——

最伟大的，又是最渺小的

资料介绍说：

> 云冈石窟是我国最大的石窟之一，与敦煌莫高窟、洛阳龙门石窟和麦积山石窟并称为中国四大石窟艺术宝库。它位于山西省大同市以西16公里处的武周山南麓，依山而凿，东西绵延约1公里，现存主要洞窟45个，大小窟龛252个，造像51000余尊，代表了公元5至6世纪中国最杰出的佛教石窟艺术水平。

用"伟大"来形容云冈石窟，不会有任何人反对。不过，我倒觉得，"伟大"在这里与其用作形容词，不如破坏一下语法规则，干脆直接用作名词。

你看——

每一个石窟，不论大的还是小的，素面的还是彩绘的，保存稍好的还是毁损严重的，全都是以最赤诚的敬畏之心，用生命的精魂，呕心沥血凿出来的。

每一个门洞，不论高的还是矮的，宽绰的还是逼仄的，有形的还是已经风化得只剩下轮廓的，全都是以最至诚的工作态度，寄附着精神的向往，尽善尽美做出来的。

每一个窗棂，不论是方的长的圆的菱形的还是不规则的，条状的还是雕花的，单扇的还是多扇罗列在一起的，全都是以最忠诚的劳动，呼应着血脉的律动，毫不松懈地雕出来的。

每一尊佛像，不论最巨大的还是最小巧的，居于主要位置的还是站在最偏边的，释迦牟尼佛还是旁侍的菩萨、力士，全都是以最虔诚的奉献之念，和着天宇、地界、三光的精华，一丝不苟、心心念念地揉出来的。

可以说，云冈石窟的雕刻艺术，是当时全中国雕刻艺术的最高境界。参与打造它的工匠，是当时全中国最好的雕塑大师或旧称手艺最高的师傅。

我曾在英国最古老的阿什莫尔博物馆看到著名的《拉奥孔》雕像，它那金字塔式的稳重构图，富有节奏变化的人物四肢和身躯的处理，蛇的律动与父子三人手臂交错之间的造型对比等，体现出了西方古代雕塑家所具有的丰富知识。而我们云冈石窟的51000尊佛像，也体现着中国古代工匠们对人体、力学、光学等方面的精准把握。可惜的是，西方艺术家们都留下了姓名，比如《拉奥孔》的作者是古希腊雕塑家阿格桑德罗斯和他的两个儿子波利佐罗斯、阿典诺多罗斯，父子三人因这千古雕塑而垂名青史，还有我们所熟知的米开朗基罗、拉斐尔、罗丹等先后的西方雕塑大师，但是，我们中国的大师呢？

我们似乎是从原初开始，就只有工匠，没有艺术家；只有群体，没有个人；只有统治者的荣耀，从来也没有劳动者的尊荣——这也就是我所看见的二元对立：最伟大的石窟艺术，而塑造它们的人，却是一群"最渺小的农民工"!

最天马行空的,又是最规规矩矩的

资料介绍说:

> 云冈石窟历史久远,规模宏大,内容丰富,雕刻精细,被誉为中国美术史上的奇迹。石窟群中,有神态各异、栩栩如生的各种人物形象,如佛、菩萨、弟子和护法诸天等;有风格古朴、形制多样的仿木构建筑物;有主题突出、刀法娴熟的佛传浮雕;有构图繁富、优美精致的装饰纹样;还有我国古代乐器雕刻如箜篌、排箫、竽箕和琵琶等,丰富多彩,琳琅满目。

我在最富丽堂皇的第六窟中迷失了。

这是云冈石窟中最有代表性的一个大石窟。窟中央,有一个连接窟顶的二层方形塔柱,像一间四四方方的炮楼那么直上直下,巨高,耸立,须仰视,人在它面前变成了小拇指。塔柱上雕有四方佛,上面四角再有一小塔,驮于象背之上,人站在地上看不见,只能借助于专业摄影师的图片。

窟四壁满是佛、菩萨、罗汉、飞天等的浮雕像,以我可怜的佛教知识,看出有些部分是描写释迦牟尼从诞生到成佛的故事场景。抬头九十度仰望,可见到窟顶有三十三诸天及各种骑乘,全部用雕像和绘画铺得满满的,极尽富丽豪奢,一时眩迷,产生的感觉是带着视觉和味觉的四个字——"天香云锦"。

使我迷失的是窟之满——满顶、满壁、满空、满眼,皆是鲜艳浓郁的颜色，黄色为其主基调，配以张扬的宝蓝色和谦虚厚重的褚红，让我想起了热烈的唐卡和喧腾的波斯挂毯，便也牵动了满心。恍惚间，这些浓郁的色彩放射出万道金光，把我的眼睛都晃得冒出了万朵金花。

然而，这个洞窟的最绝特色，还不是颜色，而是它的千百尊雕像，以及雕刻的各种宗教法器和古代乐器。雕的刀法纯熟，线条极其流畅美丽，使每个人物都飞升了起来似的；塑的手艺高超，每张面容夸张而又逼真，每个肢体都饱含着能体现愉悦心情的动感。

我非常喜欢这样一组画面：一尊主佛，上身的姿态和我们常见的无异，即端坐其上，头正，肩齐，右手执于胸前，掌心向左；右手垂下按于大腿之上。奇怪的是它的两条腿，左腿自然下垂顶地，右腿却形成四十度夹角，回收于股前，雕像的整体形成了一个稍稍有点倾斜的状态，说是舞姿不是舞姿，说是打坐不是打坐，说是梦幻不是梦幻。佛身后的肩膀上，长出四颗头，伸出四只手臂，手上分别举着弓、箭、月牙、人头，肯定是在讲述一个什么宗教故事。在它身后左边，有一跪地女子，正对着一只刚刚飞来的像龙又似凤的大神鸟拜揖。佛身后右边，则有一位身体呈 S 形的波斯大神也正在飞来，一个类似于西方小爱神的小童子正在飞去。而这些佛、神、龙、凤等的身前身后，还有着繁复瑰丽的环境衬景：一列合十祈祷的女神，一队翩翩起舞的男神，一长排披着太阳圆圆光影的菩萨，以及垫在脚下的小力士等等。所有人物、鸟兽、花卉，还有法器和乐器的造型，都是圆润的，柔美的，线条富有飞翔的动感。我虽不知这些宗教故事的内容，但能心有灵犀地感知到故事中的美丽和值得人去向往的美好……

我竟然产生了如下想法：这些雕像，真是吃了挤挤挨挨的大亏，也就是说，吃了群体的大亏。因为，如果把它们哪一个单独拿出来，起个名字，到世界雕塑大展上去陈列，那么也都不输西方的那些个体的名作吧？

当然了，从我们中国传统文化的角度来说，也不能说是吃亏，或许还是借了群体的光芒呢。群，因其众多而力度倍增，而且，更能考量创作者的才华和想象力：这么多人物集中在这么密集的空间里，怎么摆好它们的姿势？怎么讲述它们的故事？怎么表达它们的神情？怎么协调它们之间的人物关系？怎么使它们千秋万代永不变色？……这些，都太需要自由无羁、奔放驰骋的想象力了。还有，那些法器、神器与乐器精品，箜篌、排箫、笙簧和琵琶等等，摆什么造型最漂亮？画哪个断面最完满？选何种角度最顺心顺眼？放在什么位置最能体现出它们应该发挥出来的功效——既配合佛像、仙界与人间世俗的存在，又不喧宾夺主，还能显示出神性的光辉？

说来，我们的先人真是伟大，想象力真是无与伦比。他们完全凭空地就虚构出这么美轮美奂的神佛们生活的极乐世界，在那里，每个人都脚踩祥云、口吐莲花，在枝叶葳蕤的菩提绿叶下歌唱腾舞，从内心里发出喜悦的微笑，身旁还有梅花鹿、神鸟和各种鲜花做伴……

看到这里，你不能不深深地一声叹息：和祖先们相比，今人在他们面前也是小拇指。我们今天简直变成了木头人，天马行空的想象力已经死亡，瑰丽的梦想亦远离我们而去，梅花鹿和神兽、神鸟也都一起跑走了。我们只剩下了按步骤解题，照程式写作文，机械地背单词，跟着老师的思路学习，循着领导的心思说话，踏着成功人士的脚印前行，最后再来个九九归一，一切照电脑的指令行事。最终，集体胜利大逃亡，成了一个不会思想、不会创造、不会独立、不会哭笑、不会争辩、不会说"不"，而只会唯唯诺诺、只会模仿抄袭、只会人云亦云、只会鹦鹉学舌、只会东施效颦的空心人！

谓予言过其实？请想想今世的流行语"天下文章一大抄"，想想一个手机段子能被转发上百万次，想想大学教授们屡败屡战的"抄袭门"；再想想我们满大街差不多一样的楼房，所有报刊差不多一样说话的文章，满教室差不多一样思维的学生，满政府差不多一样腔调的"公仆"，满天下差不多一样急功近利的民众，唉，我们民族那曾经"可上九天揽月，可下五洋捉鳖"的想象力，哪里去了？

等等，且慢！我突然发现了一个大问题：怎么所有的佛像和人物，也都是一样的表情？

除了中间的一尊主佛显示出举世独尊的面容，其他的成百上千尊石像，无论大、小、坐、立、动、静，全都表现出极恭顺的微笑。他们的排列也像我们的官场似的，各自按照品极，地位一个低似一个，全体臣服着主佛。就是美丽的飞天也在围绕着主佛而舞，表示为大佛服役的愉快。身形矮小的侏儒在龛基、梁下等处用力举着重物，身体被压得已经变形，但他们的表情仍是欢喜的，就像是觉得压迫得还很不够！在此，我不得不又想起了阶级压迫的理论，眼前这仙界佛国，俨然亦是人间，一尊主佛象征皇帝，其他依次排列的雕像是大小群臣，飞天和侏儒则是为统治阶级而生而死而劳役而服务的男女民众……

我心口一凛，久蓄的失望之情又涌上来了。所谓宗教，所谓神界，所谓香格里拉，所谓阿弥陀佛，不都是我们难以在现实中解脱而求诸神仙的吗？天马行空的瑰丽想象，尽心畅意的艺术表达，饱蘸血泪的开凿打造，僧人和工匠们原初的想法，肯定是想要挣脱世俗的束缚，然而，最后完成的，终还是统治阶级的意愿。这人世间，还有没有老百姓实现心愿的空间？

最期望千秋万代的，又是最加速破坏的

资料介绍说：

  1500年来，云冈石窟由于受到风化、水蚀和地震的影响，毁损较为严重。新中国成立前也遭到人为破坏。据不完全统计，被盗往海外的佛头、佛像竟达1400多个，斧凿遗痕，至今犹在。

  似乎谁都想千秋万代，永存于世，这是人类的本性？
  从远古时代，生民们就开始结绳记事，后来又用甲骨、毛皮、竹简、青铜、石刻、丝帛、纸墨、电脑……人类企盼自己永远活在历史中。
  后来，他们退了一步，活着不行，就寄望于死后。这也是凡帝王必在盛年之期就开始打造陵墓的原因。他们最终选择的材料是石头，最看重的手段是石碑，把对自己的歌功颂德之词镌刻在以为永远不朽的石碑上，妄图做万世师表存。再后来，他们发现了宗教的神力，就又把权杖伸向了这个空间，希冀借助神祇的力量神化自己，从而驱使着百姓们不断为自己开疆辟土，掠夺财富，并稳固自己的政权。云冈石窟的开凿也是这么开始的。
  云冈石窟始建于公元453年，由当时的佛教高僧昙曜奉魏孝文帝令而开凿。现编号第16窟至第20窟的著名洞窟，就是当时开凿最早的"昙曜五窟"。
  昙曜五窟气势磅礴，具有浑厚、纯朴的西域情调，也含有少数民族贵族和百姓们生活的一些特殊风情。当时，北魏尚未迁都洛阳，孝文帝也还处于革新挺进的建业阶段，对佛教、神祇还有敬畏感，

还不敢自诩为佛。所以,第20窟的释迦牟尼坐像雕凿得非常中规中矩,肩宽体阔,气魄浑厚,面容丰满,法相庄严,被公认为是云冈石窟雕刻艺术的代表作。

但是随着北魏政权的不断南侵,疆土不断扩大,霸业的越来越辉煌,魏孝文帝的自我感觉越来越良好,及至影响到云冈石窟的雕凿,越到后来,帝王的成分越占了主流,官本位现象也越显著。这就出现了本文前面提到的第六窟及其他洞窟"佛即朕,朕即佛"以及官场排位的现象。彼时,信仰已经被光耀万世所取代,所以窟内的陪侍佛像越来越多,法器和装饰物越来越多,堆砌越来越厚越来越满,颜色也越来越富丽堂皇——谁能说那不是北魏皇帝给自己凿的仙界陵寝呢?

然而,石头也是靠不住的。

这不,也才1500年,云冈的石窟们就面目全非了。一个个洞窟里,石门、石窗、石柱全都变成了大大小小的蜂窝,像是一副副骨头架子,凄然地站立在武周山南麓。山上只剩下了黄土,连一棵树也没有,连一点绿色也没有。大部分石像都已极其残破,不仅1400多颗头颅被盗砍,更无以计数的缺胳膊少腿,尽管石像们还保持着微笑的外形,但更像是在哭泣、心头滴血……

为什么越想千秋万代的,越命运多舛呢?

而今,我们成了云冈石窟的同代人。我们所追求的,当然与北魏孝文帝那一干皇王不同。云冈石窟已经成为中华民族的宝贵文化遗存和文物,我们想要的也是"千秋万代",但内容已有天壤之别——我们要保存的是文物,是云冈石窟所蕴含的博大精深的中华文化遗存。

令人忧虑的是,水土流失引来的土地沙化、山麓荒芜,正在惊人地加速着石窟和雕像的风化与蚀化,更对石窟的保护构成巨大威胁。国家拨下来的保护款年年在增加，石窟年年在修缮，也有一批像当年常书鸿维护敦煌一样的学者献身云冈石窟，几十年如一日地坚守在这里，可是一尊佛、一室窟的维修，已经很难抵挡住周边环境恶化带来的负面破坏。

我始终也忘不了那天从云冈石窟景区出来，迎面走来了一位当地乡政府的什么"长"，那是一位脸色糙黑、皱纹如刻的40多岁汉子，大着嗓门，直言不讳地对我说：就30年前，我们这里还能"风吹草低见牛羊"呢，可是你现在看看，一条条河都干了，哪儿还有草！开矿，开矿，掠夺性开发啊，把子孙后代的钱都提前赚走了，将来孩子们吃什么？他们必定要痛骂我们啊……

我无言。唯有回转身，面对着巨大绵延、满眼黄色的云冈遗存，久久地、久久地凝视。那一孔孔蜂窝状的孔洞，张着一只只大大小小的期待的眼睛，与我空茫地对视着。此刻，天空与大地，边风与流云，历史与人的心跳，全都僵硬了，定格。

霍地，我突然明白了过来：原来，震撼是——来自此！

2012年8月30日凌晨完稿于英伦雷丁市半坡绿屋

翰林引

我与美食,似乎从无太深的感情,吃也行,不吃也并不馋。不怕您笑话,我喜欢吃的食物面很窄,比如早餐是千年不变的面包+牛奶+鸡蛋,日日乐此,不思其他;又比如我上大学的时候,曾与同宿舍女生互相打量,我纳闷她们为何不吃现成的食堂却喜欢自己做饭,又是买又是洗又是切又是炒,多麻烦呀!她们奇怪我每天都在食堂匆匆完事就像打发别人,为什么老也不馋?还比如,我甚至认为面包点心比肉好吃,红薯玉米比鱼味美,尤其是河鱼,大老远就扑过来一股令人绝望的土腥味儿,别说吃,闻之都要退避三舍的。

以前,我一直以为这很正常,从未细细思量过个中原因。直到这次来到海南定安县,吃到了定安十大美食,才突然一拍脑袋,醍醐灌顶,顿了悟了!

原来这一切,皆因我的家乡北京太"贫穷"了。北方风情淳厚,但南方人最受不了北方的"没得吃",尤其我小时跟现在还天壤之别,哪儿有眼下这么多蔬菜大棚这么多反季细菜?改革开放以前,北京的看家菜就那几样,因此在我少小身体的食物基因中,只刻录下了豆腐、白菜、萝卜、土豆等"贫下中农",富贵一点儿的也不过北京十大名楼、满汉全席、炸酱面、炒肝、卤煮火烧等等。哪儿有丰饶的南方所涵养出的山珍之芳香,海洋之繁盛,大地之满满盈盈啊!

　　单说定安县,距海口市仅 34 公里,南海里的鱼、虾、蟹、蛤、鲍、参、鲸,随便哪个闪一闪美丽婀娜的身段,这边的大舞台上,就跟着水袖飘甩,彩绸飞天。台风刮来的时候,犹如一声开场锣,陆地上的椰子、芭蕉、槟榔、火龙果、帝王蒿、大香米等就都随风起劲舞,翩跹又霹雳;山里面的黑猪、黄牛、白鹅、绿鸭、花鸡,也都纷纷前来报到,一派你喧声我闹语地撒着欢儿;更有各类笋、各种菇、木耳、黄花、胡椒、辣椒……一起披挂齐整,轮番亮相。由此,很早年间,定安就已挂出了"十大名菜"的戏牌,生旦净末丑青衣花脸,哪个都在陈年戏台上走过红,博得过大彩头。于今仍锣鼓当咚响,号角威震天,粉丝跟着满街追啊!

　　定安十大美食,第一名状元郎非同小可,乃"天蓬元帅"是也。这位元帅姓黑,乃猪悟能的亲兄弟,生得浑身乌黑无一根杂毛,黑得发光发亮充满激情。用它壮硕的猪脚做成的红烧猪蹄,学名"翰林猪脚",一听就跟皇家文化相勾连,乃高登庙堂的大雅之品。有三种传说不知谁为最真:一言是某年某翰林来到定安,用其家常菜红烧猪蹄降住了当地所有菜肴,好不得意。谁知当晚即被当地厨子神偷其烹制技法,并加以本土化,从此流落定安民间。二说为当地土厨所创,曾用来招待被流放至此的元太子图帖睦尔,后来人家回京当了皇上(元文宗)后,念及当年落难时的滋养,封其为"翰林"。第三种,说是因为红烧猪蹄美味超群,不知怎么赞扬好了,定安百姓们干脆在民间知识分子(秀才)的带领下,自封其为他们心目中最为属意的理想官位"翰林",以喻其品级之高。对此三说,我矜持笑笑,不以为然,心想:再说破大天儿,不也就是个猪脚吗?哎呀,谁想,将其送入口中之后,方知大天儿也真有破漏的时候,此猪脚非彼猪脚非天下所有的猪脚。翰林猪脚皮丰、肉厚、筋绵、脂薄、骨小，味儿大香，醒头脑。旁的地方，吃猪蹄儿又费劲又不值，拆了半天也吃不着肉，这里的黑翰林却轻轻巧巧就拆脱了骨，小小的骨头竟像鸡骨鸭骨一般袖珍，被包裹在菜花儿一样隆起的皮肉大山包里，只拳头大小一块，就能把一米八壮汉的胃填得满满的了。

第二名榜眼也是以"翰林"命名的，曰"翰林地胆叶沙蛋"。这是什么高级尤物？没见到，没吃着，也就真的不知道。心下感觉，它也一定非平庸之辈，因为断句就难，"翰林——地胆——叶沙蛋"？"翰林——地胆叶——沙蛋"？"翰林地——胆叶——沙蛋"？"翰林地——胆叶沙——蛋"？不知道不知道，猜了半天说不清。回家问电脑，百度老师说有一种名贵中药叫"红地胆"，也许跟它有点儿亲戚关系？至于"沙蛋"是不是"傻蛋"的谐音，就像"土鸡"又被矫情地称作"笨鸡"的那种境界，就更不得而知。说实在的，我认为也用不着费时费力地知道得那么尽善尽美了。

第三名探花郎曰"龙门萝卜干冷泉鱼汤"，又是龙又是鱼又是泉又是汤的，看着这么喧腾，想必味道也热闹得很。定安福地，县境内有富硒土地近600平方公里，生长的稻米、蔬菜、水果等等包含着最适合人体接受的硒；其荡漾的冷泉众多，泉水里亦富含硒、锗等元素，以之炖鱼汤，不又是硒上加硒，凡有现代医学知识的人都知道，硒作为清除人体污物的自由基，可是抗癌、防癌的爆红大医生啊！

从第四名到第十名，都不知道怎么排座次了。其名字为：岭口妃子汤、岭口太子鸡、龙门黑豆腐、龙门椰子炖鸡汤、龙河毕拔根炖鸡……请注意，这里又出现了妃子，还有太子，说的是载入正史的一段美丽情史：

元太子图帖睦尔当年被贬海南，得到定安南雷峒主王官的照顾，并成就了元太子与定安姑娘青梅的传奇爱情，使他们在此度过了近四年的时光。后来太子被召回大都继位后，知恩图报，将定安升格为南建州，管辖大半个海南岛，因此现在这里还存有南建州遗址、古官道、梅子岭和王官岭等历史遗迹。定安也成为中国历史上唯一到过海南的皇帝元文宗的龙起之地。

可惜那位青梅，元文宗倒是没有忘记她，后来还真召她入宫，欲封为贵妃，孰料青梅命也苦，暴病在赴京都的路上，客死杭州——定安人坚信不疑地讲，这里面肯定涉及一桩宫廷谋杀案：在元朝，地处偏隅的海南人被视作四等公民，堂堂大元皇帝，怎么能娶一个"生番女"做贵妃呢！

好家伙，这定安美食背后，原来还有着如此丰富跌宕的迷局！上至居庙堂之高的天子，下至处江湖之远的琼女，中间是漫漫两千多公里的宽阔大舞台，上面晃着爱情、凶杀、人性、兽性、君臣斗、后宫斗等等各种戏出儿，如请来中国第一编剧邹静之先生，他一定能写出一个缠绵悱恻、奇谲迷人的电视连续剧……

美食里面有历史。美食里面有人物。美食里面有家有国。美食里面有政治经济。美食既是经济基础也是上层建筑。美食联系着文化创新与繁荣。美食也是生产力啊！

或曰，韩小蕙你别夸张啦！我说，我一点儿也没瞎忽悠，且请再往那边看——

一个个定安大肉粽，阅兵似的排成铺天盖地的阵势，正一个方队一个方队地彩排，准备着接受端午节的洗礼。定安只有33万人口，每年出产的粽子却以百万为单位计，目前已经攀升到500多万只，据说还是让百姓指为"保守的官家数字"。这就让人费解了：我们大家都是屈原大夫的"钢丝儿"，粽子亦是中华文化积淀最深厚的食品符号，在神州大地上的家家户户，谁不包粽子呢？为什么非要从定安订购呢？

这里面又出现故事啦,又与那位被放逐的皇子有关——本来定安的粽子也和我们北方粽子一样,糯米＋红枣,或糯米＋红豆,是甜品,但自从公元1329年图帖睦尔落难定安之后,淳朴善良热情的定安人民即按照蒙古的饮食习惯,在粽子里加入了大块大块的鲜肉。哦,我这才明白,为什么定安粽子体大如钵,端上桌时必须一切四瓣?原来,它们的里面是塞满了内容啊。我也至此才明白了,为什么定安粽子卖得那么贵(当下市价为25元人民币一只),但还在以百万、百万的数字增售,原来,世界上什么都变了,人心也变了,但定安肉粽一点儿也没变,仍是实在、沉重、憨傻的富硒绿色翰林肉,一咬满嘴流油,二嚼口舌生香,三日香气不散,从此,这神品就像刀凿斧刻一样,镶嵌在每位食客的心中了。

哈,谁说我不馋?在这么浓香四溢的定安美食面前,"此情无计可消除,才下眉头,又上心头",不馋者恐非人类啦。当然,实在话说回来,江山易改,本性难移,作为一个作家,我对那些隐含在定安美食深处的历史沿革、社会变迁、地域风情、文化轨迹、故事传说、人物命运等更有兴趣,乃至迷恋。

2014年1月于北京协和大院葳蕤斋

中华五店市

早几年去台湾的时候,认识了莲雾,这种长相美如佛拳半握的水果,青里泛白、白中泛红,花蕾一般娇艳,饱含汁液。下嘴一咬,不太甜,却是满口春草的清爽,如同饮下山野里的大自然香味儿,眼前也立刻现出漫天彩蝶翩然、蜻蜓箭射的景象,真是小小一枚果,翩然一世界,美呀!

后来,在广东和福建,吃到大陆引进种植的莲雾,模样与台湾产的无异,味道却甜了许多。惊问,得到的答复是:将它们的基因改变了,增加了一些主甜性的基因,以适应大陆民众爱吃甜的习惯。

天哪,基因竟然有这么厉害?!不由得联想到人类身上——我们华夏民族,在漫漫数千年且行且艰辛的跋涉中,其"人之初……"的基因,有了什么改变吗?

或者说,曾经灿烂的古代文明,唯有我们还健在,这是不是因为中华文明的优秀基因,还一直流淌在子子孙孙的身上呢?

这给了我一个看世界的新视角。

站在晋江"五店市"古街区建筑群面前,冲进我脑海中的第一个词,是"飞来峰"。在我国黄山的千山万壑中,有一块单腿屹立的巨石,傲然站在一个山坡上,迥异突兀,确实不似从那本土中生长出芽的石块,所以被唤作"飞来峰"。

"五店市"古街区,本来是这里最老的住户,有古籍明确记载:"唐开元时,东石安平之藩商集行陆路,中站有蔡氏先世卜居于青阳之山麓,七世孙五人焉,设肆以饮利行人,行人德之,称曰'青阳蔡五店市'。"(清·蔡永兼《西山杂志》)说的是唐代,在现今晋江古之青阳山脚下,因往来行商的踩踏而形成了一条青阳小路,蔡氏家族看出了其中的商机,便筹集资金在这里设立了五间供商旅落脚的店铺。后经历代繁衍,越来越热闹,竟逐渐形成村落,被称为"五店市"。"市"者,市场也,而非今日县市之"市"。然岁月苍苍,人事更替,最终,"五店市"作为店肆的生活功能已不复存在,它已演化为今日晋江中心区的一个古建筑群落,也就是古文化保护区,一个活的博物馆。"飞来"的感觉是魔幻,只是我个人的臆想,因为经过改革开放三十多年的高速发展,晋江全市已然完全旧貌换新颜,到处高楼豪华商厦,放眼皆是"花园""水岸""广场"等等高档住宅区。一片又一片直飞冲天的摩天大楼,像密密麻麻的空客380、波音777等的大型机群,占满了停机坪。而那原住民"五店市"古建筑群,则像插在跑道边驱鸟的稻草人了——你说,它怎么反倒不是"飞来峰"呢?

然而,它当然不是外来户,而是确凿开创了基业、开辟了家园的老祖宗。它又怎么可能是稻草人呢?不,它是石头的,是过去年代中最坚硬的材质——石头的,是石头雕凿出的石井、石碑、石屋、石门、石窗、石阶、石匾、石狮子、石牌坊……它是由红黑相嵌,以红色为主基调的闽南石砖一块一块垒起来的庞大建筑群落,可堪回首,宏大气象今犹在。

房舍基本上都是由三间或五间正屋,带天井、带厢房、带一个院落、带一个讲究的影壁和竭尽繁盛的雕花大门组成的，分则一家一户，合则一个大村庄，是一片内容无限伸展的汪洋大海。在那砖红色的大海洋中，还有祖庙、先贤祠、禅寺、关帝宫，以及状元第、天官第、乌大门、布政衙等等各类行政机关，管天管地管人的衣食住行，亦管着人们的精神世界。

大部分宅第已经数百年了，岁月沧桑，屡坍屡建，今日却还能堪称"高大上"。比如蔡氏家庙，始建于宋，元朝被毁，明初重建。明嘉靖年间又毁于倭寇进犯，万历年间又重建。20世纪40年代，再次被日寇飞机炸成一片瓦砾，原有的牌匾、祭器尽成碎片，惨不忍睹。至1987年海内外蔡氏再度集资重修，后于1989年春，终于再一次挺直腰杆，站在了昔日的"五店市"原址上。有粘良图所著《五店市讲古》记载其盛：

建筑面积1300多平方米，为五开间两落硬山顶砖石木构建仿古建筑。祠宇建立在一米多高的石砌台基上，显得分外宏伟。门前隔着宽阔的石埕，挺立着一堵凹字形红砖拼花照墙，主堵五开间，墙顶建燕尾高脊，水车堵皆缀满彩瓷雕塑的花鸟麟凤。祠堂屋顶黄瓦绿筒，色彩鲜艳，前厅屋顶中间三间稍高，两边稍间降低，成为有起有伏的三川顶。脊端燕尾高扬，上头立着形状古怪的鸱吻，形成鸟革翚飞的繁华气势。中脊、垂脊装饰剪瓷花鸟和卷草，更是锦上添花，生色不少。祠堂门路宏阔，并开三个大门，门前安石鼓，石枕，皆雕刻精美。门廊前一列四根白石方柱。门楣、门柱皆镌联对。门墙悉以雕刻繁丽的青、白石料拼装。木牌楼雕刻工细，鎏金错彩，十分华丽。

仅此一段描述，便可知晋江人的富庶，还有一个重要因素——心齐。由于靠海，交通便利，古往今来的晋江人都勤海耕，做商贸，一心发家致富，屡败屡战，越挫越勇，生生不息。他们也是最无惧开拓创新的人，不提古代，只说近三十多年前的改革开放初期，当时的大陆中国人，谁不羡慕一个个貌不惊人、埋头苦干的晋江人？他们手里拎着一只只对岸贩过来的电子表、遮阳伞、太阳镜、收录机，连带着跟过来的喇叭裤、迪斯科……

曾记得，当年我每月才挣七十多元人民币的时候，晋江就已出现了万元户！遥想那时的峥嵘岁月，晋江还是县属，县政府还在青阳山旁的一座二层旧楼里办公；五店市也还是有着浓重人间烟火气的市场和居住区，起伏的叫卖声与杂乱齐飞，小狗儿与小孩子并肩，居民见到红头发绿眼睛的老外，也是要和俺们全国人民一起惊叫的。但就是基因佑福了他们，不因循守旧，不小富即安，不喝茶抽烟办公室一泡，不跟着上司一心当跟班的，不搓麻洗脚泡温泉，不守着老婆孩子热炕头，不惧躁动就怕停滞，不呆坐家中偏要闯世界……结果呢，众所周知，创出了家家户户的好日子，也托起了一座现代化的新晋江……

前行者的基因。

前行者必有大光明，大欢喜。

不过基因也有变异的时候，不一定百分之百可靠。比如莲雾那陡增的甜度，尽管我也是噬喜甜食一吃货，但心里总是"咯噔""咯噔"的，有点儿飘。

那么，什么百分之百可靠呢？

有这样一个故事：当年，晋江乃边僻之域，乡民剽悍，各种争斗不断，乱哄哄一地鸡毛，百姓过得很没有幸福感。一位退职还乡的官员庄用宾站了出来，主持制定了劝学、劝农、禁偷盗赌博、纠陋风恶俗、加强水利管理、不准滥伐树木等乡规乡约，用以教化民众，清正民风。由于自家一身正气，最后连富豪子弟、无赖家丁也被管束住了。青阳山下，晋江两岸，出现了孝顺父母、尊敬长上、和睦乡里、共兴水利等一派新气象。百姓们大为叹服，跟着庄用宾修建了乡贤祠，先后选出九位乡贤入祠，作为引领百姓精神文明提升的榜样人物，其芳馨远传至今……

所以，精神，只有薪火相传的中华文化精神，才是历史与今天，乃至千秋万代的最可信赖的缆绳。

循着庄用宾的足迹，我走进青阳乡贤祠。

祠为开阔的三开间砖石结构仿古建筑，红墙金瓦，气象庄严。门前赫然耸立着一块俩小狮子拱卫的大青石碑，上刻古篆字"青阳乡约记"，下面密密麻麻的碑文记载着庄用宾的事迹。最让我活学活用联系当前现实者，乃庄先生提出的选贤标准："论德不论官，以贤不以族。"翻译为今天的流行词汇，即入选的唯一标准是良好的德行，而不是以官高势大为取。这当然是正能量的了，但若从每个皇帝每个衙门都高悬着的那块"正大光明"匾的背面看，亦可看出中国越来越严重的"官本位"现象，其模具是早已在数千年前就成型了，并且在数百年前就已成为文明的枷锁，极少可能被打破——偶见文明的暖光，只实实在在属于历史的例外！

以今天之社会人心，度当年五店市街区君子们的心腹，最早入选的两位乡贤夏秦和李聪，不知经历了几上几下的推荐、谈话和投票？三轮七轮公示、张榜和任命？折腾是肯定的，这是自古而然的中国特色。好在结果不错，就一直子传孙、孙又传孙地一代代传到今天，一直被当作乡间好人膜拜之。夏秦只是一个因避乱世而到青阳教书的孤老头，为人修养极好而深得百姓爱戴，曾被民选为人才举荐到京城，但他坚持以年老体衰不能胜任为由，回到五店市继续教书，最后九十多岁善终。李聪中了进士当过小官，因对太监把持朝政不满，被清理出京城，后来他干脆辞官，回青阳讲学教书，编写了许多浅而易懂的谚语教化民众。比如："一文钱不要妄用，一片纸不要妄费""不要听妻儿变异，随时更张打扮；亦不要随时俗奢靡，苟且依阿打哄""见人好事，心便喜也，可见吾心无妒忌；使人人皆是吾心，天下无有不平事"等等。这境界，这语言，今日诵读之研修之，不仍是做个中华好人的活用教材吗？

我的目光停留在乡贤祠正堂悬挂的一块大匾上，久久凝视着"青阳人傑"四个高古浑厚的大字，玄想……

我没太想清楚的是，古之青阳五店市，山高路远，万里海疆，比东海成山角的"天尽头"还"天尽头"，那时可不像今日的晋江市，有泉州晋江机场，早上从北京出发，中午就可到青阳山品铁观音。而且在京都皇权的眼中，那么遥远的海之涯，其地荒僻，其民蛮夷，如若不是皇恩浩荡，在意它不在意它都很难说。但这小小五家店铺繁衍开来的穷乡僻壤，却是那么自觉自愿地、不折不扣地、严谨肃穆地、百分之百地把儒家正统文化，融化到血液中，落实到行动上，像葵花向太阳一般向心于中华文明，这是为什么？

乡贤祠内的九位贤人一齐朝我眯眯笑，不语。但我分明看到他们都挺了挺腰杆，眼睛里闪出兴奋的光亮。久久的对视。心灵的解读。终于，第三位贤人蔡黄卷老先生从雕像中走下来，嘱我跟随他到街区里走一趟。

这位是九贤人中最有个性的一位。他曾救过一位抗倭战败的小头目（相当于一个守城的团总）的命。当时，怕担责任的上司暴跳如雷，要处死这个失去城池的团总，蔡老先生出来说，倭寇人多势众，绝不是小团总能抵挡得了的,于是上司没杀他。后来,小团总带着百两银子去谢救命之恩,家里穷得连张板凳都没有的蔡老先生,却一口咬定不知此事,任那小团总把头磕出血来也没有纳礼。呜呼,比起今日某些动辄索贿受贿的大虎小狼,这位蔡贤人可真是天上来的圣人啊!

高者出苍天,四顾心茫然。贤人已是古往今来的稀少者,遇上了,是福分,可以见贤思齐;圣人就更是老天爷的珍稀馈赠,掰着手指头数一数,世界上的领袖、政要、巨擘、名人多矣,但能称得上"圣人"的有几位?历史是非常严苛的,不是神仙皇帝说了算。

我恭恭敬敬地跟着蔡老贤人,一面拼了命地分辨他那浓重口音的闽南话,唯恐落下一句。

哈,原来贤人也是有缺点的,不会讲普通话!尽管我呕心沥血抖擞精神,把空气中所有的风声都收纳于胸中,但可惜,蔡老先生那些奇葩的天音,还是一句也没听懂。

不过,跟着他一圈走下来,我还是大有收获的,对"五店市"这块神奇的城市飞地,有了一个大升华的新认知。我发现:不论是祠、庙、寺、宫、衙、园、厝、第,还是蔡氏、王氏、张氏、赵氏、庄氏、李氏、林氏、苏氏、陈氏、吴氏、孙氏、俞氏、夏氏、纪氏、刘氏、黄氏、薛氏、许氏等众多个姓氏的家庙,你每迈进一道门槛,进得每一个庭院,首先映入眼帘的,都是一副副既嵌含着高古学养,又有深厚书法功力的对联。比如:

论德论功论爵,尊尊亲亲,千年公道如见
自唐自宋自今,子子孙孙,一脉忠厚永存

一榜三龙齐奋

五科十凤联飞

　　自唐开基科甲联登吾族
　　由宋分派簪缨世代名人

　　锦貂荣辉科甲第
　　绣披显耀乡贤家

　　为什么涉及中甲、登科的如此多呢？蔡老先生呵呵大笑说："读书人多呗。"这五店市离京城最远，但越是山高水长，越激发了乡人重视文化教育的雄心，只要衣食稍足的人家，父母就会让孩子去读书，通过中举考上国家公务员的也就所在多有。

　　更奇的是，从这片平民的红砖房里，还曾走出了一位御封的"昭阳殿姆教夫人"。这位王氏奇女子从小受家学熏陶，读书作赋，殊有才华，被乡人称为"才娘"。后遇洪武皇帝发诏，欲在民间征召一位知书达理、品性端庄的知识女性进宫，负责教导朱元璋的十几位公主。蕞尔小地的青阳民女王才娘竟然中选！据史书记载，这位从"五店市"迈入玲珑凤阁的布衣女子，在宫中谨言慎行，殚精竭虑，一直待了二十多年，赢得了皇帝的首肯和公主们的敬重，离职时，宫中上上下下的评价是一水儿的"赞"。

　　这个故事这么好听，可真把我镇住了：绝想不到，锦绣的京城，富丽的江南，辽阔的东北西北，壮美的西域大漠……全中华的疆土何其广大，名媛才女多若星辰，怎么偏偏会是王才娘中选呢？

　　"你可看出其中有什么玄机？"蔡老贤人扭过头来考问我。

　　我期待地盯看着那一座座古建筑无处不在的鹊檐、翅角、石雕、剪瓷、墙花、漆画、蟠龙、飞凤、花门、宝珠，以及一切古色古香的书案、供瓶、铜簋、烛台、文房四宝、屏风、神龛、古匾、石鼓、石佛、石碑……这些博大精深的艺术瑰宝皆不言语。我知道，它们身体里蕴涵的"道道儿"可真是太深奥了，几乎每一个都是一部"文化大辞典"。

看也看不够，看也看不完。心下恋恋不舍，幽幽地吐出两个字：

"中——华"。

是了，就是这。

2014年7月于北京马连道莳菨云居

呼伦贝尔的皮肤

没到过呼伦贝尔的人,见了艾平,都不相信她是从小就在这片草原上长大的。

她的皮肤特别扎眼,又白又细又嫩,白得像目前行情正快速上涨的和田白玉,是雪里玉润的那种;细得好似抹了八层兰蔻美肤霜,不用化妆就直接可以去演年轻姑娘;嫩得像娇艳的栀子花,不敢碰,一碰就要破了似的。虽然艾平参加工作也有几十年而且已经做到呼伦贝尔市文联主席的高位,可以证明她的确不是小姑娘了,但我真的没有进行文学夸张,每次见到她那扎眼的皮肤,都会想到一个著名的诗句:"温泉水滑洗凝脂"。那是唐朝大诗人白居易在《长恨歌》中描绘杨玉环的。

杨玉环的"凝脂"细腻到什么程度,咱们都见不到了,只能去画家们的创作中寻找想象。我寻思,肯定也是非常非常扎眼的,不然见多识广的唐明皇,也不大会生出"六宫粉黛无颜色"的幻觉,竟至"从此君王不早朝"。我呢,也很想导演出一场魔幻穿越剧,让时空来个倒流,拿咱们艾平的"凝脂"和杨贵妃那"雪肤"对决一把,我感觉,败下阵的很可能不是咱们的艾主席,而是那"姐妹兄弟皆列土"的杨家蛮女。

哎呀,各位读者肯定已经跺脚了,说韩小蕙你今天是怎么啦,你的文字怎么也变得这么油头粉面腻腻歪歪哼哼唧唧？什么"凝脂"啊，什么"雪肤"啊，庸俗不庸俗啊？

且慢！且慢！我是有前提的——我请诸位一定别忘记"呼伦贝尔"这个定语前缀儿。

没到呼伦贝尔之前，她在我的认识里，亦是唐代诗人们曾不胜唏嘘的边外荒凉之地，比如"天外边风迎面沙"（黄幼藻），"云阴月黑风沙恶"（白居易），"边城何萧条，白日黄云昏"（高适），"草上孤城白，沙翻大漠黄"（齐己）……虽然，在我们当代带着强烈诗意的很多宣传片里，她已有了茵茵绿草，朗朗蓝天，猎猎彩旗，还有满脸灿烂笑容的各族牧民，但我不知为什么固执地认定，那是被雕刻过了的盆景。至于她的多雪的冬天，就更是想也不敢想，比哈尔滨还高的纬度，每年长达八个月的供暖期，积雪总是深及大腿根儿，以至于远远看去，人都像坐在雪上滑动而非用双腿双脚行走……说实在的，北京长达五个月看不到绿叶的冬天就已经快让我疯掉了，而呼伦贝尔那草枯枝秃的萧瑟期似乎更永远望不到尽头，不等春天来到，人心早就绝望啦！

在这么严酷的环境里，生活得多么艰难，能吃饱喝足穿暖把牛羊们维持下来，已经是上天的恩典了——还侈谈什么皮肤、什么凝脂、什么雪肤花颜？

所以，我估计艾平已经被好事者们问过一千遍一万遍了："你老家在南方哪个省？"女人们则会更直接，挽起她的手臂，亲昵地请教："你用的化妆品是什么牌子的？"

这时候，艾平就得耐下心来解释：

"我真是从小在这片草原上长大的……"

"我真不做什么特殊的皮肤保养……"

见人们一脸错愕，似乎很难接受的样子，她只好又接着介绍：

"我们草原上的女人,蒙古族的,鄂温克族的,鄂伦春族的,达斡尔族的,很多人的皮肤都好着呢……"

真的?呼伦贝尔大草原,盛产杨贵妃?!

呵呵,不太敢相信啦。

然而,草原上的事情真的是有点鬼魅,在红花尔基樟子松国家森林公园,我们竟不期而然地与"蝴蝶谷"相遇了。

一弯小小的石桥,横跨在一条端庄缓行的小河流上。流水貌不惊人地蜿蜒进草深不知处,水流清澈,亲切地打印出黄色、白色、灰色、黑色、花色的大大小小的河床石,一副素面朝天的原生态模样。靠桥头部分,有一小片灰白色的砂石裸地,大概是被人踩踏得过多的缘故,草褪去了,只剩下几块大条石,横七竖八,这里那里。突然,有人大叫起来:

"蝴蝶!蝴蝶!"

呀,就眼见着灰白色的砂石们突然变成了成群结队的蝴蝶!一簇簇,一团团,一大片一大片的,盛开在河谷两岸。蝴蝶皆白色,每一只都小小的,像单瓣儿的水仙花,只镶嵌着一对简单的翅膀,是最平凡的蝶种。但架不住多啊,集体的力量盛大,居然就形成了大朵大朵的白云,铺展出华美的意义。有哪个坏小子悄悄靠过去,手一扬,于是,白云顷刻间变成了龙卷风,然后又"唰"地来了个天女散花,哦,满天满地满河谷满胸襟满心情,全被它们的翩跹舞蹈攫住了……

一时间,世界变得寂静无声。

艾平开始说话了:"这些蝴蝶的寿命很短,有的只有几个小时。可是,它们是在抓紧完成自己的一生。"

我的心里"咯噔"一下,默默接了一句:"抓紧完成了一生的美丽!"

呼伦贝尔大草原,这就是你啊!

草原上的一切生灵,这就是你们啊!

虽然迟至六月,草原上的春天才姗姗来迟,但草根们闻风而动,只一瞬就染绿了整个草原;野花们急切地绽开身段,在绿毯上摇曳歌唱;牛啊,马啊,羊啊,狗啊,鸽子啊,深深地嗅几口新一年的香味儿,便撒了欢地奔走,聚会,相亲,抓紧做父亲母亲;白云尖上的苍鹰,草洞深处的田鼠,喳喳叫的花喜鹊,帐包里的阿妈阿爸,都各自急急切切地忙碌起来,抓紧完成这一夏天的壮烈……时间确实是太短暂了,"序曲"和"第一乐章"刚刚演奏完,悲怆的秋声就从天边遥遥地传来了。可是草原,千年万年亿年的呼伦贝尔大草原,早就学会了从容面对,麻利、干净、练达、乐观地按照自己的节奏,一年又一年地完成着辉煌的"草原交响曲"——同时,从内心深处歌咏着上天赐予的神恩。

于是,天幕打开了,天使们纷纷抛下好礼物,瀑布一样的阳光倾泻而下……

幸福,似乎像百灵鸟一样,在草原上振翅,飞翔,歌唱。"幸福"的定义似乎在这里格外醒目格外浓烈,或者说,哪怕只有须臾间,人类和万物,也都欣欣于自己是生长过了,生活过了,体验过了,互相传递过了,同声相呼同气相合过了,就共同感恩草原所带来的一切。大家都高高兴兴地忙碌着,为转瞬即逝的夏天,为硕果累累的秋天,为迅疾到来的严冬,为生命的尊严,而努力,而奋进,而灿烂,而享受,而其乐无穷!

相比之下,苍白的我们居于北京、上海、广州等繁华的大小城市,享受的温暖、葳蕤、馨香、甘甜、舒服可比草原上的人们多得多;我们对冰箱、彩电、电脑、手机、微博、微信的方便占有也多得多;我们对文学、哲学、史学的学习研读也多得多;我们对影视、戏剧、音乐、舞蹈、绘画、雕塑、书法的观赏领略也多得多；我们对世界政治、各国风情、人类文明、社会进程及进步、退步的了解和知晓也多得多……可是，我们有草原上的人们那样知足常乐，那样常怀感恩之心，那样明晓世间的道理，那样顽韧和高高兴兴地生活着吗？

我们也像他们那样从内心里体味到幸福吗？

艾平把我们带到鄂温克自治旗一望无边的大草原时，从帐包里走出了73岁的老阿妈。这位比我整整矮了一头的瘦瘦的老额吉，生了13个儿女，个个健康快乐成人。她心满意足地跟在老六——鄂温克族自治旗文联主席索伦高娃的身后，微笑着，盛情着，不言不语而发自内心地幸福着。"索伦高娃"，草原上的花朵之意，带着两位姑娘，在敬天、敬地之后，为我们披上了洁白的哈达。我想起了艾平的话，仔细端详着她们的皮肤，果然也闪耀着珠圆玉润的光芒……

举目四望，树欲静而风不止。风从东方来，风吹草不低。羊群像白云，牛群像麦浪，马群像出征的虎贲将士。它们悠悠地踱着步子，慢慢地领受着青草的甘甜，深沉地调整着自己与大草原的关系，不慌不忙地演奏着一曲亘古的蒙古族长调——说是早些年刚刚分草原到户的那一段日子，有些短视者的无知令草原遭到了一些破坏。现在，人们已越来越深刻地认识到保护环境的重要性，退耕还牧，停矿植草，为牲畜们实行"计划生育"，让一片片牧场轮番得到休养生息……由此，得到了草原上所有民众，包括土拨鼠啊、兔子啊、刺猬啊、麋鹿啊、野猪啊、黄狼啊、红狐狸啊等等上上下下的一致拥护。

我的心爱在天边

天堂的花朵

天边有一片辽阔的大草原

茫茫草原天地间

洁白的蒙古包散落在河边……

呼伦贝尔大草原

我的心爱

我的思恋……

这是名副其实的歌唱。

哦,我终于明白了:为什么艾平和各族姑娘们的皮肤又白又细又嫩?这便是大草原的皮肤啊——白的是天上的云彩和地上的羊群,细的是温煦的清风、雨点和彩虹,嫩的不只是由青青小草织成的绿毯,更是初升的朝阳、晶莹的甘露,以及心头上满溢着的浓浓诗意哟。

哦,呼伦贝尔,我来过了。

我看到了你的容颜,你的皮肤,你的俊朗,你的开怀。

我听到了你的朗声大笑。

我也终于读懂了草原上的艾平们为什么永远在歌唱你,赞美你,寻找一切机会展示你,宣传你——因为他(她)们是那样地热爱你!

我也为你迷恋。

我也为你骄傲。

2014年8月13日定稿于英伦沃克汉姆红房子

岳茔享堂、三碗清水及其他

这次走汤阴,学会了一个新词——"享堂"。

其实对很多知识渊博的人来说,"享堂"根本就不是什么新词,而是一个早有了上千年词龄的老词。以我在现场的感性理解:"享堂"是一片墓地中,走进大门,面对的那间殿堂,里面设立着先人的牌位,供后人拜祭、缅怀、冥想。刚开始听到这个词的发音,我想当然地以为是"想堂",但王清波先生认真地告诉我,不,不是后人对前人的想念,而是先人享受后代子孙的永恒的怀念。

对,孝敬前人,尊敬前人留给我们的生命及其他,让他们的灵魂在天国安息,这是中华民族世世代代的传统美德。后来回家查找资料,我确切地了解到,"享堂"是对墓地上建筑的通称,包括祖坟和祠堂。

汤水汤汤,我心芳香。汤水汤汤,我心向往。

王清波先生说一口地道的河南话,是汤阴县的岳飞研究专家,编著有《解读岳飞故乡》等著作。此刻,我们正站在汤阴一望无际的黄土地上。

这是中原大省河南省最壮观的初夏时节,同样一望无际的麦地伸展到天边,麦穗初见姜黄,漂亮得一如河南壮观的黄土地,它们正在集体发力,利用初夏的热风装满自己饱胀的渴望,迎来最后的丰收。在这无垠的麦地中间,空出了一个偌大的院落,就是现场的所在——河南省汤阴县周流村中的岳飞先茔墓园,世世代代,"老岳爷"的香火一直在这里燃点、递传。

"老岳爷"即英名流芳千古的岳飞大将军。在汤阴家乡人的嘴里,爷传儿、儿传子、子传孙,祖祖辈辈传到今天,就一律被老百姓称为"老岳爷"了。"老岳爷"早已成为护佑地方的神祇,在这片诞生英雄的土地上,没有佛教的大雄宝殿,没有哥特式的天主教堂,没有道观和清真寺,也没有其他一切拜祭神,只有岳飞庙。这里老百姓的宗教神,他们拜的、信的、求的、亲近的、依仗的,只有"老岳爷"……

说话间,我们迈进了"老岳爷"先茔墓园,走入第一间享堂中。

大殿正面,是"老岳爷"一尊高大粗壮的彩绘雕像,完全民间手法:虎背熊腰,方头阔脸,粉面朱唇,浓眉大眼,威风凛凛,浩然正气。一看就是出自最优秀的民间艺术家之手,手传心声,塑造的是家乡百姓心目中原汁原味的"老岳爷"形象。不过此刻他手上拿的不是刀剑,而是一支刀剑一样粗大的毛笔,拧着卧蚕眉,目视前方,一脸悲愤之色,似乎是想倾诉满腹的辛酸!哎呀,定格在汤阴老百姓心中的"老岳爷"形象,怎么会是这样的呢?

每年在这里,有两个日子是神圣的,比过年还过年。一是农历二月十五,二是大年三十,汤阴百姓蒸馍的蒸馍,制衣的制衣,携妻挈子去岳庙上香。是两日,庙中人山人海,万头攒动,成为汤阴最盛大的节日。久而久之,人们,尤其是妇孺,已经不知道这是"老岳爷"的生日和忌日,只知道此乃老辈人留下的传统和规矩,但凡到了这两天,就要去岳飞庙举行盛大的祭祀活动。

似水流年……

岁月鎏金……

在潺潺溪溪的日子之志书上，就留下了一连串有声有色的记忆：比如在20世纪30年代的抗日战争中，日本鬼子的两枚炸弹扔到岳飞庙的后山墙下，愣是不能炸响。又比如20世纪60年代汤阴地面上发大水，老百姓纷纷跑到岳飞庙去避灾，结果大水绕庙而过，就是不忍淹进来。还有人们记忆犹新的一场战争，死了不少士兵，而"老岳爷"护佑下的汤阴兵，一个个玩命冲锋、杀敌，屡立奇功，却没有一个"光荣"的……

传说是人们心中的念想，信则有，不信也有！

汤水汤汤，我心铿锵。汤水汤汤，我心雄壮。

我感觉，虽然中华民族的浩荡历史上有着星海河汉那般多的贤人、名人、英雄、好汉等等人物，但在中国老百姓心目中，岳飞是千古第一人；在中国老百姓的口碑上，岳飞是千古第一人；在中国老百姓的知名度，岳飞是千古第一人。

一代代华夏子孙，无论男女，谁不是从幼年起，就开始聆听岳飞大将军的故事呢——"岳母刺字""枪挑小梁王""大战金兀术"直至"风波亭"……各种民间艺术手段，比如评书、小人书（连环画）、剪纸、皮影、绘画、雕塑、各种地方戏，歌颂岳飞大将军的也是最多。我现在还清楚地记得小时候看的小人书，上面有岳飞骑着战马，双手舞动大枪，枪挑小梁王的雄姿，也记得看到最后，是岳飞和站在他身后的岳云，俱双手被绑，一脸悲愤，在风波亭英勇就义前的最后形象。及至后来稍长，第一次读到岳飞的《满江红》：

怒发冲冠，凭栏处、潇潇雨歇。

抬望眼，仰天长啸，壮怀激烈。
三十功名尘与土，
八千里路云和月。
莫等闲，白了少年头，空悲切。

靖康耻，犹未雪；
臣子恨，何时灭！
驾长车踏破、贺兰山缺。
壮志饥餐胡虏肉，
笑谈渴饮匈奴血。
待从头、收拾旧山河，朝天阙。

当时读罢这首词，我整个僵在那里，感觉体内的血液一点一点被点燃、升温，直至沸腾。岳飞大将军的那种磅礴大气，那种正义凛然，那种对国家和民族至深至炽的爱、对敌寇切齿切心的恨，那种视死如归的尽忠报国之情，化作熊熊烈火，从此就开始在我身体里持续燃烧。最瑰丽的感觉，仿佛自己也抛却了女儿身，回到千年之前的古战场，跟着大将军"壮志饥餐胡虏肉，笑谈渴饮匈奴血"。这就叫作"民族的魂魄""民族的热血""民族的英雄之气"吧！这样活着，才不枉一生啊！

我相信这不是我一个人的感受。

我恭恭敬敬地走上前去，立正站好，向岳飞大将军行注目礼。

我身旁，是中国人民解放军少将李存葆。早上出门时，我看见他穿上了军装，扛着将军徽章，全身上下庄严肃穆，连一个皱褶都没有。他慨然说："今天是去拜见岳飞，我得着正装，以示我的敬仰。"

我们朝岳飞雕像深深鞠躬。

就在此时，我再次看到走遍汤阴皆如是的一个景象——在岳飞大将军的雕像前，一字排开，供着三碗清水。

我终于忍不住问讲解员："这是什么意思？"

那年轻女孩子回答："表明汤阴人民对老岳爷的一种怀念。"

我又问："那为什么是水而不是酒呢？"

她答："的确是水，不是酒。这三碗清水每天都换，这个院子每天都清扫，都是老百姓自发做的。"

所答非所问，显然不能令我满意。

但是我不怪她们，她们还是太年轻了。

显然，要寻找这个问题的答案，只能靠个人的悟性，自己去悟。

汤水汤汤，我心郁郁。汤水汤汤，我心悲伤。

我端详着第一碗清水，心想，是了，这是歌颂岳飞大将军的丰功伟绩。八千里征云战月，他一次次从血雨腥风中将胜利高高举起，拯救百姓于水火，托举国家于危难，令敌手闻风而胆寒，亦是敌人永远攻不破的钢铁长城。这一张功勋累累的战功表，如清水一样澄明、清明、透明，不掺有任何杂质。

我又端详着第二碗水，心下明白，这是为了彰显岳飞大将军的精忠报国之心。三十年征战一步一个脚印，直至成为支撑南宋江山的擎天柱。朝廷的嘉奖可以不算，视功名为尘与土；百姓的歌颂也可以不计，只算是鞭策前进的不竭的动力；为保家卫国，他把儿子、孙子乃至全家都送上了前线，一片耿耿丹心，天日昭昭。而他自己得到的是什么呢？除了敌人的惧怕，就是百姓的这一碗清水了！

至于第三碗水，当我的目光落在它上面，眼眶突然潮热了，心中大恸，塞满悲伤和愤懑。我认定：这一碗清水，是为岳飞大将军洗冤而备下的！

谁都知道岳飞是被秦桧恶党害死的，因为找不到任何借口，奸佞们竟然生造出一个"莫须有"的罪名，使岳飞、岳云等抗金英雄没有笑卧沙场，却惨死在宵小们的鬼头刀下。这千古奇冤，虽然后来平反昭雪了，虽然后来令秦桧恶党永远地跪在岳飞大将军的面前，任天下人唾骂，可是英雄已去，白云悠悠，山河破败，回天无术。秦桧恶党所铸成的奇耻大辱，是永远插在中华民族胸膛上的一把刀，伤口永远在滴血，创痛永难平复！

更为重要的是，秦桧虽死，然恶人、坏人、小人们却始终连绵不绝。历朝历代，直至今天，无不是清浊相交，浊者搅浑水；忠奸相搏，小人得其势。恶人、坏人、小人们没别的本事，却专会溜须拍马，巧言令色，把天下便宜占尽，还要像秦桧一样陷害忠良，一个个直把日子过得志得意满，弹冠相庆；而良善人、忠厚人、好人呢，因为不屑于滚到泥里同流合污，即被边缘、被冷落、被挤出主流，甚至被诬陷被迫害而毫无还手之力，只能眼睁睁看着宵小们糟蹋大好河山而悲愤寡欢，空叹报国无门！

唉，这历史的必然悲剧呀，在舞台上、在戏曲中、在小说里，文人们都给其安排了一个除恶安良的大光明结局，可是在现实中，善良而无奈的老百姓们，只能给尔准备一碗清水！

汤水汤汤，我心切切。汤水汤汤，我心激荡！
我扑向三碗清水。
清水亮亮堂堂，倒影中，又映出岳飞大将军手握巨椽，拧着卧蚕眉，一脸的悲愤表情。我肃然一顿，悟出了他写的是什么——
他在写："知音少，弦断有谁听？"

他在写:"还我河山!"

他在写:"精忠报国。"

他在写:"天日昭昭,天日昭昭。"

这最后的八个字,是岳飞大将军临终在狱案上写的,是他的绝笔。我坚信,就像他心中还有未竟的英雄事业,他心中也一定还有未竟的切齿誓言。那千般悲愤,万端慨叹,想来,应该凝结成四个字:"灭除宵小!"

是的,在历朝历代数不清的统治者之中,绝大多数都是忤逆民意,宠幸恶人、坏人、小人的昏君。因为逸言顺耳,因为马屁喷香,因为宵小能使其舒舒服服地堕落。可是呢,春花秋月,小楼东风,最后一个个都落得流水落花春去也的可悲下场。

这样,对我们一生的做人来说,面前就摆出了两种选择:一边是锦衣玉食,香车美女,高官大宅,拍马者前呼后拥——不过这是要付出代价的,比如出卖,既出卖别人,也出卖自己的人格和心理屈辱;比如作恶,既然你有了人生的第一次贪,就会有一生的偷、盗、掠、抢;比如陷害,即使毫无干系,也必然要以清正为敌,向忠良下手,做历史的逆子,因为青松的存在就是对腐草的蔑视和威逼呀!

另一边是一碗清水,两碗清水,三碗清水。这也是要付出代价的——尽管你饱读诗书,一身本事,并像岳飞大将军一样精忠报国,赤胆忠心,可是,你既然选择了不坠青云之志,也就必然要像岳飞大将军一样,劳心劳力,呕心沥血,明知其不可为而勉力为之,最后在宵小奸佞们的群殴之下,悲愤填膺,栏杆拍遍,慨然出世!

汤水汤汤,我心芳香。汤水汤汤,我心向往。

汤水汤汤,我心铿锵。汤水汤汤,我心雄壮。

汤水汤汤,我心郁郁。汤水汤汤,我心悲伤。

汤水汤汤,我心切切。汤水汤汤,我心激荡!

从岳莹享堂出来,从汤阴回到京城,从一千年前唱到今天,这支绵长的曲子,一直在我心中盘旋,不去——

2008年7月于北京协和大院

第四辑　他乡·我心

　　仔细端详，澳门的每一片大大小小的绿叶上，都有着极其美丽的纹路，像澳门的每一处景点。

　　不，像澳门的每一寸土地。

　　不不，更像澳门的每一颗心。

　　历史的风吹来了，它们在风中起舞。

理念是天堂的花朵

我老是念念不忘 2012 伦敦奥运会的开幕式。揭开神秘面纱之前，全世界所有人都认为它的难度实在太大了。尽管一直在讲各国有各国的优势，伦敦的和北京的没有什么可比性，然而，人们还是要时时联想起北京奥运会上的倒计时、千面缶以及大脚印……

恰好在伦敦奥运会开幕前夕，我到英伦探访，住在离伦敦 40 公里的雷丁市。这里离希思罗机场不远，头顶上每每有飞机轰隆隆地飞过。至奥运会开幕前几天，飞机的密度竟然达到两三分钟一架，可见伦敦来了多少人，又运走了多少人。难得的盛会啊，北京、伦敦两届相邻，竟然都让我赶上了。

雷丁是英国的一座中型城市，位于泰晤士河流域中心，是伯克郡府所在地，有"英国乡村环境最美的城市"美誉。同时，她还是一座有着七百年悠久历史的古城，曾在英国历史上扮演了非常重要的角色，英国国王亨利一世就埋葬在这里。她还是英国拥有修道院最多的城市，走在狭窄的碎石路上，一抬头，常常就撞见红砖色的或是黄白格色调的修道院，从几人才能合抱的枝条长长、枝叶郁郁的大古树后面露出几角神秘的身影，骤然让你觉得自己走入了深邃的历史画卷中。

在资本主义经济迅速崛起的近代，乃至于在互联网所代表的高科技当代，由于位于英国经济发展最迅速的东南部地区，雷丁不仅没有衰落，反而凭借着良好的投资环境吸引来很多国内外的商业公司，成长为英国最主要的零售中心。它也是英国失业率最低的城市之一，所以社会稳定，市民的居住环境和生活水平都比较高，城里城外，遍布着各种年代、各种形状、各种颜色的花园小洋楼，就像是一座接着一座的建筑展览馆，煞是好看。

在 7 月 11 日上午，我还赶上了奥运会火炬传递到雷丁。那天老天爷真开眼，连续多日的阴雨说停就停了，金黄色的大太阳也好奇地蹲在蓝天白云上往下看。街道两旁站满了人，手里拿着奥运吉祥物和国旗。很多英国邻居听说我来自北京，都笑着走过来说："我们的开幕式啊，很可能超不过你们北京。"

这当然是对中国人的客气话，我清醒地知道，他们心里想的，肯定是想要超过中国。不过，全中国，包括全世界三分之二以上处于狂热之中的知识人民和劳动人民，还有我自己，都非常乐观地觉得他们够呛：据说在北京奥运会结束后，有好事者曾在全球范围内搞过一次"奥运百年十大经典"的民意投票，结果，北京开幕式入选了，而且是世界奥运史上唯一入选的开幕式。更何况，伦敦开幕式的投资是 2700 万英镑，合 2.7 亿人民币，加上近四年全球货币贬值的因素，几乎只是北京开幕式的 1/4。

不过，2012 年 7 月 28 日凌晨，当我置身在英格兰的土地上，通过英国 BBC 把整场开幕式看下来以后，心弦还是被剧烈地拨动了，当即打出了 92 分。你不能不承认，伦敦取得了巨大的成功。

上过大学的人都知道，90 分以上就是很高的分数了，即使面对喜马拉雅山，教授们也就给个 96 分、97 分，珠穆朗玛峰最高也就能得到 98 分。之所以这么比喻，足见 92 分在我心中的分量。那么，伦敦成功的"靶心"在哪儿呢?

我以为,无他,归根结底要归功于"英格兰＋苏格兰＋威尔士＋北爱尔兰"所组成的大不列颠及北爱尔兰联合王国(英国的正式名称)各族人民所具有的人文理念。理念是天堂的花朵!

当时我第一个直观的感动,即它"我参与、我奉献、我被肯定、我被尊重、我被铭记"的国家价值观。整台开幕式是英国的国家发展史,台上台下,每个人都既是表演者,也是生活中的普通英国人,会场内外,每个人都是英伦三岛大家庭的成员,也是正在创造英国历史的一员。

你看,无论是在田园时期牧羊、纺织、烹饪乃至游行示威争取女权的劳动妇女,还是在工业革命时期"满面尘灰烟火色"的建筑、修路、炼钢的工人,抑或是在今天这个互联网时代上班、上网、发短信、自由恋爱的现代男女,所有那些曾经的和正在辛勤工作着的民众,全部被历史铭记在册,并被尊为英国国家繁荣发展的主角。

就连曾经在英国流行音乐史上做出过文化贡献的甲壳虫、滚石、皇后、齐柏林飞船、性手枪等先锋乐队,也都登台露面了,再现了当年桀骜不驯的风采。尽管旧时他们都曾引起过巨大的争议,甚至被民众嘲笑过、被媒体谩骂过、被政客封杀过、被政府取缔过,但是时过境迁,现在,当政府和民众都已认识到他们狂飙突进的价值所在,便在这样举世瞩目的庄严的会场上,回过头来,一一细数其贡献。

我看到,所有的英国观众都在笑、挥手、尖叫,会场已成为英国红白蓝米字旗的海洋。我的心忽然有所动:这些民众,他们给自己的"幸福生活指数"打多少分呢?都说英国人是只顾自己过好个人小日子的族群,信奉的是"把个人的日子过好了,也就把整个国家过好了",这种理念和我们中国人恰恰相反,我们多年所受到的教育是"先国家，后集体，最后是个人"，那么，谁的更正确，更能推动经济的发展和社会文明的进步呢？

开幕式是在午夜12点45分结束的。主会场上，人们流连忘返，久久不愿离去。推开房门，我信步走到屋外，青草地和不知名的夜花们正用力发出属于夜间的浓香，还有小动物在草丛中游走。一抬头，突然看见巨大而清晰无比的北斗七星，正在眼前的头顶上方生动地悬挂着，闪烁着温暖和动人的光芒——啊，这是在英格兰高地上。我发现所有的窗户都还亮着灯，所有的电视机里都还传来伦敦碗主会场上的声浪，在这个距离伦敦40公里的英国金融城雷丁市，所有人，包括当地人和来自世界各地的游客，也都参与到伦敦奥运会之中。

这就是亲历和创造历史吗？不由得又想起一句从小就烂熟于胸的话："人民，只有人民，才是创造世界的动力。"信乎？

当时我的第二个感动，是英国的平等理念竟如此深深地扎根在民众的心中，就像江河行地，就像蓝天白云，就像草长莺飞，平常又平常。

英国当然也有自己的政府和官员，本届首相是卡梅伦，他是两年前在大选中击败了布莱尔而当选的英国历史上最年轻的首相。英国还没有废除君主制，绝大多数民众对王室都还很信任很忠诚。所以，它的国家英雄，囊括了各个阶层各色人等，比如女王伊丽莎白、互联网之父蒂姆、奥运五冠王——赛艇选手雷德格雷夫、万人迷贝克汉姆、007、憨豆先生、J.K.罗琳……在那场国家最盛大的奥运典礼上，他们不可能缺席，也都在万众的期待中一一亮了相，并受到万众欢呼——没办法，人民群众中的"英雄情结"是没什么法子在一夜之间消除的，无论东方西方，现在谁也还没跳出"追——崇拜"

的樊篱。然而,我特别欣赏的是英国人的平等理念,无论是君主、官员还是明星,他们都不是以英雄在天的拔高姿态,而是以普通奉献者的面目出现的。

它的极致是伊丽莎白女王居然答应了开幕式导演、平民丹尼·博伊尔的邀请,放下了至高无上的君主身段,亲自参与到举国狂欢的表演中。只见007真的是进入了金碧辉煌的白金汉宫,在身着华贵制服的大管家的引导下,穿过一道道威严的回廊,进入会客室,见到了正俯身于桌子上写着什么的伊丽莎白女王。女王缓缓回过身来,礼貌地对他说了一声:"Good evening(晚上好)!"之后,就在他的陪同下一起走出王宫,登上了直升机,飞过泰晤士河、伦敦桥、伦敦眼、伦敦塔,朝着伦敦碗飞来……这亲切的一幕,在英国,在全球,也在我们中国人眼前,自然而然地发生了,顺理成章地走过去了,没有引起谁的惊骇。可是,我以为,"女王"跳伞的情节绝不只是一个单纯的英式幽默,它内含着让高高在上的君主走出森严的宫殿,与民众的大海水乳交融、与人民的生活息息相关的心理期盼——而如果没有举国上下深刻的民主和平等的理念基础,它怎么可能实现呢!

然而到此还没完。当最大的谜底被揭开、奥运火炬被点燃的一瞬间,我禁不住击节叫好。全世界所有自以为是的媒体和聪明人,谁也没有想到,既不是君主,也不是英雄和明星,而是象征着世界七大洲的七个普通"90后"年轻人,互相扶助着、协调着、传递着、努力着,将奥运圣火共同点燃了!

他们点燃的还不是一支孤独的火炬,而是象征着送给本届奥运会每个代表团的204个"花瓣"。但见这些"花瓣"不分大国小国,没有先后次序,环成一个平等的大圆圈,共同燃烧着,平等跳跃着,齐心勠力闪烁着,渐渐上升、上升、上升,至最高处合拢,激情地拥抱在一起,成为辉煌绝伦的第30届夏季奥运会主火炬。

真好!真的是好,它恰如其分地契合了"激励一代人"的伦敦奥运口号——自从这个口号宣布以来,人们对它发出过各种疑问:"激励的内容是什么?""一代人是哪些人?"现在,七位各种肤色的普通青年人的出现,已经回答了这些问题。我个人的感想:它象征着全人类的明天将会更平等、更和谐、更美好,全球70亿人民将会生活得更自在、更舒畅、更有幸福感——至少,英国人把这个理想推到了全世界人民面前。

所有人。所有人的参与。所有人的奥运。就连坐在电视机前的我,也有了这种平等的参与感:BBC的直播,一个又一个画面,没有中文字幕和专门的历史讲解,可是我全看懂了。连国际奥委会主席罗格的微笑,拳王阿里眼神里面的顽韧,全都尽收眼底,心领神会。在英伦三岛这片绿意葱茏的土地上,不论你是谁,不论你是医院里救死扶伤的医生护士,还是阳光曝晒下的建筑工人,还是明星,还是官员,还是王公贵族,只要你勤勤恳恳地工作,认认真真地奉献,为民族、为国家、为全人类做出了属于你自己智力、体力和能力上力所能及的贡献,就会被承认、被尊重、被关注、被保护、被爱。历史将像昨天和今天一样,铭记住每一位奉献者。

我的眼前,不由得浮现出许多由温暖连缀起来的画面:2009年和今年两度在英国小住,先是精致典雅的旅游名城巴斯,现在是在不断创造着新财富的雷丁,本以为金发碧眼们一定是有种族歧视的,就像我们自然而然地歧视非官员、歧视普通人、歧视外来者、歧视穷人、歧视农民工……然而让我难以想象的是,每回我在街边花园散步,迎面草径小道上走来的每个男女老少,都会主动地跟我微笑着打招呼,邻居们更是一见面就微笑、问好。无论是走在街上还是在商店里,你不小心碰了别人或是别人碰了你,一定马上就会听到

"Sorry"的致歉;买了东西,交完钱后,售货员一定把找回的零钱递到你的手心里,并笑着对你说:"Thank you！"所到的十来个城市,包括世界超级大都市伦敦,还有古老的温切斯特、巴斯、牛津、卡迪夫,还有充满活力的雷丁、布里斯托、布莱顿,还有小小城镇贝星斯道克……从没碰到过抢先、加塞儿、拥挤、争吵、骂人、打架。走在处处,你都觉得自己是有人格有尊严的,没有人可以随便欺负你;蓝天白云下,你自由呼吸着,一点儿也不焦虑,不狂躁,不有了今天没有明天,不被黑色的绝望所笼罩、所毒害……

这样的国家,这样的人与人之间的关系,不能不让人安静、宁静、从容、淡定、自在、欢喜,内心里充满了温情,脸上时常挂着灿烂的笑容,也时刻想着去帮助别人。在她的天空下,你全然用不着想着一级级领导的脸子、一个个同事的目光,还有莫名敌手的陷害;还有医疗费、养老金、房贷款、教育费;还有充满了各种不安全因素,又让你无可奈何,不得不接受的蛋、奶、肉、菜、柴、米、油、盐、酱、醋、茶……

第三个感动最让我反复思量不已,即英国人所拥有的直面历史的勇气和反思精神。这与中国古代圣贤"知耻近乎勇"的教诲完全一致,可惜中国人却是远远做不到也根本不拟去做了。我们摆出的当代姿态,来不来就是"五千年文明古国""灿烂的四大发明""辉煌的世界第一",什么时候都是"伟大、光荣、正确""形势一片大好不是小好",从来就没有失败和做得不对的时候。可是你看人家英国人,好不容易主办一次奥运会,在那么欢乐的开幕盛典上,却在其自我展示的过程中,主动表现出曾经的负面以及它们所造成的历史灾难,足见英国人对于过去犯下错误的自省和反思。这应该是自信的标志。

比如，谁都知道工业革命时期的英国是有名的世界工厂，一度掌握了全世界的工业、航海、贸易等的霸权地位，占领了几大洲的无垠领土，被称为"日不落帝国"。但开幕式上，却呈现出了农户们被逐出家园，工厂将大片农田变成财富的同时也变成了苦难的渊薮，满身油污的工人们辛苦劳作，环境污染使绿意葳蕤的美丽岛屿散发出滚滚浓烟，伦敦更成为日夜被黑烟笼罩的雾都。而接下来对"大萧条时期"的呈现，更是以苦难唱主角，工人们的脸上个个都是鬼脸一样的黑灰，长时间的产业萧条让人活不下去了，200多名史称"加罗十字军"的英格兰工人，徒步数百公里走到伦敦议会大楼抗议……这一切，无不让我想到狄更斯的《孤星血泪》及其他作家们群起描写的悲惨世界。

我真的很钦佩英国人对这些黑暗面一点都没回避，而是极有勇气地自我揭短和批判。这种开放的胸怀铁锤一样砸在我的胸膛上：这在咱们中国可是横竖、竖横也做不到的，因为我们历来讲究的是国家面子、是为尊者讳、是胳膊折了也得藏在袖子里等等。其实呢，掩饰错误只会带来毁灭，痛改前非的后面跟着的才是生长，"洗心而革面者，必若清波之涤轻尘"。伦敦开幕式的自我揭短，并没有带来消极和沮丧，更没有引来全世界的轻视和嘲笑，相反，恰恰得到了其他国家和民族的由衷的尊重——一个敢于面对自己缺点的人是进步最快的人，一个敢于面对自己负面历史的国家是明亮的国家。

只是可惜，我觉得这揭短还是有点文过饰非。既然反思，莫不如再深刻点儿！

现在展示出来的浓雾和黑灰，无非都是人们已知的或已达成破坏了环境等等共识的表象，还有远远比这更严重得多的事情呢——如果英国人真有勇气承认自己对东方、对南亚、对拉美、对世界上许多殖民地的侵占、杀戮、掠夺等等的罪愆，我认为才能算是彻彻底底的、符合人类精神和人道主义精神的反思。可惜这是英国人的局限性，也可以算是当代欧洲人的局限性吧。

　　现在欧洲各国版图的前身，是由一幅幅不断打杀、掠夺、战乱、纷争、暴力、杀戮的血腥画面组成的，成千上万个小公国不断地侵略与被侵略、吞并与被吞并，最极端的例子是统一的德意志帝国直到1871年才建立起来，在那之前它竟然有314个彼此虎视眈眈的小公国。而英国呢？伦敦、温切斯特、巴斯、卡迪夫等今天英国东南一带的繁华城市，最早是由入侵英国的罗马人建立的，后来英国又先后遭到来自欧洲北部的盎格鲁人、撒克逊人、朱特人的入侵，11世纪先成为丹麦海盗帝国的一部分，后又被来自法国的诺曼人征服，中世纪又与法国进行了"百年战争"，再其后击败西班牙"无敌舰队"，树立了海上霸权……我个人揣测，这种打打杀杀、忽东忽西的建国历史所带来的英国国民集体思维里，大概是非常肯定"枪杆子里面出国家"的，也不太认为昔日大英帝国的侵略历史有多么大的罪恶。所以今天，要他们真正面对那些血雨腥风的历史旧账，甚而达到认罪和忏悔的高度，或还需要一些历史条件和相当的时间。

　　与之相比，我倒更觉得英国人首先应该反思近前的某些偏见。特别是一部分英国媒体，在本次伦敦奥运会的报道中，对中国存在着"羡慕——嫉妒——恨"，这种不健康的心态之下，便表现出恶意打压和中伤。英国广播公司评论员克莱尔·鲍德温在没有任何证据的情况下，就率先引爆对叶诗文是否服用了兴奋剂的质疑，接着，英国众媒体一哄而上，对中国国羽被停赛幸灾乐祸，对中国运动员的训练方式指手画脚，对中国的奥运训练制度说三道四……在他们眼里，中国的一切都是不好的，中国取得的一切成果都是要被否定的，不管中国人怎么努力也永远只能属于世界的二等公民！这种根深蒂固的偏见，就连英国自己的媒体人也看不下去了，英《每日电讯报》8月2日发表了署名布伦丹·奥尼尔的文章,一语中的地批评道:"观察人士以一种混杂着嫉妒和无知的丑陋心态看待中国人,怀疑他们获得这么多枚奖牌的能力,并对他们心无旁骛地投入训练和追求卓越感到厌恶。这是我们把中国人视为异类的真正原因——因为他们仍忠实捍卫着我们这些越发走向失败主义的英国人在很早之前就已背弃的价值观,即全心投入和决意取胜……这类报道不仅反映出对远东民族所抱有的种族主义看法,同时也流露出我们自己对催促年轻人表现优异,即向年轻人施压以便让他们出类拔萃的观念深感不适。"

说实在的,这倒提醒了我,不能忘记"透过现象看本质"。今天,当我走在英伦三岛绿意葳蕤的土地上,确实看到了作为个体的英国国民,人人都向往着平等的理念,也在尊重"人"的意义上对不论种族、不论贫富、不论国度的人都发自内心地微笑着,可是在这微笑的深水下面,英国人需要反思和修正的旧成见、旧意识,还有不少功课要做……

再说说伦敦奥运会的闭幕式。我个人认为,如果说17天以前的那场开幕式是一场英国国家发展史的活剧展演,那么,闭幕式即一场英国流行音乐、摇滚乐回顾史的演唱会。自20世纪流行音乐狂飙突起之后的所有著名乐队、歌手、天王天后级大腕,差不多排着队悉数登台,就连去世的为流行音乐做出过重大贡献的音乐家,也分别以雕像、脸谱、影像等方式"被登台"。他们把几十年来影响深远的著名经典歌曲都翻出来唱了一遍,这让歌迷们倍感惊喜,大呼不虚奥运此会。

给我感觉最强烈的一幕,是当闭幕式接近尾声时,著名皇后乐队(The Queen)的已故主唱弗雷迪·梅库里突然在大屏幕上神奇

"复活"了,全场观众集体迷狂,在他的带领下齐声高唱经典歌曲《摇滚万岁》(《We Will Rock You》)。我真正感受到了英国民众的音乐修养之高——那么有难度的上旋音,拐了七八个、十来个弯,居然被全场一"弯"不差地跟唱了下来,真是太神奇了!不知这是否属于英国的一个文化传统?

最让我喜出望外的一幕出现了!当奥运圣火渐渐熄灭之时,火焰之上突然飞出一只通体放射金光的火凤凰——啊,这不是传说中的凤凰涅槃吗?英国人真行啊,他们把古老的东西方神话元素用到这里来了!作为一个中国人,我在无比骄傲的同时,也切身地感受到了参与其中的欢乐。

就是这种人人沉浸在其中的、平等参与的欢乐,让我又一次看到了英国民众的内心。不错,一点也没来虚的,确实是实实在在的平等参与:

——参加演出的4100名演员,无论名气有多大,人人都只拿一英镑的象征性演出费。这在我们中国是做不到的,我们的明星们,"腕儿"还没有多大呢,胃口却早就大得恨不能吞下全世界。

——运动员们的入场,无论金银铜牌还是无牌者,一律从观众看台的夹缝中"挤"出来,使民众得以近距离地握手、照相、接触。这在中国也不可想象,在我们这里,你只要一"名人"了,特别是商家爆炒的大名人,就立马高人一等了,唯恐不赶紧把自己跟"下愚"划清界限。

——演员不分男女老少、胖瘦黑白、明星脸还是普通如工人、农民以及拎着袋子购物的家庭妇女,都在"大派对"上尽情释放激情。而我们中国的演员,基本全得是明星脸魔鬼身材不同凡响,即便特型演员也不能普通得跟老百姓一个样儿。不知我们中国人怎么那么看不起普通人,难道是因为中国人太多了?

——在闭幕式的众节目当中,还特意安排了一场印度歌舞,意在显示英国是一个融合了多元文化的国家,这让我想起全英伦到处可见的黑人、印巴人、缅甸人、残疾人、老人,他们每个人的脸上都很平静,没见过卑微低下的表情。这在中国就更做不到了,就像在有钱人面前有的人哈之若狗一样,他们在金发碧眼和黑人、黄种人、穷人、残疾人面前,可就是孙子与爷爷的快速变脸了……

一切都因为金钱吗?一直忘不了有一位外国记者尖刻地说过:"当下在中国,人们疯狂地追逐金钱,把道德、情操、信念、秩序、纪律、国家……什么都抛弃了。"说话的当然是西方记者,我也非常不喜欢他幸灾乐祸的口吻,可是,我无法不痛心地承认他所指出的是事实。钱啊钱,真有那么重要吗?我们不就仅能睡下三尺之地吗?我们不就仅有一个胃吗(吃多了还会得高血脂、高血压、肥胖症、糖尿病、癌症等各种疾病)?我们就那么想把财富传给儿孙而不惜眼睁睁地看着他们成为酗酒、吸毒、飙车、鬼混的废物和社会渣滓吗?

我们为什么就不能为这个饥饿的、贫穷的、暴力的、战争的、杀戮的、血腥的、不公的、已经很混乱很糟糕的世界,做出一点力所能及的改善和奉献呢?

扩而言之,我想起伦敦奥运会刚开幕时,澳大利亚《先驱太阳报》上的一篇文章,说奥运会能够帮世界放松17天,"我们可以暂停悲惨和灾难,怀抱希望和灵感,一尝和平可能会是什么样子。"果然,在这17天里,世界上没发生什么大的战争、杀戮、暴力和灾难,全球都被奥林匹克的体育精神吸引了、感化了——那么,请允许我在此做一个梦吧:如果就此,世界能变成和平的世界、和谐的世界、友善的世界、全人类共同建设和共同进步的世界,那该有多好啊!

还想说说本届奥运会前期发生的一些事,也反映了中外理念的大不同。在英国本土上近距离地接触英国人,我发现他们的一些理念,是我们中国人非常困惑,似乎永远也不能接受的。

比如,在本届伦敦奥运会开幕式之前,中国人一直在猜测是易建联还是谁将成为中国奥运代表团的旗手。易建联表示,这是一个至高的荣誉,如果国家选中他,将是他最光荣和最自豪的事情。这番话很激情也很实在,在我们中国人看来,确乎如此,难道还能有别的选择吗?可是对于英国人来说,回答却是"NO"——那些日子,英国上下也都在猜测谁将是点燃伦敦奥运会圣火的人,据媒体介绍有13位最热门的候选人,其中包括万人迷贝克汉姆、女王伊丽莎白二世、奥委会主席塞巴斯蒂安·科等。而最有可能入选的,是英国最著名的奥运赛艇选手史蒂夫·雷德格雷夫,他是奥运历史上最伟大的运动员之一,是连续在五届奥运会上获得金牌的、全世界仅有的五名奥运选手之一。然而听说,这位被英国女王授予了爵士爵位的老运动员竟然公开表示,他对此"不感兴趣"。虽然后来他还是在开幕式上出现了,从贝克汉姆手中接过了火炬,又传递给七位年轻人,但他在国家面前的"拿糖"还是让我们中国人很惊讶。

又比如,好不容易战胜了众多强大的对手,英国申办下来了主办伦敦奥运会;好不容易战胜了全球性的经济危机,筚路蓝缕地把奥运场馆一一建设完工了;好不容易把交通、安保、舆论、民心等各方面的问题和困难排除万难了;好不容易挨到开幕式前期了,奥运会的礼花能够"东风夜放花千树"了,可就在那时,先是伦敦巴士司机扬言要在奥运会开幕那天罢工,接着又有数千名内政部员工不顾"将可能直接造成奥运会运作瘫痪"的危险,宣布将在奥运会前一天举行24小时的罢工,以求增加工资和不加班——这在我们中国人看来，又是绝对不能容忍的，这不是乘国家之危，利用奥运会敲诈国家吗？这会给英国丢天大的脸，会让全世界笑话，会使全体英国国民都受到伤害，怎么能这么做呢？

而且，中国人历来认为面子是非常重要的，即使是罢工者一方，即使他们受了天大的委屈，也应等到奥运盛事顺利结束了再说，哪能够成心把外国运动员和游客滞留在边检栏外面，让他们成为自己利益诉求的"人质"呢！一心为国家着想的中国老百姓，肯定有99%以上的人都会支持英国内政大臣不顾个人遭受攻击的危险，公开谴责这次罢工是"可耻"的，也会众口一致地谴责那组织罢工的工会，鄙夷他们擅自在这样的国际化活动举行期间为自己的利益造势。

无独有偶，后来又传出了G4S公司的丑闻：负责奥运场馆安保的这家公司，在奥运开幕之前，突然声称无法如数派出1万名保安，致使英内政部不得不紧急协调军方，增调了7000名军人补缺。其实，G4S完全有能力胜任奥运会的安保，之所以整出这么一档子事，也是想借奥运会"拿一把"，多挣些英镑——钱啊钱，甭管是昧心钱还是什么钱，你在资本主义英国，怎么表现得这么赤裸裸啊！

金钱、利益，大是大非问题是这样，而在个人的小性格上，中外观念的不同也是非常明显的。

我们都还清楚地记得牙买加短跑名将博尔特，这令非洲最骄傲的"黑色闪电"，在上届北京奥运会上创造了连续打破三项世界纪录的佳绩，令全世界目瞪口呆。本届伦敦奥运会，他又来了，带着毫不掩饰的夺魁目标和霸气，个性张扬地高调回复那些认为他已经不行了的言论："不，我的状态很好。我的起跑没有问题，本赛季也没有受伤，一切都很顺利。""看着吧，我将成为未来田径场上的传奇。我要将我的名字载入史册。"而最后，博尔特的确做到了，接续上届北京奥运会，又一次拿到了3枚金牌，跻身于世界最伟大的奥运会运动员之列。最绝的是，200米决赛的最后15米，他还有意放慢了脚步，摆出一副松懈的姿态，而刚一过终点，他就趴在地上做起了俯卧撑，意思是告诉全世界的人，我还留着余劲儿哪，破不破世界纪录，全看我博尔特愿意不愿意！

这是所有中国运动员内心渴望但绝对不敢说出口，也不敢做的事。中华民族性格的含蓄内敛，中华传统文化的"谦虚""低调""说话留有余地""夹着尾巴做人"等的教诲熏陶，使我们所有的运动员都表现出非常谨慎的小心翼翼，即使有把握赢取金牌的亦如此。据说唯一的例外是国家羽毛球队总教练李永波，他率直地说运动员的标准就是两个字——"冠军"，并高调宣布国羽的底线是拿到两金。结果呢，大家全看见了，在两名女双运动员被禁赛的遭际面前，国羽拿到了全部五金，牛啊！

高调与低调，倒是没有什么好与不好、正确与错误的评判问题，在这里，只不过显示了中外文化观念的不同。奥运会不仅只是体育赛场，它之所以能如此吸引全世界几十亿人的眼球，也还因为它是各种文化观念、各种世界观、各种价值观之间相互展示、交流与融合、影响的大舞台。

一直以来，都听说学术界是这么分析的：外国人张扬自我个性，中国人讲究集体精神。一方水土养一方人，历史自有它存在的合理性，也许是因为当初开疆辟土时期，外国人少，不把个人弄好了国家就发展不起来；中国人太多，没有集体精神的话，一盘散沙，国家同样也发展不起来。而今，鸿蒙时代早已远去，各个国家都已发展起来或曰正在蓬勃发展，人口不断增多但普遍存在劳动力人口减少的情况，地球变成了一个大村子，全世界面临共同发展的问题。在这种情况下，多交流，多展示，多互相了解、理解和学习，多取人之长，补己之短，多本着良好的、真诚的、共同追求真善美和建设地球家园的愿望，是我们世界各国人民应取的态度。

最后，我还想说说我自己的行业——媒体。作为一个专业年限满30年的资深记者，我眼睁睁地看到了英国和西方记者是怎么行事的。他们似乎是一群专爱抡大棒的杀手，整天盯着别人的行为，把人往坏处想，给人抹黑，并且，唯恐天下不乱。这和我们中国媒体人的工作理念，实在是一个天上，一个地下。

比如，就在伦敦奥运会还有四五天就要开幕的日子里，任何人都感到激动人心了，可是众多英媒和西方媒体还在一劲儿地挑错——挑政府的错，挑奥组委的错，挑场馆的错，挑安保和交通的错，竭力嘲笑、挖苦和讽刺一切出了纰漏的地方。很少见到他们表扬谁，歌颂就更是不可能。

我知道他们的理由是"媒体就是行使监督权利的行业，记者的责任就是挑错"，这是他们自诩为无冕之王的新闻理念，可是作为一个中国记者，我对西方同行的这种一味劈头盖脸的"大棒子报道"，持有不同观点。

说实在的，自从2005年伦敦赢得了第30届夏季奥运会的主办权之后，就不幸赶上了全球性的经济衰退，房地产业和股市低迷，制造业萎缩，就业率下降，收入减少，号称西方世界领头羊的美国到现在也没重拾升势，更影响到欧洲经济的不断走低。就是在这种困难重重的情况下，英国的两届政府和奥组委都尽了最大的努力，把奥运场馆的建设不懈地推进下去，也在解决交通和安保等问题上费尽心思。最后，克服了资金短缺、工人罢工、部分市民不支持以及百年最大降雨量等一系列困顿和挫折，使所有奥运场馆和奥林匹克公园等都如期建成并通过验收，为奥运会得以顺利召开铺平了道路。卡梅伦首相信心满满地表示,随着伦敦奥运会带来的欢乐效应,将极大地提振民族信心,持续性地推动就业率和经济增长,在未来四年内使英国得到超过130亿英镑的利润……

按照我们中国人"正面肯定为主"的思维方式,英国政府和奥组委已经做得相当不错了,没有功劳也有苦劳吧?不全面肯定也不至于攻其一点不及其余吧?再退一步说,新闻不是讲究真实性原则吗?有一说一、有二说二不是真实的最基本属性吗?

而且,中国人爱说一句老话:"气可鼓而不可泄。"还爱说:"大敌当前,一致对外。""外"是谁?当然是所有的困难和挑战、纰漏和瑕疵,还有恐怖分子的破坏和捣乱。这难道不是火烧眉毛、最迫切需要共同面对的最大挑战吗?可是,不,"无冕之王"们就是要自行其是地唱反调。

比如,美国和澳大利亚体育代表团到达伦敦那天,由于车载导航定位系统还没及时把新开辟的56公里长的奥运专线进行更新,也由于司机对道路的不熟悉,大巴车用了四个小时才到达住地。嚄,这下可热闹了,差不多所有媒体都在进行挖苦、指责。即使伦敦市长鲍里斯·约翰逊立即为此进行了道歉;即使澳大利亚代表团马上接受了道歉,并很理解地表示这么大的赛事不可能不出错;即使英奥组委主席塞巴斯蒂安·科宣布说除了美国和澳大利亚,其余所有代表团都准时到达了住地,但那也不行,媒体还是不依不饶。

又比如前面提到的,当巴士司机和内政部员工扬言罢工时,英媒和西媒的记者们又是一阵兴奋,争相预言"此举可能直接造成奥运会的运作瘫痪""入境的运动员和外国游客很可能不能及时进入伦敦"……颇有点隔岸观火、幸灾乐祸的味道。

我不知道都事到临头了,伦敦市民看到那一片的灰色消息,是高兴呢,担心呢,还是沮丧呢?反正当时,身临其境的我作为一个外人，都感到很焦虑。虽然有"戏台前面掉眼泪——替人家担忧"的意味，但我还是担忧，真怕满眼皆是的负面新闻，会致使英国人丧失"团结一致，共赴难关"的必胜信心，从而导致伦敦奥运会的失败。毕竟，奥运会不只是属于伦敦，它还属于全世界。

咱们中国人非常爱引用《曹刿论战》中的"夫战，勇气也，一鼓作气，再而衰，三而竭"，这道理在中国妇孺皆知，深入人心。不管西媒的同行们还有什么理论，反正在那种"大敌当前"的紧要关头，我讨厌他们无休止地指责、指责、指责下去的做法。当时，我真诚地怀念起我们中国媒体"以正面宣传为主，以鼓舞士气为主，以增强民众的必胜心为主"的工作理念，特别希望他们能够跟我们学学，多做促进工作，少做拆台的事。如今想起那一段刻骨铭心的焦虑，哑然失笑的同时，我还是感到自己的疑惑没有解除。

现在，这场盛大的国际大派对已经完结，伦敦奥运会离我们渐行渐远了。英国人不仅圆满地完成了奥运会的所有程序，还拿到了不可思议的29块金牌，极大地满足了民族自尊心。而狂欢之后，英国人在想什么呢？

想奥运效益。想经济回暖。想钱包鼓起来。想餐桌上更丰富。想把奥运17天的欢乐无限地伸展下去。想把眼下越来越糟糕的下滑经济永远忘掉……

他们当然不会想到，有一个中国女作家正在他们身旁，打量着他们，思考着、探求着他们国家的理念——包括新的和旧的，正确的和荒谬的，进步的和倒退的诸种问题。

而我想得最多的，还是我们中国人从此中收获了什么。

2012年8月15日于英伦雷丁市半坡绿屋

天堂的花朵

巴斯温泉与济南名泉

我在巴斯居住的时候,经常想起远在祖国的济南。得天独厚,上苍垂爱,巴斯是英国唯一的温泉之城,济南则是中国乃至世界上著名的泉城。

先介绍一下巴斯:巴斯小城在伦敦以西160公里。在大不列颠排名前十、在欧洲和世界有着极高声誉的英国顶尖名校——巴斯大学,就是以该城市命名的。2009年我女儿毕业于巴斯大学临床药学专业,我去参加她的毕业典礼,曾在巴斯住了两个月,踏访了小城的主要名胜和大部分"城域",深深爱上了她华美典雅如大家闺秀一般的气质,以及深邃的历史和光芒熠熠的文化艺术。

巴斯被誉为"英格兰最美的城市",是联合国教科文组织评定的"世界三大古迹之一",也是英国唯一被列入《世界文化遗产名录》的城市。其城市风格和各色建筑均为古罗马式的,来到这里时时会有一种置身意大利的感觉,这是因为该城真的是由罗马人建立起来的:公元1世纪恺撒大帝的铁骑横扫欧亚时,强大的罗马军团打到此地,被这里优美的自然风光和天然温泉所吸引,便驻足下来,修建了极其精美豪华的"古罗马大浴场",供帝国皇室使用。这座大浴场一直完好地保存到今天,成为一座博物馆向公众开放,每年接待数十万来自世界各地的观光客。

大浴场为古罗马神庙式建筑，高大的罗马柱镶嵌在一池碧绿的泉水里，高举着头顶上哥特式的石筑宫殿。十多位两人多高的大理石名人雕像环绕着四周，据说包括罗马皇帝恺撒在内，可惜我一位也不认识，只是非常仰慕其雕刻风格，觉得它们与著名的"断臂维纳斯"相仿佛。宫殿的尖顶和巨大窗棂皆镂空浮雕，繁复而又精细的花饰，彰显出当年罗马人的富足与傲世感，当然也标志着他们极高的艺术审美标准。大浴场被称为"BATH"，以后这座城市都随着它叫作"BATH"——今天英文直译为"洗浴"之意，其实，完全不是这么简单，这里面还有个古老的传说：

当年李尔王的父亲布拉杜德王子到雅典读书期间染上了麻风病，回国后被放逐到乡下牧羊。羊们经常到山脚下一处有着奇怪气味的泥塘里打滚，他就只好下泥塘去驱赶它们，然后在旁边的一眼温泉里洗浴。天长日久下来，温泉水竟然治好了他的麻风病，还使他的皮肤变得细滑光洁。后来，布拉杜德成为国王，不忘巴斯那个有着奇怪气味的温泉，派人去化验水质，发现水中富含硫黄等矿物质，对某些神经系统和皮肤的疾病很有疗效，便下令挖深井把温泉水从地下抽上来，蓄到石砌的巨池中。还大兴土木建起了沿袭古罗马风格的"国王的浴池"以及庙宇，每年都带着王公贵族来洗浴。岁月绵延，朝代更迭，"国王的浴池"一直为后人使用着。到了16世纪，当权者又在旁边建起了一座"王后的浴池"，专供女宾们使用……

这传说很像民间故事，在咱们中国，也到处都有着民间故事和民间传说，比如七仙女、孙悟空、哪吒闹海、八仙过海等等。然而在巴斯古罗马大浴场却是有实物为证的，至今在热气腾腾的古老浴池旁，还保存有布拉杜德国王当年洗浴的"宝座"和他的石塑像，还有后世不断挖掘出来的或石头或金属的人头像、装饰画、钻头工具、水舀、环扣、发针、耳环……

当年参观这座博物馆的门票是 11 英镑，以 2009 年的汇率折算，差不多是 145 元人民币。那时咱们还没长工资，中国的物价也还相对较低，所以初到英国觉得什么都贵。然而，参观完这座大浴场博物馆，却觉得相当值得，甚至精神都为之一震，那余香一直在我心中的某个角落里珍存着。为什么？

因为整个展览做得太有文化品位了，完全不是我当初的不以为然——是的，我差点就错过了它，因为我曾怀疑：一个"大澡堂子"有什么可说的呢？呵呵，英国人还真让它有了很多可说的：不仅有两千多年来建造与不断延续的大 BATH 本身的历史，以及它的建筑、文物、考古意义上的知识，还有关于古罗马、英格兰、爱尔兰及欧洲的地理、历史、人文、艺术、科技、哲学、军事、国家关系等非常丰厚的内容。听得我津津有味，就像上了一课，觉得心胸一下子开阔了，世界竟然如此美好。更珍贵的是，还唤醒了我渐渐被世俗遮蔽了的文化之"贵气"——这是我自己生造的一个词儿，指的是代表人类文明最高水平的"纯文学"和"雅文化"。这种高雅文化的召唤，其实无时无刻不响彻在我们每个知识分子的心底，只不过有时我们被世俗、庸俗、恶俗吵聋了耳朵，一段时间听不到了；但我们纯粹的心还在，博物馆、图书馆等等，就是召唤我们回归"贵气"的所在。

从这个意义上说，我对济南就有了不满足：她到现在还没有一座济泉博物馆，这是不是有点儿不可思议？

中国人爱说济南是"天下第一泉城"，从古人开始，就因济南的泉水之多、之有名而恃泉傲世。金代"名泉碑"曾为济南 72 泉立碑，这在封建社会算是至伟的大事，不仅歌功颂德，更要传之千秋万代。当然济南的泉尚不止那 72 处，据清代沈廷芳《贤清园记》称，其泉"旧者九十，新者五十有五"，共计 145 处。1964 年新中国进行了一次实地调查,发现仅在市区内就有天然泉108处(或曰110处)。于是,又有人举出"七十二行"和"七十二变"为例,说济南的72泉不是实数,而是"泛指数量多的意思"。

我个人认为,数字非实质,不那么重要,关键是一个"美"字。

那年春暮夏初,我到了济南。哇,趵突泉正昂扬吐水,三股水缸一般粗壮的大水柱,红日跃海一样,闪电刻天一样,高铁奔驰一样,以无可阻挡之势,喷薄!喷薄!烟云惊耸,紫气东来,清凛傲娇,雪浪逼人。一条激情奔涌的大河,从泉腾起,滚滚滔滔,沿着修筑得城墙一般结实的河堤,冲决而下,它是从两千年前,不,是从亿万年前就开始奔涌了,一直,一直,腾飞!腾飞!真个是"云含雪浪频翻地,河涌三星倒映天"(明·胡缵宗)。这是我第一次看到济南趵突泉,可真不愧是无与伦比的惊天泉啊!我从没想到过"泉"这种在水家族中算是温婉小女子的一类,竟能腾挪出这么激荡天地人心的场面,顿时凌乱了,手之舞之足之蹈之。济南友人笑话我:这还刚刚是一个泉呀,我们还有金线泉、珍珠泉、黑虎泉、杜康泉、密脂泉、斗母泉、漱玉泉、柳絮泉……咳咳,韩小蕙你真没见过世面!

我先不好意思地笑笑,是呀是呀,是我的问题。接着,就立即反击道:"不过不过,也是你们的问题,更是你们的问题——济南怎么到现在还没建起一座济泉博物馆呢?"

主人们一下子全被噎在那儿了。

按说,平时我绝对不是个"外国的月亮也比中国圆"的主儿,但说起应当修建济泉博物馆这个话题,我竟思绪滚滚,腹议滔滔:巴斯巴掌大点儿的地方,区区九万人口,仅有那么一口温泉,人家英国人就做出了一座那么有文化、在全世界都广有影响的大BATH博物馆;济南呢,有着这么举世无双的泉水,这么天下无二的泉城,这么无与伦比的历史文脉和典籍资料（单是历代文人咏泉的诗词就浩浩汤汤），如果倾全城之力，建起一座高端的济泉博物馆，再借助互联网发布出去，还不让全世界都凌乱了，立时就把济南当中国啦！

呜呼，两千多年或曰亿万年的济南泉，请抓紧时间吧，"日月忽其不淹兮"，新中国已经66岁了。但愿你借助济泉博物馆的东风，再度振翅古老的青春，把今日济南以及中国之煌煌巨变，带到世界上的每个角落，知会中国的每一位友人！

2015年8月于北京马连道莳葇云居

当代英国人最喜欢的作家居然是……

说起简·奥斯汀,中国文学爱好者们没有不知道她的,再提起《傲慢与偏见》,更是连中国普通老百姓也都知晓——电影里,既高富帅还是贵族的青年达西,最终"下娶"了乡绅之女伊丽莎白·贝内特,这极大满足了全世界普通姑娘们的人生梦想,所以,这电影像"灰姑娘"一样,特有人缘而又知名度极高。

出于同样的原因,简·奥斯汀在英国也是特有人缘而又知名度极高。2010年英国曾有一项公众测试"你最喜欢的英国作家是谁?"最终结果,高中榜首的居然是简·奥斯汀!

毫不避讳地说,我个人认为这结果太难以接受了。它的背景墙真好比一幅马蒂斯的画,既撕扯又残酷,因为要知道,古往今来,大不列颠诞生了多少伟大的作家啊——乔叟、莎士比亚、培根、蒙田、弥尔顿、笛福、斯威夫特、布莱克、华兹华斯、柯尔律治、拜伦、雪莱、济慈、司各特、狄更斯、萨克雷、夏洛蒂·勃朗特、艾米莉·勃朗特、乔治·艾略特、哈代、丁尼生、勃朗宁、王尔德、高尔斯华绥、乔伊斯、劳伦斯、毛姆、赫胥黎、格雷厄姆·格林、多丽丝·莱辛……不胜枚举,数不胜数,却怎么数也数不上简·奥斯汀啊!

连在英国女作家中,简·奥斯汀也只能排在夏洛蒂·勃朗特和艾米莉·勃朗特姐妹之后。当然,这是我个人的排名。犹记得20世纪70年代,中国还处在"文革"后期,我偷偷借到禁书《简·爱》,如饥似渴地读完之后,竟像生了一场大病似的,浑身发烫,恍恍惚惚,把现实版的"阶级斗争""路线斗争""无产阶级专政""誓将××进行到底"的革命任务忘得一干二净,脑子里全是简·爱、简·爱、简·爱! 19世纪中叶,英国约克郡荒原上的平民女作家夏洛蒂·勃朗特,不仅将"男女平等"的旗帜插上了人类文明的喜马拉雅山,同时,也将"阶级平等""贫富平等""颜值平等""人生而平等"等全人类寻找幸福的共同尖端话题一一提出,并给出了她自己的见解。《简·爱》是迄人类文明史至19世纪(甚或20世纪、21世纪)以来,用小说诠释出"天赋人权"思想的最鲜明、最耀眼、最具美感、最有高度的实例,对教化民众争取平等的生存权,对推动资产阶级革命,对促进天地人心的进步,起到了难以估量的作用。

今天,我可以毫不讳言地说,正是《简·爱》以及当时在我们年轻人之间偷偷传递的那一批禁书——司汤达的《红与黑》、狄更斯的《孤星血泪》、梅里美的《嘉尔曼》、都德的《最后一课》、德莱塞的《嘉莉妹妹》、海明威的《老人与海》、赫尔曼·梅尔维尔的《白鲸》、弗兰克·诺里斯的《章鱼》,以及莎士比亚、巴尔扎克、雨果、托尔斯泰、屠格涅夫、普希金……给了我以人生观方面的巨大影响,使我对当时已成强弩之末的"文化大革命"有了批判性认识,同时打开了我眼前璀璨无比的世界文学宝库。不消说,独立、有主见、有思想高度、坚持真理、毫不妥协的平民姑娘简·爱,成为深藏在我心中的女神;而夏洛蒂·勃朗特的写作宗旨——"不是为艺术而艺术,不是为自娱或取悦少数有闲者。坚持作家的社会职责,坚持文学的社会功能,坚持反对不道德的文学艺术"，也成为我毕生文学创作追求的目标。

在这样高耸的思想山峰面前，简·奥斯汀在我内心的分量就差多了。我一点儿也没有贬低这位讲故事高手的意思，但即使她的情节再曲折、细节再生动，也抵不过我对她作品中宣扬的"女人最重要的就是把自己嫁个好人家"的观点的不认同。她的女主角伊丽莎白·贝内特与《飘》中的郝思嘉一样，尽管人物形象活泼如生、人物命运令人纠结，但我认为她俩还都停留在"依附男权"的传统思想阶段，不应是全世界女子们的楷模性人物。借一句流行语，现在的世界主潮已是"我的命运我做主"。

不过，英国人把简·奥斯汀树为他们心目中的老大，这件事也给了我很多、很深的启示。我曾单纯地以为，人类文明已经胜利地走入21世纪，这世界上的广大女性已基本上懂得了什么是自爱，已将"独立、自主"作为自己的人生准则，那些一心想当王妃或嫁入豪门的"灰姑娘"，以及那些想通过"嫁个好人家"来改变自己命运的女性们，只不过是个别分子了，然而事情哪儿有这么简单！严重的问题不仅在于"教育农民"（50年代以前出生的中国人都知道，在苏联电影《列宁在1918》里，弗拉基米尔·列宁非常严峻地说道："严重的问题在于教育农民。"后来这句话在中国一时成了一句流行语），亦在于"教育女性"，更在于教育全体人类，助力他们不断克服自己本性上的好逸恶劳、贪图享乐、不劳而获、嫌贫爱富、见利忘义等等的劣根性。

当然，我这里说的已经不是简·奥斯汀和她的人物们；我也不是说当今的英国人有多么崇尚小市民趣味；我更不是哀叹见钱眼开、以貌取人等庸俗世风的倒卷回潮；我实在是为大不列颠的那些大师们惋惜——像莎士比亚、培根、蒙田、拜伦、雪莱、乔伊斯等等人间巨擘，赢得了全世界人民古往今来的无上敬仰，为什么却在当下的英国同胞中找不到知音呢?

噫!微斯人,吾谁与归?

2015年8月15日于北京协和大院葳蕤斋

德国的人

——从法兰克福归来,另一种思维

一

初次踏访德国,给我留下最深印象的,不是波澜不惊却深藏着机锋的莱茵河,不是雕刻奢华而尽显才智的科隆大教堂,不是历史绵长、藏品丰富然而却件件都是异族文物的罗马博物馆,也不是说服力无比强大的现代艺术路德维希博物馆,而是德国的人。

走在冷风飕飕的法兰克福街头,我看到大街小巷中的每一个德国人,无论男女,迈的都是奔忙的双腿,而不是像英国人、法国人特别是西班牙人那样的鹅步。这要是在日本、美国和我们目下的中国,是很好理解的一种被竞争励志的生存状态,可唯独在被慵散化了的欧洲,就显得有点不正常,甚至让人臆想了。

该怎样解读德国人呢?

该怎样理解德国人呢?

该怎样评价德国人呢?

之所以一连三个问号,实在是因为德国人太不可思议了:首先一个大问题,德国 8000 万人口,只占全世界人口的 1.23%,可是她喷涌出来的世界级别的伟大人物，却几乎把半个银河系都占满了。就哲学家来说，有康德、尼采、费尔巴哈、黑格尔、马克思、恩格斯、叔本华、海德格尔、维特根斯坦、本杰明、弗洛伊德……仅在世界上广为人知的就有数十位上百位；就音乐家来说，有巴赫、贝多芬、勃拉姆斯、门德尔松、舒曼、瓦格纳、理查·施特劳斯、韦伯、梅耶贝尔……哪一位都如雷贯耳、家喻户晓、被人热爱；就文学家来说，更有莱辛、歌德、席勒、海涅、托马斯·曼、黑塞、布莱希特、伯尔、格拉斯……仅咱们中国人朝思暮想的诺贝尔文学奖桂冠，人家就已戴上了七顶，可真是"山上桃花插满头"，闪得我们满眼发花啊！

这一连串名人，不仅标示着德意志的高度，更标示着人类的高度。况且，德国的历史竟然还是如此之短：从国家的意义上说，统一的德意志帝国是1871年才建立起来的，此前从古代到中世纪，任何一个大小强弱不等的欧洲国家，也没有像德国的领主们那样因以自我为中心和贪婪而不停地穷兵黩武。所以，在只有中国1/27领土的那块版图上，展现的一直是一幅没完没了的掠夺、战乱、纷争、暴力、杀戮、动荡的猩红色画面，乃至于到中世纪时，德国最多时竟然有314个公国。这当然就注定了发展的缓慢，而这又是好强的德国人所不能容忍的，因此在德国统一以后，她就拼命发展，后来还如大家所周知的，两次挑起了世界大战，并在被制裁的严酷背景下，涌现了这么多，发明了这么多，创造出了这么多——这实在要逼得你不得不搁下其他工作，去探问一下德国究竟是一个什么样的国家和民族？她还会做出什么撼动天地的事情来？

当然，我知道我来到得已经太晚了，莱茵河的每一朵浪花每一个涟漪，都已被前人解读出了无限深意，太多的古老故事也已早纳入到历史神话的传奇之中。留给我的，只剩下了当代生活的枝枝叶叶。

我睁大了眼睛。

二

还只是金秋 10 月中旬，北京还暖和得像待在一间巨大的暖湿花房里，法兰克福的冷风已是吹到了骨头缝里。幸好行前，我听了张洁的话，带上了棉衣。此张洁非别人，正是在法兰克福书展上，从上届主宾国土耳其手中接过本届书展主宾国旗帜的中国著名女作家张洁。20 世纪 80 年代，张洁的大幅照片到处出现在法兰克福街头，那时她的作品正被德国人热读。2009 年德国人热读的中国作家是莫言，或者可以说他们是通过电影《红高粱》而认识这位中国当代屈指可数的天才作家的。

中国当代天才作家极少，并不代表中国当代作家也少，整个人类历史都证明，各个民族的天才都是极少数，不然也就不能称其为"天才"了。可是德国人却硬是不相信这个事实，当中国政府满怀着善意和诚意，决定派出百位中国作家去为法兰克福书展助阵添彩时，德国媒体的反应不是欢迎，却是质疑：

"中国有那么多作家吗？"

因此，天才的中国作家莫言在书展开幕式上讲话，第一句说的就是："中国人多，中国的作家也多。"

可惜德国人没听进去，依然按照他们自己的思维模式，当着上千名来宾的面，以家长的教训口气，毫不客气地对中国领导人说：我们希望你回到中国以后，应该如何如何⋯⋯

我当时听了，心里"咯噔"一下，立刻觉得好有一比：你把客人请到家里来做客，人家一上门，你却劈头盖脸斥人家不会过日子、吃饭不科学、家里的装修摆设不美观、教育孩子的方式也不对⋯⋯

这不是连基本的礼貌也不懂、不顾了吗？

德国人怎么回事啊？

他不是非常讲究"欧洲礼仪"的绅士吗？

她不是一直在高调呼喊"维护人权"的淑女吗？

故此，德国人给我的第一感觉是不着调。抑或实质是这个民族的本性傲慢自大，眼睛里只有他们自己？这种文化，和我们中国先贤们提出的"高调做事，低调做人"，可真是雅俗两重天啊！由是，莫言天才地讲了一个故事：

> 一百年前，在我的家乡中国山东高密，流传着关于德国人的两个说法，一说是德国人都没有双膝，二说是德国人的舌头是分叉的。前几年，我带了几个德国朋友回家乡，我爷爷坐在我们对面仔细端详他们，后来把我拉到一边说，我看他们的膝盖好好的，舌头也和咱们的一样啊……

可惜，德国人又完全没听进莫言的话。他们仍然固执己见地在他们的思维模式里，坚持认定中国人的生活方式和中国作家们的创作方式就是他们理解的那样，任九头牛也拉不回来了！后来在科隆图书馆，尽管馆长女士拿出了她到中国常熟参加县级图书馆会议的照片，尽管照片上一二百人都是县级和县级以下的普通图书馆工作人员，尽管女馆长说她和他们自由轻松地交谈得十分愉快，可是，一位记者兼作家的金发碧眼女士还是绕着圈地问我：

"你写什么体裁的作品？"

"散文、散文评论、报告文学，还有新闻。"

"你的政府指令你能写什么，不能写什么吗？"

"No，我写的是我自己眼睛看到的事物，是我自己对世界的体察和认识。"

"对你的作品，政府官员要检查吗？"

"No，我自己写满意了，就直接投稿到报刊去发表。"

"没有官员检查干预吗？"

"No……"

尽管我们的脸上都微笑着，可是双方都读懂了对方的潜台词。所以，看着她意味深长的探测我的目光，我也故意意味深长地对她说："欢迎你到中国去看看。我可以在自己家里接待你，找几位文学界和新闻界的朋友，亲密聊天。这样，你就能亲眼看到我们的生活是什么样子的啦。"

她显然是完全没有想到，有点吃惊地盯着我，点头 Yes。

三

说到英语，德国人不像傲慢的法国人，即使会说也装着听不懂；也不像西班牙人、意大利人那样，只有知识分子阶层才比较广泛地掌握了英语。据说大部分德国人都懂英语，比例也许高达 60%、70% 甚至 80%，所以在德国穿行并不太困难。可是，德国人对待语言的态度，又非常个性化地显示出他们的民族本性。

在大街上、商店里、书刊和报纸上，第一眼看到德文的大部分单词，都可根据英文单词猜个八九不离十。可是你再仔细辨认，就又"二乎"了，因为单词中一定夹着几个字母和英文的不一样。比如"文学"，英文是 literature，德文是 Literatur，只差一个字母。又如"革命"，英文是 revolution，德文是 Revolution，区别仅在于第一个字母有大写和小写的不同。没人跟我说为什么，但直觉告诉我：这一定又是德国人为了显示自己的独立存在，而在英语来到之后改良出来的。

回到中国后，我就此请教著名德语文学研究专家叶廷芳先生。叶先生的回答肯定了我的直觉。他说，除此之外，德语还有借用英语的情况，比如德文自己有"故事"这个词 Geschichte，但它有时也借用英文的 story，不过德文一定要写成 Story，以示区别，等等。当然，即使字形相同的字，读音也不相同。

我心里对自己说：这就是德国人，典型的自尊，极度的自尊，绝没有半点含糊的自尊。

不过，德意志也真是一个非常优秀的民族，聪明、肯干、认真、严谨、高效，同时又很自律，要求别人严格，要求自己更严格。在我们第一晚住的 Express 假日饭店，房间里的设计陈设，把这些民族优点都一览无余地表现出来了：

屋子不大，顶多有十平方米吧，却放着一高一矮两个双人床，一看就是给三口或四口之家准备的。在两张大床的对面，贴墙有一个大约宽一尺半、长六尺的台子，一头放着电视机，另外三分之二的台面当桌子用。和这个台子并排、接近门廊的地方，放着一个敞开式大衣柜，最上面有环形不锈钢管围着的空间，是放旅行箱的，中间部分是挂衣钩和衣架，最下面是一长排鞋柜，总之是能利用的空间全部利用。在双层玻璃窗下面，摆着两个单人沙发和一个圆形茶几，窗外是淡黄色和苍绿色相间的大片大片的草地，远处停着大大小小二三十辆房车，构成了一个流动的村庄，也为窗内悬挂了一幅活动的列维坦式田园油画。

其他，除了墙上的几个小挂钩外，就没什么了，完全不像中国的旅馆，偌大的房间内，像居家一样放置着柜子、桌子、大衣柜、酒柜、茶柜、五屉柜、写字台……而所有的抽屉都是空的，没有东西放，形成浪费。话说回来，那些小钩子虽然小而不起眼，却都是放在最顺手的地方，最用得着，比如大衣柜侧壁挂着饭店的服务手册，就节省了桌子上的空间；卫生间洗面盆一侧也安着两个小挂钩，可以顺手挂个浴帽啦、发卡啦等等。还有最绝的，我发现卫生间和马桶间竟然共用的是一扇门，也就是说，当你需要使用整个卫生间时，就向外推90度，大门就关上了；若只需要使用马桶间，则把这扇门往里推90度，又刚好能严丝合缝地将马桶间关上，留下外面的洗澡间和洗脸间任别人自由使用。说来我也走过世界上十几个国家，也在国内高中低档数百家宾馆住过，但这样的绝佳风景也是第一次见到，真是不看想不到，一看才知道世上竟还有这么聪明、这么缜密、这么讲究使用成本效率的民族！

由是，我体会到德国人既哲学，又实用的民族习性：该形而上的时候，就费尔巴哈、海德格尔；该形而下的时候，又能一扇门掰成两扇用，赛过我们中国的"一分钱掰成两半花"。此番是我第一次踏访德国，也基本上是首次近距离观察德国人。在接下来的日子里，我发现德国人处处都像这间旅馆一样，用不着的一件没有，该用的又都唾手可得，怪不得早就有人形容他们是"机器"，是"钟表"，甚至是"完全按照观念生活的人"。

前面说过，叶廷芳先生是学德语的，在德国生活过一段时光，如今还每年都跑德国好几趟，交了不少德国朋友，对德国很有感情。可是很有些时候，刻板到了家的德国人，也把他弄得特别"搓火"：比如有一次他去邮局寄书，好几十公斤的一箱书，只多出二两，就不行了，非得按照下一个层级收费，一点不通融；又比如一位朋友家里扩建一间小平房，搞了三年还没完工，因为即使换个水龙头也得经过有关部门的监测，一项一项加起来，就得经年累月了。我问："德国人不造反吗？"叶先生答："他们已经麻木了，要是咱们中国人，绝对没有这个忍耐力。"

逻辑与形象，理性与感性，观念与激情，本是因人而异的，说不上谁对谁错，孰高孰下。对民族性格来说也如是，你可以喜欢西班牙人和法国人的浪漫，也可以喜欢英国人的守旧和德国人的严谨。于我，是很尊敬和羡慕德国人的勤勉、守时、一丝不苟、丁是丁卯是卯的，如果我们中国人有一半能做到德国人的这个份上，则中国的发展早就"天翻地覆慨而慷"了。但是，我真的又很不喜欢德国人的傲慢、冷漠，没有色彩，整天都是一副公事公办的公文脸——我们总不能只按照条文和戒律过日子吧？如果只有观念没有激情，这世界、这人生，就好比到处都是铅色的机器和塑料的花草，还有什么可留恋的呢？

当然，德国人还有许多别的优点，甚至很大的优点，比如说勤奋。英国商店的营业时间一般是早上10点到17点，周六缩短到16点，周日有为数不少的商店根本不开门，要的是捍卫神圣不可侵犯的休息权，平均每周的工作时间是31.9小时；舒服的西班牙是上午10点到13点营业，中午休息，16点到19点再开一会儿门，周六周日休息，每周的平均工作时间是30小时；浪漫的法国实行每周35小时工作制；而德国每周的平均工作时间是38.3小时，这虽然和中国不能比，但在欧洲就是最吃苦耐劳的了。又比如说阅读，德国人读书风气极盛，70%的德国人喜爱读书，一半以上的人定期买书，三分之一的人几乎每天都读书。而我们中国人呢，和我们的GDP一样，人均可想而知了。

四

德国的GDP一直走在欧洲的前面，也走在世界的前列，在相当一段时间里都是全球第三大经济体，即除了美国、日本就是德国了。

当2007年中国后来居上，取而代之成为世界"老三"时，德国举国失色，震惊、气恼、不服、嫉妒、敌意、警觉，而又无可奈何……真犹如唐明皇的马嵬坡之憾，"此恨绵绵无绝期"啊！

近年来，在德国生活、工作、读书的中国人，明显感到身边的温度越来越低，友善的目光越来越少了。以至于赴德国学习的中国留学生人数明显减少，因为观念导致德国的某些公司不肯招收中国人，留学生们毕业后难以找到工作。还有一件不可思议的事情发生了：本届法兰克福书展期间，德国国家电视二台做了一个节目，该台一个记者拦住了来自中国的几位出版家，故意操着德语用飞快的语速说："欢迎你们到德国来捣乱……"而那几位中国出版家德语本来就不太好，只听懂了前面的"欢迎你们到德国来"，就一个个笑容可掬地礼貌回答"Thanks"。让人更难以想象的是，这么低劣的节目播出后，居然还赢得了不少德国人的开心爆笑和喝彩，说明某些德国人在媒体的误导下，其内心滋生和泛滥着一种很不健康的情绪，悲哉！

说来，这就是最让我不能容忍的——德国人的自我中心主义。他们眼里只看得见自己，永远看不见别人或者从来不屑于看。他们也老是固执地想以自己的观念来改造别的民族，想以自己的生活方式搞世界大一统，这不但是很危险的（请想想前两次世界大战），也是很可笑的。说句老百姓的大白话：这些德国人，准保从来就没学习过咱老祖宗的至理名言——"水至清则无鱼"哇。这需要补课。记得我上大学的时候，班里有个男生，律己极严格，学习特刻苦，生活绝俭朴，各项校规法度遵守得倍儿模范，各门功课也都考得非常优秀，真称得上是好学生或曰学生楷模。可是，他也老是用自己的生活范式去要求别人，最后就把自己弄得孤家寡人，谁也不喜欢他了……

因此，我也得郑重其事、严肃认真、善情善意，同时尽职尽责地提请德国"同志们"注意这个问题,用我们中国"上纲上线"的话说,叫作"说不说是态度问题,说得分寸不分寸是水平问题",忠言逆耳利于行啊。

我并愿意送给你们三句充满中国古老智慧的话:

大其心,容天下之物;虚其心,受天下之善;平其心,论天下之事;潜其心,观天下之理;定其心,应天下之变。(《格言联璧》)

不自见,故明;不自是,故彰;不自伐,故有功;不自矜,故长。(《老子》)

人人亲其亲,长其长,而天下平。(《孟子》)

2010年1月3日定稿于北京协和大院飞雪中

澳门的心

一到澳门，我就被澳门的心吸引住了：她里外透明，很朴实，很纯正。

甚至没到澳门之前，早在差不多十年之前吧，我就已经很知道这一点了——那一年我们两岸三地的女记者在厦门召开交流会，来了两位澳门报界的女记者。在靓靓丽丽的台湾女记者面前，在风风火火的香港女记者面前，在轰轰烈烈的大陆女记者面前，两位澳门的女记者总是很低调，很谦虚，甚至有些羞涩和木讷，逢到要她们讲话时，两人总是羞报地笑笑，简单地说上两句，就躲到大家的目光之外去了。那是我第一次接触"澳门同胞"，尽管没有靓靓丽丽，没有风风火火，没有轰轰烈烈，但我对两位澳门女同行留下了极好的印象，我喜欢她们那种内敛、实在和安静，喜欢她们的少说多做，沉默是金，也从她们身上看到了澳门的心，很朴实，很纯正，踏踏实实，重剑无锋。

可是我现在到了澳门，一时却恍惚了，不知道澳门的心在哪里。

我执意去找一找。

一

大三巴牌坊面前人流涌动,热闹非凡。来自全世界的游客,肤色白的、黑的、黄的,服饰红的、绿的、花的,长得美的、帅的、丑的,人人兴高采烈,纷纷在情绪高昂地拍照留念,唯恐辜负了这大美的景观。

大三巴牌坊是澳门最具代表性的名胜古迹,被誉为"立体的圣经",是澳门的名片。我第一次看到它的照片,是在澳门回归那一年的春天,一位不知名的热心读者,从澳门寄到编辑部一包明信片,上面第一张就是大三巴牌坊。呀,刚看到它的第一眼,我的心就被它天国一般的精美绝伦震撼了。当时人的视野还很原始,互联网之手远远没有像今天这样随心所欲,想看哪儿轻轻一磕"老鼠",就能够尽情地、没完没了地看个够。我把大三巴的照片夹在自己通讯录本子里,随时随地就拿出来看看,同时在心里做出一个瑰丽的梦:将来有一天,我一定要去澳门,亲眼看一看大三巴。

今天我终于来了!来之前,当然做足了功课:大三巴牌坊是1850年竣工的圣保罗大教堂的石雕前壁,其后面部分遇火已不存。大三巴糅合了欧洲文艺复兴时期和东方古代建筑的风格,巍峨壮观,雕刻精细,单是这座牌坊的造价,300年前就已高达三万两白银,可谓珍贵至极。细细欣赏牌坊上面的石刻,各种圣经人物、花鸟、文字、图案等等象征中西方文化的符号,各得其所在,各显其意义,和谐共处,共生共荣,真是既彰显了欧陆建筑的华丽风格,又结合了东方文化沉稳内敛的传统,体现出澳门在数百年前,就已在探讨中西方文化的结合问题,并且取得了令人惊异的成功。

在后来的参观中,我发现,这也是当代澳门文化特色的一个突出现象:常常是在绿叶低垂的长长的浓荫里,可以看到中西合璧风格的房子，伴有繁茂的花枝从里面探出身影，在香烟缭绕的中国妈祖庙毗邻，亦矗立着天主堂、基督堂、清真寺，还有其他一些民族的宗教建筑。在宽敞的大马路上或一弯一弯的小街角，不时会突然闪出或花枝招展或灯红酒绿的中国、葡萄牙、泰国、印度、越南、马来西亚等等各种风味的餐厅，都宾客盈门，都欢声笑语。在大街上熙熙攘攘的人流中，更是欣欣然走着汉族、回族、满族、高山族以及葡萄牙人的后裔，他们都是中国澳门行政区同胞，和谐地共同生活在这29.2平方公里的土地上……

那么是什么，把这些天涯海角的、迥然不同的文化元素，雕塑在一起的呢？

我向天空发问，我向大海发问，我向大地上的绿叶鲜花发问——

从历史深处飞来的信鸽"咕咕"叫着，告诉我说：澳门除了被侵略、被蹂躏的时期之外，基本上都是一块宁静的乐活热土。澳门人心地善良，生活目标纯粹，不贪心，对未来的生活不存非分之想，也不嫉妒别人，所以大家都能和睦相处，这无论是在西方还是在东方，都比较少见。

在我们离开大三巴的时候，牌坊下，支起一张桌子。有天主教会的工作人员站在桌前，开始分发《澳门导游》等小册子。游客们都自觉地排起队，安安静静地领取。我排的那个队伍的工作人员是位中年妇女，我看到她一边分发小册子，一边满脸笑容地对每位游客说："神爱你！"

轮到我的时候，她也是对我一脸灿烂，亲切地说："神爱你！"一瞬间，我的心突然被一股强大的温暖所软化。虽然我不信仰耶稣基督，也明白这位女士是在向我做宗教的宣传争取工作，但当亲耳听到有人对我说"爱我"时，一颗心还是止不住快乐地摇曳起来。

这就是澳门的心吗？

嘿，她对我说，她爱我！

二

　　仔细端详，澳门的每一片大大小小的绿叶上，都有着极其美丽的纹路，像澳门的每一处景点。

　　不，像澳门的每一寸土地。

　　不不，更像澳门的每一颗心。

　　历史的风吹来了，它们在风中起舞。

　　我到处看见它们。

　　比起北京的国家博物馆，澳门博物馆似乎既关注国家社会，亦重视人间烟火，有着浓浓的人情味。除了那些庄严的宏大叙事，我还看见了澳门普通人的身影和他们生活中的诸多情节、细节：比如一个家庭的居家日子，一个厨房的锅碗瓢盆，一个木雕艺人的精雕细刻，一个渔民收获的大鱼大虾，一碗粉面和一锅杏仁饼的诞生过程。我甚至分享到了一个新嫁娘梨花带雨的出嫁喜泪，我甚至听到了一个婴儿唱歌般的啼哭声，我甚至嗅到了一个小杂货店沁人心脾的杂物的混香，我甚至看到了店主人童叟无欺、诚实待客的心……

　　当我走进何东爵士捐赠给澳门民众的何东图书馆，一眼就看到一群十五六岁的中学女生正在宽敞的回廊下做作业，几位年纪不等的市民在藤萝架下读报看杂志。这座精美别致的园林别墅式图书馆，主楼是一座南欧风格的三层楼房，前后环绕着绿肥红瘦的中式园林，是一座集历史、文化、建筑艺术于一体的建筑，也是中西艺术结合的典范。1955 年何东爵士以 93 岁高龄病逝，其后人根据遗嘱将故居做成图书馆，期望能帮助尚在努力发展经济的澳门民众提高文化水平。今天，何东老人的心血果然没有白费，他双目炯炯，满心欢喜地看着市民们在读书……

　　我又走进海事博物馆。它的所在地就选在当年首批葡萄牙人登岸的地方，其造型模仿一艘扬着白帆的三桅船，停泊在澳门的心脏妈阁庙前面。昔日的1号码头已被列作博物馆的设施和休闲场所，供游客浏览以及与大海亲近。本来在进馆之前，习惯性的思维方式让我以为又是一场血雨腥风，却丁点没想到，它讲述的重点是澳门与大海之间的传奇故事，还有中国和葡萄牙在海事方面的历史，以及海洋在人类文明发展史上所具有的重要性。它给我的强烈信号是，澳门已经长成一个非常成熟沉稳的成年人了，它的心是爱心，在这颗心里留下的，不是刀光剑影，而是合作，是发展，是积极地向前看……

　　走上澳门历史城区的土地时，我情不自禁地弯下腰，仔细端详着脚下的沙粒，感觉有一股天外罡风从远古的深处吹来。据说，这是中国境内现存年代最远、规模最大、保存最完整和最集中的历史城区，上面中西式建筑交相辉映，既有妈阁庙、哪吒庙，也有岗顶剧院、玫瑰堂等20多处历史建筑，充分展示出近几百年来，各种文化在澳门这块土地上互相碰撞、交流所结晶出的澳门魅力。另外，只是说它"在2005年被光荣地列入《世界遗产名录》"，似乎太冷静了，没有表达出澳门炽热的心跳；我更愿意听澳门朋友们说起他们的节庆连年，一年12个月，澳门月月有节日，无论是中国的传统节日春节、清明、端午、中秋，还是西方的复活节、花地玛圣母像巡游、圣诞节，或是佛教的浴佛节，以及独具澳门特色的国际音乐节、国际烟花会演、格林威治大赛车……

　　哦，澳门的心，天天都浸泡在举城欢庆的日子里。

三

第三天，我们迫不及待地集体登车，一往无前。

目标——氹仔岛上的一家蛋挞店。

澳门特别行政区包括澳门半岛，氹仔和路环两个离半岛。澳门半岛北面与中国大陆相连，南面分别由三座大桥与氹仔岛连接。氹仔岛和路环岛则由2.2公里的连贯公路相接。不知是谁听说的，氹仔岛这家蛋挞店，不仅全澳门最好，能做出各种口味的蛋挞，能把人香得黏在那里七天七夜不走，而且还举世无双。我们便来了这次集体行动。

谁知到了那里才看见，那是一个非常小的、貌不惊人的小门脸，甚至说它是一间大厨房也不为过。只有一个门，玻璃擦得亮晶晶的，似乎连一个指纹都不存。东、西、南三面柜台，前店后厂，顾客们只能在门外排队等候——好在，澳门到处花树林荫，海天空阔，无一处不风景，置身其中，如同在公园里流连。

此时，还真有大队人马在排队，极耐心。不仅是肚子里的馋虫勾的，更主要是想体验一把澳门最佳，可是真的太慢了太慢了，比蚂蚁爬还要慢，因为需要一边做一边卖，熟了一"锅"卖一"锅"。

像我这个岁数的人，对"排队"还记忆犹新，更心有余悸。想当年十年浩劫中，大陆物资极度匮乏，许许多多的东西都是凭票证配给的，比如过一个春节，每人才配给三两花生二两瓜子，那还是在首都北京。现在说来年轻人都"嗤嗤"嘲笑，那时候上街，只要看到排队，不管三七二十一，先排上，然后再去问卖的是什么，再回家取钱。我最有成就感的是有一次在王府井百货大楼，刚好碰上从哪国来的一批进口涤纶男裤，我竟然排了六个小时，才给老爸抢购了一条，等我喜气洋洋地捧着裤子回到家，父母正着急哪，连说

"这孩子（指的是我）上哪儿去了？丢了吗？！"

世事沧桑，白云苍狗。今天，许久许久没排过队的我，居然在澳门又排了队。

然而人是物非，人间和心情都彻底换了样，性质完全不同了啊！

这些感受，跟身边的澳门朋友说，他们不一定能体味。不过，要是跟他们说起当年俺们这些大陆"老土"对来自港澳的所有货物，都新奇、都羡慕、都高看一眼、都显摆不已，他们一定乐。而现在的我，自从来了澳门以后，就一直在犯愁：给家人和朋友们买回去点什么呢？如今的大陆什么都有，什么都不新鲜了啊！

我灵机一动：要不，就买这举世无双的蛋挞？哈！

花费了让人心疼的将近一个小时，我们终于吃到了金贵的蛋挞。啊，酥脆绵软，到嘴里就化成一股特殊的浓香，那个销魂啊，真的能把人黏在那里七天七夜不走哇——可惜我的港澳通行证哟，总共才给了七天时间啊！我不由得"抱怨"说："这个店老板的观念，太保守啦，他怎么不到处开个连锁店啊？要是在大陆，生意这么火爆，早纽约巴黎伦敦东京的到处开花了，放着大钱不赚，就守着这么个小门脸，我都替他着急！"

澳门的朋友笑了，慢悠悠地说："这就是我们澳门人啊，做事讲究一板一眼，不越矩。开店得先保证品质，要是没有扩张的实力，索性不做，也不能砸了牌子哦。"

我有点尴尬。他却不动声色地为我解围道："我们澳门地方小，所以店铺也都开得小。不过呢，看着门脸普普通通的，品质却都维护着不丢。码头那边有一家粉面老店，比这蛋挞店还小，门脸还旧，可是做的粉面那叫好吃啊，连特首夫人都去排队买。但是那家也是这个传统，每天就打那么多粉，不多做，一般到中午就卖完了。"

"为什么不多做呢？"

"怕影响了质量啊。做多了厨师必然就累了，累了就容易马虎，质量就不一定能保证了。我们澳门人是用心做事的，心思哪怕少一分，都必然会有影响的喽。"

啊，这不由得叫我想起大自然最普通的一件事：一粒种子被播入地下，仁厚的大地用心地孕育它生了根发了芽。从此，和煦的阳光用心地照耀它，滋润的雨露用心地浇灌它，风儿用心地梳理它的叶片，白云用心地为它塑造体形，蓝天用心地导引它向上拔节，农民用心地打造它锻造它成就它。就这样，经过长长的、复杂的、艰苦的生长，终于，它也用心地长成了，它变成了百粒千粒万粒的丰收的硕穗——大自然又收获了一个用心生长的季节，人类又收获了一个用心做工的典范。

我也想到了人类社会最普通的一件事：一个生命的种子被植入母亲的子宫，仁慈的母亲用心地孕育了他（她），将他（她）领到世界上来。从此，母亲对他（她）的用心就是终其一生的了：用奶水哺育他（她）成长，送他（她）上幼儿园、小学、中学、大学读书，又把他（她）送上工作岗位，再为他（她）娶妻（嫁夫）生子，甚至还为他（她）照顾下一代儿女……母亲就这么用心地将自己的血肉、体力和精神，一点一滴地灌注给儿女，全部给完了之后就悄声离去了，轮到下一代母亲又继续用心地浇灌，人类就是这么一代又一代用心地递交而绵延繁衍的……

用心就是呕心沥血。

要想把我们这个世界变得更好，无他，大家都必须用心地做事。

成功其实很简单，就是用心地做好每天应该做的事。

用心做事的澳门人——澳门的这颗心啊！

四

最后还要庆幸的,是我在澳门学到了一个词——"手信"。

其实对澳门和广东沿海一带来说,这已经是古往今来、世代沿用的一个 long long ago（非常非常古老）的词汇了,可是我真的是第一次听到,所以很新奇。什么是"手信"呢？澳门文友们解释得比较唐诗宋词:"手信"就是"驿寄梅花,鱼传尺素"。哦,我似乎懂了,就是古代"鸿雁传书"的那个"书",是通过手温传达的、寄予着浓烈感情的家信。

可是后来我发现,"手信"还有内涵更为宽阔的俗和雅两种解释:用下里巴人的说法,"手信"就是人们出远门回来时捎给亲友的小礼物。过去走海人重感情,每次归来时,都要把街上叫卖的杏仁饼、牛肉干、猪油糕、光酥饼、姜糖、花生糖等等零食信手捎回家,长此以往,就渐渐地把它们统称为"手信"了。而以阳春白雪的解释,则"手信"最原始称呼为"贽",《左传·庄公二十四年》:"男贽,大者玉帛,小者禽鸟,以章物也；女贽,不过榛栗枣脩,以告虔也。"意思是说,古代外出访友的邦客必须带着礼物"贽",男人的贽礼大到一块玉、一匹丝织品,小到一只禽鸟,显示的是礼物的贵重；女人之间的贽礼不过是一把榛子、一包栗子或者几枚红枣,表达的是虔诚的情感。

澳门朋友又告诉我:澳门还有"手信"一条街,密密麻麻开着数十家"手信"商店,摆满了澳门特色的"手信"食品,各国游客欢天喜地游走于各个店铺之间,大包小包,把澳门"手信"带回到世界各地⋯⋯

好形象、好生动、好诗意的一个词呀！这个带着澳门体温的词,非常温暖地感动了我,马上使我想起了家里的老父老母和远在英伦的女儿,此刻,要是能把我的"手信"立刻捎到他们手上,该有多好啊!人世间,最美丽的情感就是亲情。

我深深地吸了一口气,澳门的海云天风,都是甜的呢。我觉得自己的一颗心被浸得柔柔的,软软的,眼睛不由得湿润了起来。我把"手信"二字写在本子上,又存入手机里,并且先自,已把它刻在了心上。

——"澳门手信",不也是澳门的心吗?

2009年6月23日完稿于英伦巴斯市雅文河畔

蒲甘的落日
——缅甸纪行之一

赶上蒲甘的落日不容易,它都走过九百年光阴了!

说来,那时它还是血气方刚的一介后生,每天大清早起就轰隆隆赶来,柔情万种地呼唤着自己的期待,直巴望到火烧云锁住整个地平线,漆黑的夜幕就将把一切吞噬,再也没有了百万分之一的希望,才怏怏离去。

日复一日……

殷殷切切……

然而,却总是没有呼应——连一次安慰也没有!最终,它缄口了。如今已心如死灰,彻底沉默。

一

蒲甘地处缅甸中部,红色的土地之上,束着伊洛瓦底江这条碧绿的玉带,因缅甸最古老的王朝——蒲甘王朝而得名。

一出机场,连一点过渡都没有,猛然就撞见了遍地的佛塔,寂寞落日里,闪着凄绝的美焰。

我始知"阵势"是一种什么概念了。即如小小的蚂蚁,如果密密匝匝排成几平方公里、几十平方公里、上百平方公里的阵势，也会令人恐怖得头发倒竖——何况还不是一只只小小蚂蚁，而是一座又一座、一群又一群巍峨的塔。

沉默的塔啊！

大塔，小塔，大的如一座座高入青云的皇宫，小的像随意农家的竹篱茅舍，在公路两旁，槟榔树下，荒草萋萋深处。按说我们中国作家代表团一行五人，都已不年轻，半辈子或大半辈子所见过的佛塔，也有几十上百座了，可这种塔塔相连、塔外生塔、塔内长塔的塔家族，还真是没听过、没见过，也没想过，一下子就被震慑得匍匐了下去，衷心臣服于这种无与伦比的壮美。一时，没有人再开口说话，连最饶舌的也暂停下来，车内车外，一片寂然……

一向被认为外表冷静的我，也觉得心口上袭来了一把火，有些不能自持了：面对着它们，与其说这是一群佛塔，莫如说是一座座中世纪的城堡，不需多少想象便可知，里面曾演绎过多少神秘莫测的或者惨绝人寰的或者惊心动魄的故事！恕我对世界建筑艺术的无知，我认为有些塔就是来自东欧某些古老君主国的宫廷建筑模本，比如我们中国和东南亚的塔，大多呈现的是圆形或者圆形的感觉，而蒲甘的塔是方形的，方的塔基，方的塔壁，方的围栏，上面再叠着一层小了一圈的方形塔，唯有塔顶是长长的、尖尖的，像克里姆林宫的尖顶，直刺云汉。然而无疑，它们又已是被佛重新点化过了，下面安置了一枚枚圆形的或者保龄球目标弹式的椭圆座，就使它们具有了梵国的某些语汇和气息。另外的证据是，方形的塔基虽是砖的，其中却镶嵌着青色大条石；门多是圆拱形的，上面的石雕花型西式；还有古罗马式的圆柱，哥特式的飞扶壁和花窗棂，屋檐则是巴洛克式的波浪形和断檐形式，这些都应是欧式建筑风格的典型写照。

难道九百年前的蒲甘王朝,就已受到欧洲文化的熏染?

作为个人,我一向喜欢西洋的古典建筑风格,像世界七大奇迹之一的空中花园,还有法国的凡尔赛宫、德国的科隆大教堂、英国伦敦议会大厦、俄罗斯圣彼得堡冬宫等等,集纳了人类的文化精华,是为大美。我真是不喜欢呆板滞重的东方佛塔,它们当初也许是美的,但被天王地王东方君主们模式化了以后,就再也没有了大的突破和发展,以至于弄得连托塔天王李靖手上的那尊降妖塔,也都是七级浮屠一个模样,你说让人生厌不生厌?世界上的事物,道理其实都是一样的,"流水不腐"(反过来是"不流水即腐"),"户枢不蠹"(反过来是"门不开启就会被虫蛀"),凡是模式化了,就要走向保守,保守而至停滞,停滞而至僵化,僵化而至专制,专制的最后结局,必然是死亡。

我忽然猛一激灵,叫出了声:"这些佛塔,怎么都是红色的?"

真是怪!印象里,佛塔只要是石质的,不就都是白色的吗?近的如仰光大金塔,熟悉亲切得如北京北海公园的白塔,可是蒲甘的塔群,为什么都是砖红色的呢?

它们站在脉脉斜阳里,被落日镀上了一层黄金,与红土地交相错落、折射、渗透、融会、辉映,尔后上升,氤氲出一种如梦似幻的气象,就更加强化了红色的基调。不知为什么,"天外边风仰面沙"的诗句,此刻固执地袭上我的心头,怎么也挥之不去,虽然抬望眼,天空始终朗蓝,既没边风,也没流沙,可是彼与此、古与今两种意境,何其相似——终不过透着沧桑,透着孤寂,透着坎坷,透着挫折,透着无奈,透着一种无可言说的失望!

为什么失望?搞不清楚。倒是搞清楚了为什么是红色的,原来,这竟是褪了色的旧衣衫:这些九百年前的佛塔,初始也都是白色的,有的上面还贴过金子,金碧辉煌过好几百年,但是岁月比水火更无情，近千年的严厉审视，已使至高无上和至纯至洁的白色悄悄褪去，对于历史来说，这些蒲甘的古塔，已是废墟矣！

哦，是了，有不少塔已经倾圮了……

原来如此令我们震撼的美，竟是深藏在"残缺"二字里面，而从美学的观念来看，残缺也是一种美，甚至应该是比完美更美的一种美，想一想悲剧为什么总能比正剧和喜剧更激动人心，那无疑就是残缺美的力量。我想起哲学家周国平先生的话，他说："一切太美的事物会使人感到无奈。"我想他的话是对的，这和"高处不胜寒"同样道理，世间万物，是应该保留一点残缺美，残缺使人痛苦，使人思考，使人清醒，又使人不断进取。在残缺面前，人可以保持深刻和尊严感，而在完美面前，大多得到的是苍白的和肤浅的满足。蒲甘时期的建筑大师们，当年是否听到过这样精彩的论说？

二

举目望去，除了绿树掩映中的一群群残红色佛塔，蒲甘的大地上，似乎就没有其他长物了。

蒲甘不算大，现在只是曼德勒市下辖的一个古文化遗存，也许能算上一个小镇。只有一条小小的街道，一两家小小的餐馆，两三家小小的杂货店。可令人惊愕不解的是，就在这方小小的区域里，鼎盛时期，竟矗立着一万余座佛塔！今日犹存两千多座，仍美其名曰"万塔之国"。

这个古王朝大约建于1044年，是缅甸国家的发祥地，前后绵亘200余年，历11任君主，后来皇室不思进取，宫廷糜烂内乱，终招致灭顶之灾，于13世纪的1287年，在鞑靼征骑的刀光火影之下，灭亡了。

其时正值中国元代元世祖忽必烈时期。中华帝国,有文字记载的文明史至彼,已有1000多年,文化灿烂,科技发达,五谷丰登,国力强盛。而当时的蒲甘王国呢,只是一个有200年历史的农耕国家,靠着铁镰求祈上苍,国势显然是不强的,国力也不宽裕。问题就来了:

短短200年,蒲甘怎么造了那么多塔?

为什么要造那么多塔?

都是谁造的?

哪儿来的钱财?

⋯⋯⋯⋯⋯⋯

我步入一座座塔门,走进了历史深处。

阿难陀寺有北京民族文化宫那么高,规模也差不多,在蒲甘众塔中,它不是最高的,也不是最大的,却是地位最重要的。原因有二:一是它建立最早,"蒲甘得有今日之荣誉者,阿难陀寺实与有功焉。"(引自戈·埃·哈威《缅甸史》)二是它的建筑艺术水平和工艺水平最高,堪称蒲甘佛塔的代表作。

在这里,我们不得不暂时停顿一下,让我们对自己习以为常的思维定式来一点调整。去缅甸前,我也想当然地认为,我们的这个接壤邻邦,肯定也是中华文化的嫡传者。谁料完全不是这么回事,缅甸的古文化也可称"辉煌灿烂",但确实不是发蒙于我们这个源头,而更接近于古印度的佛教文化(我没去过印度,此一说存疑)。比如我们中国的塔,都说是僧人圆寂以后放舍利子的,所以一座塔就是一个亡灵,它们一般都是实心塔,地位高者另外设有地宫,陪葬相应等级的珍宝,最著名者如人人都知晓的陕西法门寺,其出土的地下宝藏可以建成一座专门的博物馆,甚至形成一门法门寺学。而缅甸的塔分实心塔和空心塔两种,空心塔里面都塑着巨大的释迦牟尼像，还有佛龛、壁画等等其他艺术品，主要功能是用于朝拜，阿难陀寺即是这一种。

缅方导游向我们夸耀的是阿难陀寺杰出的采光技术，当初建塔时，为保护佛塔万世永存，阳光是绝不能射入的，但随之而来的难题是照明问题。建筑师们就在佛像对面的塔顶凿开一小扇拱形窗子，使光束照在佛脸上，既避免了阳光的直射，又突出了"主要英雄人物"，还解决了寺内的照明，可谓一石三鸟，的确很高明。另一夸耀之处是佛巨像，缅甸的塔内都是四面佛，只供一位今世释迦牟尼佛，阿寺也不例外，四个佛像均为立像，衣着和手势略有不同，其巨高巨大有如杭州灵隐寺的大佛像，须仰视。雕塑水准一般，线条很粗犷，面部表情也显得呆板单一。使导游引为自豪的是它们的募捐者，其中有一座像是由一个村庄集体捐献的，而以前他们对佛寺的态度"不很正确"，现在已提高了觉悟，捐献佛像是改正错误的实际行动……

这种讲解，已经有了佛教的劝化味道，是不是？在缅甸，这种叫人皈依佛教的劝化到处都是，这可能与她过去是多神教国家有关系，许多寺庙里甚至做成连环画图，有的用水彩、油漆，有的用石雕，镶在墙壁上。其中有一种到处重复的内容，就是说过去某个国王相信邪教，致使人民生灵涂炭，后来某大臣（或某王子、某公主、某王妃等）请来佛祖，战胜了邪教，遂使国王幡然悔悟，人民也从苦海里面获得了新生。每幅连环画都非常平实易懂，没有文化的妇孺也能一目了然，我不由得十分感慨：这佛教的宣传手段可真是厉害，应该让我们的宣传部门好好学一学。

不过，我却更喜欢自己随意走，随意看，随意感悟，随意遐想，就离开了主流，独自随缘而行——啊，还真让我看到一方神圣了！

那是通道内80座佛龛中的一座，我平生从来没有看到过这么美的佛像。这是一尊女佛（虽然曾有出家人告诉我"佛没有女的"，但眼前这尊绝对是女佛）：全身呈 S 形流线，豪乳美似山，细腰丽如蜂，长颈亚赛天鹅，丰臀斜扭，健腿微曲，赤足点地，端庄的神色，浑圆的胳膊，纤纤细手，左手上扬做出无畏的手势，右手自然下垂搭在裙摆上，通身上下，无处不呈现出安详有度的线条。她可以说是现实世界里最美丽女人的化身。不，她比她们更有美感，更动人，她是天国里才有的女人。我的眼泪涌了上来，心里恋恋的，不忍离去。美是重要的精神慰藉，有时比亲人的安抚还更能熨平心灵的委屈，但生活中的真美、大美又往往太难太难寻觅，撞上了是一种福缘，可惜又是转瞬即逝！

　　导游仿佛注意到了我的心思，主动走过来，告诉我说，这是释迦牟尼佛的母亲，她已知自己怀上了佛子，做梦梦见了天国的情景。哦，我这才发现，在佛祖母亲上方，的确有着一些祥云、瑞草什么的，还有一些等待的人群。不过说实在的，这些陪衬没什么好看之处，过人的光彩还在于佛祖母亲本身，在于她美丽的女人体，更在于照亮了这美丽形体的精神之美。

　　我近来慢慢明白了一件事：世间万物最美的，原来还是女人，别说那些色迷迷的男人，就连女人自己，每到一个新的国家、新的地方，都自觉不自觉地看看大街上的女人漂亮不漂亮，在心里面品头论足。从这个意义上来说，漂亮的女人可真是占尽了风光。可惜的是，漂亮的女人往往又缺少聪明的脑子，使人觉得索然无味，所以在西方，才有雕塑家抱着自己雕出的女人像痛哭流涕的传说。

　　后来在仰沙供玛拉、古骠基、射鸟基等寺庙里，我还看到了另一些令人目眩的女神雕像，她们或端坐，或侧卧，或手舞足蹈，最吸引我的是她们身上那柔软而又有弹性的曲线，工匠们倾注了心血，用力把她们夸张得极为妩媚动人，就像古希腊的美女雕塑们一样美丽。缅甸的木材举世闻名,它的雕刻工却不敢恭维,但只有这一个例外,就是对女人体的造型,堪称世界一流,所幸的是这技艺还流传下来了,今天你随便到缅甸哪个市场去,都可以找到这种引人心神飞动的婀娜女神。在一座不知名的小寺庙里,我还看见过一幅16世纪的宫廷壁画,上面也有许多俗世界里的美丽女人,线条都是呈S形,像我们敦煌的飞天一样有一种流动的美。可惜不知为什么,这许多佛和许多女人的面部表情虽似平静,却都很忧郁,她们在忧虑什么呢?

我踱出寺庙,向远方眺望。

如血的残阳眼看要落到地平线下面了。天边外,开始出现了绛紫色的晖光,先是勾在大片大片白云的边儿上,尔后速度很快地向白色云团泅染开去,再尔后就大举进攻,渐渐反客为主了。

在这绛紫的色调当中,蒲甘的古塔们也都暗淡下来,还好像变矮了,匍匐在地上,向着就要归去的一天,做例行公事的告别。

"行行重行行",是《古诗十九首》的诗意。"行行"的是什么?依然总是千年不变的日月经天,江河行地,云长云落,时空永恒。若加上一点现代思维,"重行行"的又是什么?依然是寻找、呼唤、焦虑、忧郁、疑惧、寂寞、孤独、无助,人在天涯呀,寻寻觅觅!

缄默的蒲甘古塔们,难道真是心如死灰了?

三

我们来蒲甘看古塔,是很偶然的机遇。来的这一天,是很普通的日子。回到中国以后,一切又将是回到各自的生命轨迹里,以我为例,每天依然故我地采访、开会、约稿、拼版、校对、写作,然后回家带女儿、买菜、做饭、洗衣服……当然偶尔会想起蒲甘，但那些寂寥的古塔，却渐渐就飞升到天国里面去了。

可是对于古塔们来说，还将实实在在站立于蒲甘的红土地上，一千年，一万年。

它们，到底有什么使命？

行文至此，已留下太多的问号，该是解答的时候了吧？

那么，好，依我的揣测，呼唤也好，建塔造寺也好，忧郁也好，站上一千年一万年也好，全为了两个字：沟通。

缅甸有那么多古老的故事，都在讲述着这两个字的内容，其中有这样一则：

蒲甘古王朝的第四代国王阿隆悉都（1112—1167）活到81岁上，卧病不起，其时，他的大儿子弥辛修远在90里外的另一州，鞭长莫及；他的小儿子那罗都迫不及待要登基，即用锦被蒙住父亲的脸，使其窒息而亡，然后就自封为王了。弥辛修率领军队进至蒲甘城下，那罗都自量不是对手，求助国师般他求，说："请您为我们兄弟讲和吧。请告诉我哥哥，我一定会将王位让给他的，请他屏退军队，一个人佩着他的剑来吧。"般他求相信了他的诚意，从中斡旋，将弥辛修一个人接至蒲甘王宫里。那罗都见到其兄，立即谦恭地让出了王位。举国皆大欢喜。

孰料，当天晚上，弥辛修王就饮毒而亡。

翌晨，那罗都王接受百官朝贺，般他求慷慨骂殿，愤然出走锡兰，永不归国。那罗都王失道寡助，民心久久不愿归属，一怒之下，采取了"以毒攻毒"的最下策，大开杀戒，残杀王子妃妾、卿相大夫、王室亲族，又虐待百姓，压迫僧侣，搞得国破民怨，却依然得不到民心。

后来那罗都王终于后悔了，自觉权高罪重，不为世所亲，乃建檀摩衍寺以自赎。说也奇怪，该寺系仿照阿难陀寺而建，其地层构造格式，完全与阿寺无异，可是它却没有阿难陀寺的宁静与庄严，有的，只是一片萧索之感。

罪孽太深重了，后悔亦晚矣！这是负面的沟而不通的例子。那么正面的呢，可以沟而得通吗？

阿难陀寺是由蒲甘古王朝的第三代国王江喜佗（1084—1112）建造的，江喜佗并非贵族，乃是由于屡建奇功拜为大将的，曾因遭两代王疑忌而两度被逐出宫廷。后来二世国王修罗被叛乱分子杀死，人民纷纷归顺江喜佗门下，江率大军收复蒲甘，被拥立为王。江喜佗王励精图治，国力大盛，建阿难陀寺是因为崇慕天竺阿难陀大禅寺的事迹而仿建的，其目的在于向佛表明虔敬之心。此外，江喜佗王还广建小浮屠，差不多达40座，有纪念其诞生地的，有纪念其某一战功的，有纪念其父其母功德的，等等。

后来，其他后世国王也都争先恐后地仿效，动不动就建寺造塔，有的选址十分荒唐，任一头白象漫步，停下之地就是塔址；有的随意决定其规模，竟有一塔"造价相当于其子体重相等之黄金"；有几位还自以为是历史上最伟大的君主，一定要造出超过历代国王的塔，以至于后来国势颓衰之时还要强造，就造出了三五个月草草完工的小塔，其质量粗糙简陋，已属等而下之了。

现在，古蒲甘十分之九的塔，早被历史的大风吹得灰飞烟灭，连遗迹都不存在了。

没有万世永恒的物质。

那么精神呢？多少多少人、多少多少代，拜了多少多少次神，磕了多少多少个头，祈求人类和平幸福，像兄弟姐妹一样亲密相处，不再有战争，不再有杀戮，不再有仇恨，不再有猜忌，不再有欺骗，不再有卑鄙，不再有罪恶……结果呢？

空呼唤!

四

这和"高处不胜寒"同样道理。

然而我也还是对着佛像,很多次,跪了,拜了。

为什么呢?我一遍一遍地问着自己。

要说崇拜缅甸辉煌灿烂的古文化,太矫情了;要说祈求个人平安顺遂洪福齐天,太实用主义了;要说为全人类祈祷,我太微不足道了,还不够那个格。

何况,还一遍又一遍地问着自己:"韩小蕙,你真信吗?"

不知道信不信。真不知道。不知道该信还是不该信。

但我还是一次又一次郑重其事地跪下来,虔诚地行三叩九拜大礼,口中念念重复着三个字,曰:"真、善、美!"似乎我也是在祈求一种沟通,或者是在发愿:"自己先做个好人吧!"

高天上,最后一抹余晖斜射过来,辉映在我身上,我是不是也变成了一座古塔?

1998年1月完稿于北京协和大院

在缅甸吃中国菜

——缅甸纪行之二

访问缅甸之前,听一位在缅生活过的女士介绍:

"哎呀,缅甸菜可不好吃呀,一馊二臭三炸四手抓,四句话全概括了。"

"馊,就好比中国腌泡菜那种形式,非把菜都腌成馊了吧唧的味儿,才觉得好吃(不过,可千万别往中国泡菜那儿想,其味道绝对差得太远啦);臭,道理上也类似北京的臭豆腐,可是闻着臭吃着也臭,咱们中国人绝对吃不惯;炸,是什么都过油,连水灵灵的青菜都炸着吃;手抓,就是吃饭不用筷子,也不用勺,就用手抓着吃,连米饭都用手抓,真是不可思议。"

这一来,临上飞机前,我又往背包里多塞了两包饼干。

我们这次赴缅,是中国作家代表团对缅甸的正式友好访问,团长是大名鼎鼎的《红岩》作者之一杨益言先生,还有三位作家和一名翻译。缅方的接待规格很高,以部长级礼遇待之,走到哪儿都是"哇哇"叫的警车开道,由当地政府的最高长官接见。这种高规格,宴会的水平自然不会差,餐具也都精美(不是中国进口的就是日本进口的),不必担心用手抓的问题。问题出在第三天,我们离开首都仰光,飞赴缅甸古都蒲甘,下榻在帝里毕色亚宾馆。翻译小姐告诉我们，将在这里待两天，可能是吃缅甸饭。

这一说我们都有点紧张起来。

不过帝里毕色亚宾馆真是漂亮！这是我们在电影《走出非洲》里见过的那种别墅式宾馆，一幢幢带回廊的欧式白色木板房，静静地站在法兰绒一样的绿草地上，在热带金色阳光的照耀下，显得那么清爽与沉静。携带着合欢花香的清风，像燕子嬉水一样，从碧蓝色的游泳池水面上一掠而过，尔后就奔到广袤的田野上追寻自由去了。我们的午餐安排在院子里的草地上进行，左边是一株一抱多粗的大洋槐树，蓊郁的树枝撑起了半个绿色的天空；右边是一株红花缀满枝头的大合欢树，树下，种植着各色说不出名字的热带亚热带奇花异草，为我们送来一阵清香一阵浓馥。哎，环境如此宜人，吃的就是再差，也"万死不辞"了！

第一道端上来的是青菜汤，侍者手捧一只大银钵，依次从左边盛到每个人的汤碗里。搞不清是什么菜，叶片大大的、绿绿的，尝一口，嗯，味道还行，没有什么馊臭等异味，绝对可以接受。这时，侍者又捧着一只大瓷盘，送米饭来了，还是从左边上，用勺子和叉夹到每人面前的盘子里（不是用手，我们每人也都发了西式的叉子、刀和勺，这使我们松了一口气）。米饭是南方普遍种植的那种籼米，干巴巴的没一点油性，北方人最不喜欢吃了，但据说南方人还爱吃，因此缅甸人可能也爱吃。我只要了一小点点，好在也没有什么怪味，心想：好了，有这一饭一汤足矣，我在缅甸这半个月，至少不会挨饿了。

其实哪儿有那么可怕？第一道菜端上来了，是酱油色的肉块，加以大块胡萝卜，好像是那道著名的共产主义大锅菜"土豆烧牛肉"。这没有什么可怕的，吃。

第二道又上来了，这回认识，是大虾段，虽然血一样红，里面也有着一些比较可疑的碎末（可能是什么调料，反正不是葱和姜），还单摆浮搁着几根生香菜，但尝了尝，还挺好吃的，就多吃了几块，心想：对于大虾这种好吃的东西来说，手艺再差也不要紧，熟了就香，我至少又有了一道可吃的菜。

谁知形势竟越来越好了。又端上来一道鱼，这回看着就顺眼，因为竟然有点像中国的松鼠鳜鱼，虽然没有了鱼头，但还能稳稳当当地站在盘子里，只不过身上没有松鼠的花纹，只是拦腰横着划了三四刀，露出炸飞了花的鱼肉。它是干炸后浇了酱油、醋、葱、姜、淀粉汁的，虽不似我们中国那种浇番茄汁的好看和好吃，但也勉为其难了。

倒是第四道青菜让人有点不愿接受，原因是琐碎且杂乱，菜花、胡萝卜、黄瓜、荷兰豆、白菜、香菜、土豆、洋葱头、菠萝……什么都切得碎碎的，然后烩在一锅里搅和，你想能是个什么味？但是我知足，因为至此我已完全放心，就凭这些菜，完全可以支撑到访问结束打道回国，看来那两包饼干是真用不着了。

那么好，四道菜，就吃了两天。中间还换过红烧鸡块、锅巴（锅巴端上来时，心里面曾生起一丝疑惑：怎么缅甸也有锅巴，该不会是从中国学来的吧？）、蒸茄子条什么的，反正每顿都是四道菜，外加一些辛辣的小凉菜。后来离开蒲甘，到了曼德勒、东枝、良瑞、勃固等地，除了宴会，基本上都是这种吃法。

俗话说得好，"人心不足蛇吞象"，解决了填饱肚子的问题，我们又开始巴望能吃得好一些了。差不多到了第十天头上，大家就开始说起家里有什么好吃的菜，哪怕只是一碗清水挂面、一根六必居的小酱萝卜，甚至一碗西红柿鸡蛋汤，也似乎赛得过出门在外的山珍海味。后来在街上行车时，我们的眼光，也不自觉地净往中餐馆那儿溜——真是的，真想吃顿中餐啊！

我始知，我们中国人真是有福之人，天天吃的都是世界上最好吃的中餐，在国内在家里的时候，怎么没觉得？

谁知就在这当口，突然传来一个令我们十分震惊的消息：原来，我们这些天吃的，竟都是中国菜呀——是缅甸厨师做的中国菜呀。哎呀呀，一下子恍然大悟：我说呢，怎么缅甸也会有松鼠鳜鱼、锅巴海鲜、黄焖鸡、红烧肉呢？虽然离中国的原汁原味差得远，但从形式到内容，终归有了那么点意思——也多亏有了这么点意思，不然两包饼干，哪儿够吃半个月的？

只是，只是……缅甸的中国菜厨师们啊，不知道你们都是哪儿培训出来的，怎么都像是一个师父教出来的？你们干吗非要把青菜切得那么碎？为什么做不出松鼠的美丽花纹？怎么没人会做六必居的小酱萝卜，还有素炒土豆丝、醋烹豆芽菜、清炒豌豆苗、冬瓜氽丸子、素烧茄子、粉条烧肉、干炸带鱼等等这些家常菜？

中国菜的厨艺可真是博大精深，即使学个三年五载，也不过皮毛而已。一个国家的菜系，就是一种民族文化，说来说去，没有中华文化底蕴的外国人，能那么就容易学会了？

…………

且慢！这工夫哪儿还容我细想，代表团的同仁们已经纷纷变了脸色，急三火四地吵吵起来了："哎呀呀，闹了半天，还不知道那一馊二臭三炸四手抓的缅甸菜，到底是个什么味道？团长，咱们赶紧申请吃缅甸菜吧，要不，这趟缅甸不就白来了吗！"

1998 年 12 月